GEHEIMNISSE UND BEGIERDEN

EINE URLAUBSROMANZE (JAHRESZEIT DES VERLANGENS 1)

MICHELLE L.

INHALT

Veröffentlicht in Deutschland:

Von: Michelle L.

© Copyright 2021

ISBN: 978-1-64808-890-2

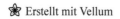 Erstellt mit Vellum

INHALTSVERZEICHNIS

Nox

Livia Chatelaine trat in der Halloween-Nacht in mein Leben und brachte das Licht zurück in meine düstere Welt. Ich war es leid, in der Vergangenheit zu leben, und verliebte mich in diese schöne, bezaubernde, sexy Frau, die meine Gefühle erwiderte.
Jetzt kann ich nur noch daran denken, in ihr zu sein, sie zu lieben, sie zu kosten, sie zu ficken …
Wie sie mich mit ihrem aufsehenerregenden Körper und ihrem betörenden Geist liebt, ist unvergleichlich.
Niemand kann uns auseinanderbringen, weder jetzt noch in der Zukunft.
Sie gehört mir …

KAPITEL EINS

Amber Duplas blinzelte ihrem ältesten und liebsten Freund zu, als er ihr einen Teller mit perfekt gebratenem Rührei reichte. „Nox Renaud, du bringst mich noch um."

Nox, dessen grüne Augen amüsiert funkelten, grinste sie an. „Nun, dann ist meine Arbeit hier erledigt."

Amber seufzte und strich ihr kastanienbraunes Haar zurück. „Du bist einer der wohlhabendsten Landbesitzer in New Orleans, ein unglaublich erfolgreicher Geschäftsmann und laut Forbes einer der begehrtesten Junggesellen der Welt. Und trotzdem stehst du höchstpersönlich in deiner palastartigen Küche", sie deutete in den großen Raum, „und machst mir Rührei zum Brunch. Hast du noch nie von Privatköchen gehört?"

Nox schüttelte den Kopf. Er war Verhöre dieser Art von Amber gewohnt. „Du weißt, dass ich es nicht mag, viel Personal um mich zu haben, Amber."

Amber schob sich eine Gabel Rührei in den Mund und seufzte genießerisch. „Und genau deshalb bringst du mich noch um. Ich mache mir Sorgen, dass du zum Einsiedler wirst."

„Ich glaube, dass ich das schon längst bin", sagte Nox leise. „Sieh mal, ich weiß, dass du es gut meinst, aber ich bin fast vierzig und ändere mich nicht mehr so leicht. Ich bin gern allein." Er gab Rührei aus der Pfanne auf seinen Teller und setzte sich. „Und dennoch wird in ein paar Tagen alles, was sich zur besseren Gesellschaft zählt, hier sein, um meinen Champagner zu trinken und mich die ganze Nacht zu stören. Gott, warum tue ich mir das jedes Jahr an?" Er stöhnte und Amber lachte.

„Sei nicht so missmutig." Sie zerzauste seine dunklen Locken und er grinste, obwohl er innerlich seufzte. Die Familie Renaud hatte schon lange vor Nox' Geburt damit begonnen, eine Wohltätigkeitsparty an Halloween zu veranstalten. Es war ein Projekt seiner geliebten Mutter gewesen. Vor der Tragödie. Trotz seiner introvertierten Natur brachte Nox es nicht über sich, das Vermächtnis seiner Mutter zu missachten.

Seine Augen wanderten zu dem gerahmten Foto von ihr und Teague, seinem älteren Bruder, auf der Küchentheke. Die beiden waren dunkelhaarig und schön gewesen und umarmten sich lachend auf dem Bild. Sie waren so sinnlos gestorben.

Die Tragödie der Familie Renaud war in Louisiana und darüber hinaus bekannt. Tynan Renaud, angesehener Geschäftsmann, liebevoller Ehemann der italienischstämmigen Gabriella und Held seiner Söhne Teague und Nox, hatte einen Nervenzusammenbruch erlitten und seine Frau und seinen ältesten Sohn erschossen, bevor er die Waffe auf sich selbst richtete. Nox, der damals auf dem College gewesen war, hatte unter Schock gestanden. Nachdem er sein Studium abgebrochen hatte und in das riesige Plantagenherrenhaus am Bayou zurückgekehrt war, hatte er jahrelang verzweifelt versucht zu begreifen, was sein Vater getan hatte.

Amber und seine anderen Freunde wollten ihn überreden, das Anwesen zu verkaufen, auf dem seine Mutter und sein Bruder ermordet worden waren, aber Nox lehnte ab. Er übernahm das Unternehmen seines Bruders mit seinem Freund Sandor und zusammen hatten sie großen Erfolg. Die Firma RenCar wurde schnell zu seiner Droge, um seinen Schmerz zu vergessen. Nox investierte zwanzig Stunden am Tag in die Arbeit. Der Import luxuriöser Lebensmittel war nie sein Traum gewesen – Wer träumte schon von so etwas? –, aber er hatte etwas gefunden, in dem er gut war und das reichte ihm. Seine

Kindheitsträume, Musiker zu werden, wurden für etwas beiseitegeschoben, das ihn völlig ablenkte. Das Studio, das seine Mutter einst für sie beide eingerichtet hatte, stand seit fast zwanzig Jahren leer ... genau wie Nox' Herz.

Ihm wurde bewusst, dass er Amber nicht zugehört hatte, und er entschuldigte sich. Sie verdrehte ihre blauen Augen. „Nox, ich bin es gewohnt, dass du mich ignorierst, aber hör zu, das ist deine Party. Ich sage nur, warum versuchst du nicht, zur Abwechslung einmal geselliger zu sein? Diese Leute zahlen eine Menge Geld, um hierherzukommen."

„Hauptsächlich, um das berüchtigte Mordhaus zu sehen", murmelte er und Amber schnalzte genervt mit der Zunge.

„Vielleicht, aber die Einnahmen gehen an einen guten Zweck, nicht wahr? So kommt wenigstens etwas Gutes bei der ganzen Sache heraus – verdammt nochmal, Nox, du bist nicht der Einzige, der jemanden verloren hat." Zu seinem Entsetzen sah er Tränen in ihren Augen. Er streckte den Arm aus und ergriff ihre Hand.

„Es tut mir leid. Ich vermisse Ariel auch jeden Tag." Er seufzte. So viel Schmerz, so viel Tod. Amber hatte recht. Er musste aus seinem Selbstmitleid ausbrechen.

„Alles, was ich will, ist, dass du deine Pflicht erledigst. Misch dich unter die Gäste und sprich mit ihnen." Ambers Tonfall war jetzt ruhiger und sie lächelte ihn an. Ihr Gesicht war weich und ihre Augen hielten seinen Blick einen Moment zu lange. Nox nickte und sah schließlich weg.

„Versprochen."

Nachdem Amber gegangen war, trat er in sein Wohnzimmer und schaltete den Fernseher ein. Der lokale Nachrichtensender WDSU zeigte einen Beitrag über Halloween New Orleans, das magische, manische, chaotische Festival, das die Stadt jeden Oktober veranstaltete. Nox seufzte und wartete auf die unvermeidliche Erwähnung seiner Party. „Mal sehen, wie sie es dieses Jahr ankündigen", murmelte er vor sich hin. „Kommt zuerst Renaud-Familienfluch oder das Herrenhaus der dunklen Geheimnisse?"

Die Nachrichtensprecherin sah ernst aus. „Bevor die Feierlichkeiten in der Halloween-Nacht beginnen, versammelt sich die Elite von New Orleans im Renaud-Herrenhaus am Bayou. Regelmäßige Zuschauer werden wissen, dass das Creepy Cocktails Gala Benefit jedes Jahr an dem Ort stattfindet, den manche Einheimische das Herrenhaus der dunklen Geheimnisse nennen. Mehr dazu nach der Werbung."

Nox schaltete den Fernseher genervt aus. Jedes Jahr dieselbe Geschichte. Jetzt würden diejenigen Gäste, die die Nachrichten gesehen hatten, umso neugieriger auf den letzten verbliebenen Renaud sein. Verdammt.

Sein Handy klingelte und er ging dankbar ran. „Sandor, Mann, du hast ein tadelloses Timing."

Sein Freund lachte. „Ich tue mein Bestes. Hör zu, wir haben vielleicht einen Deal mit der Restaurantkette Laurent."

Nox setzte sich auf. „Wirklich?" Das Laurent-Unternehmen war doppelt so viel wert, wie sie geboten hatten, aber nach zwei Jahren auf dem Markt war noch immer kein anderer Kaufinteressent in Sicht. Nox wusste, sie würden ein Vermögen machen, wenn sie es zu einem günstigen Preis bekamen und renovierten. Er und Sandor hatten beschlossen, ihr Imperium auszuweiten und Restaurants zu kaufen, wo sie ihre Luxusspeisen servieren konnten – nicht, dass sie es finanziell nötig hatten, aber beide waren gelangweilt mit dem aktuellen Stand der Dinge. Sie wollten sich die Hände schmutzig machen und etwas tun – mehr, als nur Lebensmittel zu importieren für, nun ja, Leute wie sie selbst.

„Wirklich. Gustav Laurent lässt sich scheiden und will das Objekt schnell loswerden."

Nox war erstaunt. „Gus trennt sich von Kathryn?"

„Scheint so. Angeblich hat sie ihn betrogen."

Nox machte ein halb belustigtes, halb verächtliches Geräusch. „Als ob Gustav nicht schon seit Jahren untreu war."

„Du kennst Gus."

„Leider ja. Hör zu, ich kann in einer halben Stunde da sein."

„Gut", antwortete Sandor. „Und danach lade ich dich zum Mittagessen ein. Einverstanden?"

Nox lächelte. „Einverstanden. Bis gleich."

Livia Chatelaine balancierte drei Teller gleichzeitig geübt auf ihrem linken Arm und trug sie zum Tisch. Die beiden Frauen und das Kind, die dort saßen, sahen sie dankbar an, als sie ihr Essen servierte und ihr Lächeln erwiderte. „Guten Appetit. Lasst es mich wissen, wenn ihr noch etwas braucht."

Sie eilte zu einem anderen Tisch, wo die Gäste auf die Rechnung warteten, und bedankte sich mit der ihr angeborenen Freundlichkeit für das Trinkgeld. Livia arbeitete seit drei Monaten im Le Chat Noir im French Quarter – seit sie ihr ganzes Leben in ihr altes, verbeultes Auto gepackt und von San Diego aus das Land durchquert hatte.

Moriko, ihre beste Freundin vom College, war schon ein Jahr länger in New Orleans und hatte ihr einen Job in dem Restaurant besorgt – es schadete nicht, dass der Besitzer, ein gut aussehender, dunkelhaariger Franzose namens Marcel, in Moriko verliebt war und jeden eingestellt hätte, den sie ihm empfahl. Zum Glück waren Livia und Marcel schnell gute Freunde geworden. Livia kam stets früh, blieb lange und arbeitete hart. Im Gegenzug gab er ihr die Schichten, die sich am besten mit ihrem Studium vereinbaren ließen, und zahlte ihr genug, dass sie sich die winzige Wohnung leisten konnte, die sie mit Moriko teilte.

Livia hatte beschlossen, nie mehr in ihre Heimatstadt San Diego zurückzukehren. Dort gab es jetzt nichts mehr für sie, auch keine Familie, die ihr etwas bedeutete. Sie war ein Einzelkind gewesen und nachdem ihre Mutter gestorben war, hatte sie sich praktisch selbst großgezogen. Sie hatte sich in der Schule angestrengt und verschiedene Jobs gehabt, um Essen auf den Tisch zu bringen, während ihr Vater sich jede Nacht besinnungslos trank und sie anschrie, wenn sie ihn dabei störte. Livia hatte vor Jahren aufgehört, etwas für den Mann zu empfinden. Soweit es sie betraf, war er nur ein Samenspender. Was ihr von ihrer Mutter geblieben war, waren warme, glückliche Erinnerungen. Der Krebs hatte ihnen ihr Glück gestohlen, als Livia fünf war. Ihre letzte Erinnerung an ihre Mutter war, wie die schöne Frau sie eines Tages vor der Schule zum Abschied küsste. Es war das letzte Mal gewesen, dass sie sie zu Gesicht bekommen hatte. Ihr Vater hatte nicht zugelassen, dass sie ihre Mutter nach ihrem Tod noch einmal sah.

Livia hatte mit einem Stipendium und drei Jobs ihr College-Studium finanziert und es war ihr zur zweiten Natur geworden, immer für alles zu kämpfen. Ihre Entschlossenheit gab ihr Energie und Durchhaltevermögen und als sie schließlich als eine der Jahrgangsbesten ihren Abschluss machte, war es alle Mühen wert gewesen. Ihre Tutoren hatten darauf bestanden, dass sie sich für ein Postgraduierten-Forschungsstipendium bewarb, aber Livia hatte vier Jahre gebraucht, um sich ein Angebot der Universität von New Orleans zu sichern.

„Hey." Moriko riss Livia aus ihren Träumereien und lächelte ihre Freundin an. Sie war eine winzige, exquisite japanisch-amerikanische Schönheit – und das wusste sie auch. Mühelos setzte sie sich auf den Tresen. „Marcel braucht einen Gefallen."

Livia verbarg ein Grinsen. Wenn Marcel Moriko schickte, um seine Drecksarbeit zu machen, bedeutete es, dass es sich um einen großen – und wahrscheinlich unangenehmen – Gefallen handelte. „Und der wäre?"

„Nun, er wurde gebeten, die Renaud-Party am Samstag als Caterer zu betreuen. Du weißt, was ich meine, oder?"

Livia schüttelte den Kopf. „Nein."

Moriko verdrehte die Augen. „Es ist eine jährliche Feier, die Nox Renaud organisiert. Er veranstaltet eine Halloween-Gala-Party und sammelt dabei eine Menge Geld für wohltätige Zwecke."

„Ich habe noch nie von dieser Party oder von ihm gehört. Also, was ist der Gefallen?" Livia konnte es sich denken – Marcel brauchte sicher noch eine Kellnerin. Einen Moment später bestätigte Moriko ihren Verdacht.

„Er wollte zusätzliche Servicemitarbeiter anheuern, aber anscheinend will Renaud nur Canapés und Cocktails. Das Servicepersonal würde Marcel mehr kosten, als er mit der Party verdient, also ..."

Livia lächelte sie an. „Kein Problem. Die übliche Uniform?" Sie zog an ihrem engen weißen Shirt und steckte es wieder in den schwarzen Minirock, den sie trug. Ihr Outfit bedeckte kaum ihre üppigen Kurven – die vollen Brüste und den sanft gerundeten Bauch.

Ihre langen, schlanken Beine steckten in schwarzen Strumpfhosen und sie trug flache Pumps, da sie sich standhaft weigerte, beim Bedienen hohe Absätze zu tragen. Livia war mit 1,65 Metern nicht allzu groß, aber ihre langen Beine ließen sie größer wirken und ihre braunen Locken waren die Krönung. Sie hatte ihr fast hüftlanges Haar zu einem Knoten hochgesteckt, aber es entkam immer wieder den Haarnadeln. Moriko machte sich daran, es wieder zusammenzufassen. Livia schenkte ihr ein Lächeln. „Danke. Ich sollte wirklich alles abschneiden."

„Auf keinen Fall", sagte Moriko, deren glänzendes schwarzes Haar wie ein gerader Vorhang über ihren Rücken fiel. „Ich würde für deine Locken töten."

„Also werden wir am Samstagabend für die oberen Zehntausend kellnern?"

„Ich werde da sein. Hey, wenigstens können wir im Haus dieses reichen Kerls herumschnüffeln."

Livia seufzte. Sie hatte nichts dagegen, Marcel zu helfen, aber sie hatte kein Interesse an Typen mit zu viel Geld. Sie musste schon genug von ihnen bei ihrem Job bedienen.

Sie ging zurück ins Restaurant und verzog das Gesicht. Zwei Stammgäste waren gekommen. Apropos die oberen Zehntausend, dachte sie und setzte ein professionelles Lächeln auf. Die Frau, eine eiskalt aussehende Blondine mit knallrotem Lippenstift und gefühllosen blauen Augen, sah sie abweisend an. „Eiweißomelett mit Spinat und ein Mangotini." Sie schaute sich die Speisekarte nicht einmal an. Ihr Begleiter, ein elegant wirkender Mann, der Livia jedes Mal, wenn er kam, zumindest anlächelte und Bitte und Danke sagte, nickte.

„Das Gleiche für mich, Liv. Freut mich, dich wiederzusehen."

Livia lächelte ihn an. Sie hielt wenig von seiner Begleiterin, aber wenn sie ehrlich war, war er immer höflich zu ihr. Sie wusste, dass die Frau neben ihm Odelle hieß und ihr Vater einer der reichsten Männer des Bundesstaats war. Es beeindruckte Livia nicht. „Mich auch. Seid ihr sicher, dass ihr keine Pommes Frites dazu nehmen wollt?"

Odelle sah entsetzt aus, aber der Mann grinste. „Warum nicht?"

Livia verschwand in der Küche. Marcel trat zu ihr und lächelte sie an. „Danke für Samstag, Livvy. Ich werde dir das Doppelte bezahlen."

Sie küsste seine Wange. „Kein Problem, Kumpel."

Marcel, dessen Augen so dunkel waren, dass man die Pupillen nicht erkennen konnte, nickte Richtung Speisesaal. „Wie ich sehe, beehren uns heute Elsa und Lumiere."

Livia lachte. „Du bringst die Disney-Filme wieder durcheinander. Er ist in Ordnung. Aber, ja, sie ist eine echte Eiskönigin."

„Lass dich nicht von ihrem Reichtum einschüchtern. Er ist ererbt, nicht selbst verdient."

„Oh, ich weiß und es stört mich nicht. Geld kann keine Manieren kaufen." Livia schüttelte die Unhöflichkeit der Frau mit einem Schulterzucken ab. „Ich kann ehrlich behaupten, dass mir diese Leute und ihre Art nicht den Schlaf rauben, Marcel."

„Ich sage das nur, weil ich weiß, dass der Mann, Roan Saintmarc, der beste Freund von Nox Renaud ist. Es ist mehr als wahrscheinlich, dass er und die Eiskönigin am Samstag auf der Party sein werden." Marcel grinste Livia an, die die Augen verdrehte. „Versprich mir, dass du ihnen das Essen nicht auf den Schoß kippst."

Livia schnaubte. „Versprochen."

„Braves Mädchen."

Livia beendete ihre Schicht und ging dann durch die belebten Straßen des French Quarters nach Hause. Sie hatte sich in New Orleans verliebt – in die sinnliche Hitze und die entspannte Natur der Menschen. Seltsamerweise fühlte sie sich in dieser Stadt, die für Voodoo und schwarze Magie bekannt war, nie unwohl, wenn sie nachts durch die Straßen ging.

Moriko war immer noch bei der Arbeit, als Livia in ihre Wohnung zurückkehrte, also nahm sie eine lange heiße Dusche, machte sich eine Schüssel Suppe und holte ein paar Cracker aus der Packung in der Küche. Während sie aß, ging sie die Fernsehsender durch, war aber bald gelangweilt. Sie wusch ihre Schüssel in der Spüle ab und beschloss, ins Bett zu gehen, um zu lesen. Sie hatte bald ein Klavierkonzert und wollte noch einmal die Partitur durcharbeiten und dabei die Tastenschläge in der Luft simulieren. Schließlich schlief sie neben Morikos Katze ein, die sich an sie gekuschelt hatte, und hörte ihre Mitbewohnerin nicht mehr nach Hause kommen.

Draußen auf dem Bayou war auch Nox in einen tiefen Schlaf gefallen, aber er war nicht friedlich. Fast sofort kamen die Albträume. Eine Frau, eine schöne junge Frau, die er kannte, aber deren Gesicht er nicht sehen konnte, rief seinen Namen und flehte ihn an, sie zu retten. Da war Blut, so viel Blut, und er rannte durch die dunkle Villa und watete durch etwas – Blut? – um zu ihr zu gelangen. Eine dunkle, bösartige Macht stieg auf und hielt Nox davon ab, das Mädchen zu erreichen. Er hörte, wie die Schreie abrupt endeten, und wusste, dass es zu spät war. Er sank auf die Knie.

Dann spürte er eine Hand auf seiner Schulter und sah auf. Seine Mutter lächelte ihn an. „Weißt du nicht, dass du sie niemals retten wirst?", sagte sie leise. „Jeder, den du liebst, wird sterben, mein Sohn. Ich bin gestorben, dein Vater, dein Bruder ... Ariel. Du wirst immer allein sein."

Nox erwachte und rang schweißgebadet nach Atem. Die Gewissheit der Worte seiner Mutter erfüllte seine Gedanken.

Verliebe dich nicht. Riskiere es nicht. Lass nicht zu, dass noch mehr Menschen verletzt werden.

KAPITEL ZWEI

Odelle Griffongy zündete sich auf dem Balkon ihres Schlafzimmers eine weitere Zigarette an. Sie hasste Halloween und sie hasste diese Party. Aber Roan wollte natürlich seinen besten Freund Nox unterstützen, also würden sie daran teilnehmen. Zum Glück hatte Nox nie einen Dresscode für seine verdammte Cocktailparty – sonst hätte Odelle Kopfschmerzen vorgetäuscht.

Sie schaute zurück in das Schlafzimmer, wo Roan sich fertigmachte. Sein dunkelgrauer Anzug sah zu seinen mittelbraunen Haaren und leuchtend blauen Augen spektakulär aus. Er war absolut durchtrainiert, und sein harter Körper und riesiger Schwanz machten ihn zu einer Maschine im Bett. Roan Saintmarc war, mit Ausnahme von Nox, der schönste Mann in New Orleans – wahrscheinlich sogar im ganzen Staat –, und er gehörte ihr.

Odelle war in der obersten Schicht der Gesellschaft von New Orleans aufgewachsen, aber sie wusste, dass ihre Schönheit nicht ewig währen würde und ihre kühle, arrogante Art ihr nicht viele Freunde machte. Deshalb war sie fassungslos gewesen, als Roan, der in seinem Harvard-Freundeskreis als der Vergnügungssüchtigste galt, ausgerechnet sie umwarb. Er hätte jede andere Frau haben können.

Odelle drehte sich um und betrachtete die Menschenmenge auf den

Straßen der Stadt. New Orleans war verrückt nach Halloween – überall gab es Partys, Menschen in Kostümen bevölkerten die Plätze und die Einheimischen nutzten die Mythen und Legenden, um den Touristen Getränke, Essen und Souvenirs zu verkaufen. Die normalerweise ruhige Straße, in der Odelle und ihre wohlhabenden Nachbarn wohnten, war nicht anders: Es gab Kürbisse, mit funkelnden Lichtern und Spinnweben dekorierte Bäume und das, was Odelle am wenigsten mochte: Kinder, die jedes Haus heimsuchten, um Süßes oder Saures zu spielen.

Es klingelte und obwohl Odelle wusste, dass das Personal die Tür öffnen würde, war sie verärgert: „Oh, verpisst euch." Ihre Stimme wurde auf die Straße getragen, und sie hörte Roans kehliges Lachen hinter sich.

„Sei nicht so, Delly. Es gehört zur Kindheit dazu, an Halloween um Süßigkeiten zu betteln."

Odelle machte ein angeekeltes Geräusch. „Ich habe das nie getan."

Roan lächelte sie an und schlang seine Arme um ihre Taille. „Nein, du warst damit beschäftigt, Zaubersprüche auswendig zu lernen und Tränke zu mischen."

Odelle musterte ihn kühl. „Hältst du mich für eine Hexe?"

„Ich könnte jetzt sagen, dass du mich verzaubert hast, aber das ist kitschig. Nein, Baby, ich glaube nicht, dass du eine Hexe bist. Meistens bist du nicht einmal eine Schlampe. Dir fehlt es nur an Wärme." Er sagte es mit einem Grinsen und obwohl Odelle wusste, dass er es als Witz meinte, schmerzte es.

Weil es wahr ist, sagte sie sich. Was stimmt nicht mit mir? Warum kann ich nicht so wie Roan sein? Oder Nox, dessen Herz so groß war, dass es Odelle Angst machte. Oder sogar Amber, ihre Freundin oder Feindin – sie war nicht sicher –, die einmal etwas mit Roan gehabt hatte. Nein, sagte sich Odelle. Denk nicht daran. Nicht heute Nacht. Sie versuchte ein Lächeln, als Roan mit seinen Lippen über ihre strich.

„Du hast recht. Es ist nur eine Nacht."

„Das ist mein Mädchen." Roan musterte sie in ihrem engen schwarzen Kleid und als sein Blick auf ihren traf, sah Odelle das

Verlangen in seinen Augen. „Nox wird nichts dagegen haben, wenn wir etwas später kommen."

Odelle drehte sich lächelnd um, beugte sich über den Balkon und zog ihren Rock bis zur Taille hoch. Sie hörte Roan lachen.

„Hier draußen? Was werden die Nachbarn denken?" Aber dann spürte sie, wie er mit einem Knurren von hinten in sie stieß und sein riesiger Schwanz sich in ihr Zentrum bohrte, während er die metallene Balustrade mit beiden Händen packte.

Odelle schloss die Augen und schwelgte in dem Gefühl, so vollständig von ihm ausgefüllt zu werden. Ihre Hand driftete nach unten, um ihre Klitoris zu streicheln, während er sie fickte, und bald stöhnte und zitterte sie bei ihrem Orgasmus. Es war ihr egal, wer sie hörte. Roan war ein brutaler Liebhaber, besonders kurz bevor er kam, und Odelle zuckte zusammen, als er sich immer härter in sie rammte, bis er sich in sie ergoss und sich wieder zurückzog. Keuchend schnappte er nach Luft und fluchte leise. Er drehte sie um und legte seinen Mund auf ihren. „Meine Güte, du machst mich noch verrückt."

Odelle lächelte und drückte seinen immer noch erigierten Schwanz mit ihrer Hand. „Mach das noch einmal. Danach können wir zu der Party gehen."

Und sie fingen wieder an.

Livia und Moriko halfen Marcel und seiner Sousköchin Caterina – die von allen Cat genannt wurde –, die Tabletts mit den Canapés in den Lieferwagen des Restaurants zu laden, bevor sie sich auf dem Rücksitz niederließen, um zum Renaud-Herrenhaus zu fahren. Livia versuchte, gleichzeitig die Tabletts davon abzuhalten, umzukippen, und ihre dicke Mähne zu einem Chignon zusammenzubinden, aber ihre Haare waren so schwer, dass er nicht lange hielt. Moriko grinste sie an.

„Gib auf. Du wirst es nie schaffen, alles hochzustecken."

„Ich weigere mich, mich geschlagen zu geben", murmelte Livia. Schließlich schob Moriko Livias Hände aus dem Weg.

„Lass mich das machen."

Während Livia die Tabletts mit dem Essen festhielt, zog Moriko ihre Haare geschickt zu einem unordentlichen Knoten zusammen. „Besser geht es nicht, Mädchen, also leb damit."

Livia betastete Morikos Kreation vorsichtig. „Du bist eine Zauberin. Von jetzt an werde ich dich dafür bezahlen, meine Stylistin zu sein."

Moriko lachte. „Das könntest du dir nicht leisten."

Als sie vor der Villa ihres Auftraggebers standen, waren sie sprachlos. Das alte Plantagenherrenhaus war zu einem gewissen Grad modernisiert worden – eine Gedenktafel an der Tür zeugte von seiner Geschichte und dem Verkauf an die Familie Renaud im 19. Jahrhundert, bei dem alle Sklaven befreit wurden und die Plantage zu einem echten Zuhause geworden war.

Das imposante weiße Gebäude mit seinen Fensterläden und dem sanften Licht, das von innen herausstrahlte, zierten kunstvolle Halloween-Dekorationen. Moriko grinste Livia an, als sie an einer Reihe kunstvoll geschnitzter Kürbisse vorbeigingen. „Denkst du, sie haben Michelangelo engagiert, sie zu machen?"

Livia verdrehte die Augen. Der Ort schrie förmlich Geld und Opulenz, aber sie war nicht davon beeindruckt. Als sie in die Küche kamen, sah Livia, wie Marcel mit einem jungen Mann sprach, der in einen dunkelblauen Pullover und Jeans gekleidet war. Livia vermutete, dass er der Assistent des Besitzers war. Er hatte dunkle Locken und die intensivsten und schönsten grünen Augen, die sie je gesehen hatte.

Der Fremde bemerkte sie und sah auf. Ihre Augen trafen sich und Livia spürte, wie ein Schauer der Begierde sie durchströmte. Gott, wenn sogar die Angestellten hier wie Supermodels aussehen ...

Sie stupste Moriko an. „Will Marcel, dass wir uns jetzt umziehen oder nachdem wir alles vorbereitet haben?"

„Danach. Anscheinend gibt es einen eigenen Raum für uns."

„Nicht übel."

„Ich weiß. Normalerweise müssen wir uns hinten im Lieferwagen fertigmachen."

Livia schnaubte und sie arrangierten schnell die Canapés auf den Silbertabletts. Als sie fertig waren, sah Livia, dass der hübsche Assistent gegangen war und Marcel ihnen zunickte. „Gute Arbeit. Das Essen sieht großartig aus. Die Party beginnt in einer Stunde, aber die Gäste kommen jetzt schon, also fangen wir mit den Willkommensdrinks und den Kürbissnacks an. Glaubt ihr, ihr könnt das schaffen?"

„Keine Sorge, Boss." Moriko umarmte Marcel, der vor Freude rot wurde. „Wir werden diesen reichen Kerlen eine gute Zeit bereiten ... Moment, das klang dreckiger, als ich es meinte."

Livia lachte laut, als Moriko mit den Schultern zuckte. „Komm schon. Wir müssen uns umziehen."

Eine halbe Stunde später litt Livia unter der Enge ihres kurzen, schwarzen, körperbetonten Rockes. Sie hatte ihn jahrelang im College getragen – damals, als sie zehn Pfund leichter gewesen war. Heute Morgen hatte sie ihn wieder aus ihrem Schrank gezerrt – er war der sauberste, professionellste Rock, den sie finden konnte. Ich muss einkaufen gehen, dachte sie, während sie ein Lächeln aufsetzte und die Runde mit einem Tablett voller Getränke machte.

Der Hauptballsaal der Villa – „Hauptballsaal", hatte sie einer amüsierten Moriko zugeflüstert, „weil die anderen Ballsäle zu klein sind." – war wunderschön dekoriert, das musste selbst die zynische Livia zugeben. Funkelnde Lichter schmückten die Wände und leise Musik spielte, während die Gäste herumschlenderten, redeten und tranken. Moriko machte den ersten Durchgang mit einem Canapé-Tablett, und Livia konnte sehen, dass ihre Freundin die Zähne zusammenbiss, während sie unerwünschte Anmachversuche abwehrte.

„Hey, Livvy." Sie hörte Roan Saintmarcs Stimme hinter sich und drehte sich um. Sie war erleichtert, ein bekanntes Gesicht zu sehen. Wenn die Gäste bei ihrer Anwesenheit nicht die Nase rümpften oder versuchten, sie ins Bett zu kriegen, sahen sie durch sie hindurch, als wäre sie unsichtbar. Roans Lächeln war freundlich. Er deutete auf seinen Gesprächspartner, einen großen, dunkelhaarigen Mann mit einem ordentlich gestutzten Bart und braunen Augen.

„San, das ist eine Kellnerin aus meinem Lieblingsrestaurant. Livia, das ist Sandor Carpentier, ein guter Freund von mir."

Sandor Carpentier zeigte ein warmes, offenes Lächeln, als er Livias

Hand schüttelte. Sie grinste die beiden an und war glücklich darüber, endlich wohlwollende Gesichter zu sehen. „Darf ich nachschenken?" Sie hob die Flasche an, die sie in der Hand hielt, und füllte ihre Gläser. „Mein Boss hat mir verraten, dass bald der gute Bourbon serviert wird", sagte sie mit einem Augenzwinkern.

„Wie ich Nox kenne, wird er das wirklich", sagte Roan und sah sich um. „Wo wir gerade von ihm sprechen, hast du unseren Herrn und Meister schon kennengelernt, Liv?"

Sie schüttelte den Kopf. „Aber er würde mir wahrscheinlich sagen, dass ich mich wieder an die Arbeit machen soll. Es war nett, mit Ihnen zu plaudern, Mr. Saintmarc, Mr. Carpentier."

„Nenne mich bitte Sandor", sagte der Mann, und Livia entschied, dass sie seine fröhlich funkelnden Augen mochte. Er schien nicht so unnahbar zu sein wie die anderen. „Und wenn du Nox kennen würdest, wüsstest du, dass das unwahrscheinlich ist. Er würde wahrscheinlich darauf bestehen, dass du mit uns etwa trinkst."

Livia lächelte und entschuldigte sich. Sie wollte nicht, dass Marcel in Schwierigkeiten geriet, weil sie den Gästen zu nahe kam, und ging zurück in die Küche, um ihr Tablett wieder aufzufüllen. Moriko kam gerade aus dem Garten herein.

„Hey, ich habe meine Pause beendet und Marcel hat mir gesagt, dass du jetzt dran bist. Es gibt hier ein paar gute Verstecke, wo du deine Schuhe ausziehen kannst."

Livia lächelte ihre Freundin dankbar an und trat aus der Küchentür in den üppigen Garten. Es war dort dunkler als auf der Vorderseite des Hauses und sie konnte den Nebel sehen, der vom Bayou am Ende des Grundstücks aufstieg. Livia fand es wunderbar gruselig. Es passte zur Halloween-Atmosphäre der Party und war noch schöner als die Dekorationen im Ballsaal.

Mit einem leisen Stöhnen schlüpfte sie aus ihren High Heels und fragte sich, warum sie nicht wie üblich flache Schuhe getragen hatte. Aber sie wusste, warum – sie wollte für Marcel einen guten Eindruck machen. Sie wusste, dass sie in ihren High Heels cool und professionell wirkte und zumindest war sie so ein paar Zentimeter größer, so dass man sie besser sehen konnte. Dennoch pulsierten ihre Füße vor

Schmerz und als sie die heißen Sohlen auf den kühlen Boden stellte, seufzte sie erleichtert auf.

Sie ging barfuß in einen kleinen Hain, wo sie eine steinerne Bank entdeckte. Livia erstarrte, als sie bemerkte, dass sie schon besetzt war. „Entschuldigung", sagte sie und sah dann, dass der Assistent, mit dem sie zuvor einen Moment lang Blicke getauscht hatte, dort saß.

Er hatte seinen Pullover und seine Jeans gegen einen sehr teuren, schwarzen Anzug getauscht. Das gehört wohl zu seinem Job, vermutete sie, aber ihre Aufmerksamkeit wurde darauf gelenkt, wie gut der Anzug zu seinen breiten Schultern und seiner schlanken Figur passte. Sie wollte sich umdrehen und gehen, aber die Traurigkeit in seinen Augen raubte ihr den Atem. „Geht es Ihnen gut?" Ihre Stimme war leise und der Mann starrte sie mit intensiven Augen an, bevor er halb nickte. Dann schüttelte er den Kopf.

„Nicht wirklich, aber die guten Manieren diktieren, dass ich es zumindest behaupte. Also ..." Seine Stimme war tief – ein wunderschöner, tiefer Bariton, der sie erschauern ließ. Livia zögerte einen Moment und setzte sich dann neben ihn.

„Sind Sie dem Chaos entkommen? Ich auch. Nur für eine Minute." Sie lächelte ihn an und bemerkte wieder, wie wunderschön er war, abgesehen von dem Schmerz in seinen Augen. Sie wünschte, sie könnte ihn davon befreien. „Verstecken Sie sich vor den oberen Zehntausend?"

Sein Mund verzog sich zu einem halben Lächeln. „So ähnlich."

Sie beugte sich verschwörerisch vor. „Ich werde Sie nicht verraten", flüsterte sie und er lachte. Sein Gesicht wurde von düster und leicht gefährlich zu jugendlich und freundlich.

„Ich Sie auch nicht." Er sah auf ihr Namensschild. „Livia. Nicht O-Livia?"

Sie schüttelte den Kopf. „Nein, nur Livia." Sie zitterte bei der kühlen Luft, die vom Wasser hochwehte. „Es ist wirklich schön hier."

Er nickte und als er sie zittern sah, zog er sein Jackett aus und legte es um ihre Schultern. Sie spürte, wie ihr Gesicht heiß wurde. „Danke."

Sie sahen einander lange an und Livia war sprachlos. Er roch wundervoll nach sauberem Leinen und würzigem Sandelholz, und für einen Moment musste sie dem Drang widerstehen, mit ihren Fingerspitzen über seine langen, dichten Wimpern zu streichen. Sie waren so schwarz, dass es fast aussah, als würde er Eyeliner tragen.

Sie schluckte schwer. Ihr Verlangen, diesen Fremden zu küssen, war überwältigend und verwirrend zugleich. Sie suchte verzweifelt nach Worten. „Ich habe mir gedacht, dass der Nebel aus dem Bayou gewusst haben muss, dass heute Abend eine Halloween-Party hier stattfindet." Gott, hätte sie noch dümmer klingen können? Sie verfluchte sich, aber er lächelte sie an.

„Das denke ich auch. Ich finde es ... romantisch. Dunkel und bedrohlich vielleicht. Aber auch sinnlich."

Livia spürte etwas zwischen ihren Beinen pochen und war erstaunt. Sie hatte schon seit Ewigkeiten nicht mehr so auf einen Mann reagiert ... oder noch nie, wenn sie ehrlich war. Zwischen ihnen war die Luft elektrisch aufgeladen. Sie musste sich zusammenreißen, bevor sie etwas Unüberlegtes tat. Schließlich musste sie auch an Marcel und Moriko denken.

Sie stieß den Mann mit ihrer Schulter an. „Hey, gehen Sie besser rein, bevor das Essen weg ist. Im Ernst, diese Leute sind so gierig wie Haie. Und das Essen ist wirklich gut. Ich hoffe, Ihr Boss sieht das auch so."

Er lächelte wieder, dieses Mal amüsiert und süß. „Ich bin mir sicher, dass er das tut." Er stand auf und bot ihr seine Hand an. „Sollen wir uns in die Küche schleichen und etwas davon stibitzen?"

Zitternd nahm sie seine Hand – die Haut war überraschend weich und trocken – und stand auf. „Okay. Aber danach müssen Sie mir Ihren Namen sagen."

Ihre Körper waren einander jetzt sehr nahe und Livia spürte, wie seine Wärme durch ihre Kleidung drang. Er strich mit dem Finger über ihre Wangenknochen, und Livia zitterte. Sie lächelte, trat dann aber von ihm weg. „Ich denke, wir sollten jetzt reingehen." So sehr ich dich auch an Ort und Stelle ficken möchte.

Sein Lächeln blieb und er drückte ihre Hand. „Natürlich."

„Nox!" Beide hörten die Frauenstimme, die durch den Garten hallte. „Nox, wo zur Hölle bist du?"

Panik durchlief Livia, als ihr Begleiter rief: „Ich bin hier, Amber. Beruhige dich."

Ich hätte es wissen müssen …

Livia gefror das Blut in den Adern. Scheiße, scheiße, scheiße. Das war Nox Renaud. Er blickte auf sie herab und legte seinen Finger für eine Sekunde auf seine Lippen, bevor sein Lächeln zu einem verschwörerischen Grinsen wurde. „Ich muss los."

Sie nickte und zog sein Jackett aus. „Hier, das gehört Ihnen. Ich gehe sowieso gleich rein."

Er dankte ihr, nahm sein Jackett und verschwand mit einem letzten bedauernden Blick in Richtung der schreienden Frau.

„Oh, verdammt", murmelte Livia. „Wie unprofessionell. Die erste Regel beim Catering lautet, keine Kunden zu küssen. Wenn auch nur fast. Jesus."

Ihr Gesicht brannte vor Verlegenheit, als sie zurück in die Küche ging. Sie schaffte es, den Rest der Party zu bewältigen, indem sie jeglichen Kontakt mit Nox Renaud und seinen Freunden mied ... Es war schwierig, aber nicht unmöglich. Als klar wurde, dass die Party bald enden würde, versteckte sich Livia in der Küche und kümmerte sich um die Aufräumarbeiten.

Marcel lächelte strahlend, als er kam, um ihr und Moriko zu danken. „Liv, du musstest das nicht tun", sagte er und sah erstaunt auf den Stapel leerer, sauberer Tabletts, die sie in den Lieferwagen geladen hatte. Sie grinste ihn an.

„Kein Problem, Boss." Sie machte sich daran, ihre Schürze zu lösen. „Hast du gutes Feedback bekommen?"

„Sehr gutes Feedback. Und einen unerwarteten Bonus, den ihr auf euren Gehaltsschecks finden werdet. Nein, ich erlaube keinen Widerspruch. Man kann über die Familie Renaud sagen, was man will, aber Nox ist ein sehr großzügiger Mann. Er sagte mir auch, dass ich künftig immer sein Caterer sein werde, was nicht viel heißt, weil er nur selten Gäste hat, aber immerhin."

„Immerhin. Es ist ein Anfang." Moriko küsste Marcels Wange und er umarmte sie.

„Danke, Morry. Er sagte auch, er würde mich seinen Freunden und

Kunden weiterempfehlen. Er ist ein guter Kerl. Meine Güte, seht nur, wie spät es ist. Kommt schon, lasst uns von hier verschwinden. Ich lade euch zu einem späten Abendessen ein."

Später, zu Hause im Bett, konnte Livia nicht anders, als im Internet über Nox Renaud nachzuforschen. Sie klickte Fotos von ihm an und bemerkte, dass seine grünen Augen auf seinen Kinderbildern genauso traurig wirkten wie auf den Bildern, die ihn als Erwachsenen zeigten. Sie strich mit ihrem Finger über sein Gesicht. Auf einigen Fotos hatte er einen Bart, der ihn noch attraktiver aussehen ließ. Als sie begann, seine Geschichte zu lesen – über den Mord/Selbstmord seiner Eltern und seines Bruders, den mysteriösen Tod seiner Jugendliebe und die jahrelangen Verdächtigungen gegen Nox selbst –, erfuhr sie, dass nach dem Tod von Ariel Duplas gründlich gegen ihn ermittelt worden war. Nox war zu der Zeit erst achtzehn und der einzige Verdächtige gewesen, aber die Polizei hatte ihn als völlig unschuldig eingestuft. Der Artikel, den Livia las, machte deutlich, dass der Tod seiner Familie den jungen Mann gebrochen hatte.

Seit seiner Familientragödie und den anschließenden Ermittlungen meidet Renaud die Öffentlichkeit. Sein Importgeschäft für Luxuslebensmittel, das er mit seinem Freund Sandor Carpentier betreibt, hat ihn zum Milliardär gemacht, ihm aber auch Vergleiche mit anderen tragischen Personen der Zeitgeschichte eingebracht. Viele Einheimische bezeichnen ihn als den Howard Hughes von New Orleans – einen zurückgezogen lebenden Mann mit unzähligen Geheimnissen. Nur einmal im Jahr bekommen wir Renaud bei seiner Halloween-Party zu Gesicht, was jedoch Klatschmagazine auf der ganzen Welt nicht daran hindert, Spekulationen über das Liebesleben dieses verheerend – einige sagen sogar gefährlich – gutaussehenden Mannes anzustellen. Bald wird Nox Renaud vierzig – wird er jemals seine Vergangenheit hinter sich lassen können?

. . .

Gott, ich hoffe es. Der Gedanke kam Livia spontan, als sie ihren Finger über sein Foto gleiten ließ. Nicht, dass es sie etwas anging, aber sie hatte etwas Besonderes an dem Mann wahrgenommen – dass er mehr als nur ein hübscher, reicher Kerl war. In ihm steckte viel mehr, dessen war sie sich sicher.

Als sie an diesem Abend schlafen ging, träumte sie von Nox Renaud, seinen schönen grünen Augen und dem Moment, in dem seine Lippen sich auf ihre drücken würden.

KAPITEL DREI

Amber verdrehte die Augen, als Nox sich an den Tisch setzte. Sie waren im French Quarter mit seinen belebten Straßen und den zur Mittagszeit üblichen Menschenmengen, und das Restaurant, das Amber gewählt hatte, war fast voll. „Du bist wieder einmal zu spät, Renaud. Wo ist die Rolex, die ich dir letztes Jahr gekauft habe?"

Nox seufzte und küsste ihre Wange. „Du weißt, dass ich es nicht mag, sie in der Öffentlichkeit zu tragen. Es sieht angeberisch aus. Nicht, dass ich nicht dankbar dafür wäre", fügte er hinzu, als er Ambers Stirnrunzeln sah. „Es war ein schönes Geschenk. Ich weiß nur nicht, ob es wirklich zu mir passt."

Amber öffnete den Mund, um zu widersprechen, dann gab sie auf. Nox sah seit der Party anders aus und schien anders zu sein – unbeschwerter. Amber hatte sich gefragt, ob es nur die Erleichterung darüber war, die Pflichtveranstaltung ein weiteres Jahr hinter sich gebracht zu haben, aber es war bereits eine Woche vergangen, und jedes Mal, wenn sie ihn gesehen hatte, war Nox glücklich gewesen.

„Was ist los mit dir?", fragte sie ihn jetzt und Nox, der die Speisekarte gelesen hatte, blickte auf und lächelte sie an.

„Was meinst du?"

„Ich meine ... du siehst anders aus. Leichter."

„Ich habe nicht abgenommen, im Gegenteil."

Amber verdrehte wieder die Augen. Nox war nicht auch nur annäh-rend übergewichtig. „Ich meine emotional. Du scheinst fröhlicher zu sein als sonst."

Nox lachte und seine grünen Augen funkelten. „Wirklich?"

„Also gut, dann erzähle es mir eben nicht." Amber schnappte sich mürrisch die Speisekarte und schmollte dahinter. Nox unterdrückte ein Grinsen.

„Amber ... hattest du jemals einen der Momente, wie flüchtig auch immer, wo dich jemand oder etwas daran erinnert hat, warum du lebst? Jemand, der einen Denkprozess in Gang setzt und dich dazu bringt, deine gesamte Existenz neu zu bewerten?"

„Ist das die elegante Art zu sagen, dass du flachgelegt wurdest?" Amber spürte, wie ein Hauch von Eifersucht sie durchzog, und wischte das Gefühl beiseite. Er gehört dir nicht ... das hat er nie getan.

Nox schüttelte den Kopf. „Nein, wurde ich nicht ... nein. Ich hatte einfach einen besonderen Moment mit einer Frau auf der Party. Ich würde sie gerne wiedersehen, das ist alles."

„Wirklich?" Amber ging alle Partygäste in ihrem Kopf durch. „Wer?"

Nox zögerte und lächelte sie reumütig an. „Kann ich dieses Geheimnis noch ein bisschen für mich behalten? Ich schwöre, sobald es mehr als ein ... Moment ist ... wirst du die Erste sein, die davon erfährt."

Amber entspannte sich. „Natürlich, mein Lieber." Sie streckte die Hand aus und drückte seine. „Ich freue mich für dich. Es ist an der Zeit, dass du eine heiße Romanze erlebst."

Nox brach in Gelächter aus und Amber stimmte mit amüsierten blauen Augen mit ein. Als sie ihr Essen bestellten, musterte sie ihren Freund. Sie kannten sich schon mehr als die Hälfte ihres Lebens. Sie hatten sich durch Ambers Zwillingsschwester Ariel kennengelernt, die eines Tages von der Schule nach Hause gekommen war und ihrer Familie erzählt hatte, dass sie den schönsten Jungen der Welt getroffen habe.

Sie hatte nicht unrecht gehabt. Nox Renaud war die Art von Mann, die Bildhauer zu Statuen inspirierte. Kräftiger Kiefer, perfekt symmetrische Züge, große grüne Augen, sinnlicher Mund. Gott. Mehr als einmal seit Ariels Tod hatte Amber sich gefragt, ob sie und Nox zusammen enden würden – hauptsächlich aus Bequemlichkeitsgründen –, aber er hatte nie einen Schritt auf sie zu gemacht und sie hatte nie den Mut gefunden, sich ihm zu offenbaren.

Zugegeben, es tat ein bisschen weh, dass Nox nun doch noch Interesse an jemandem zeigte und es nicht sie war, aber sie konnte ihrem Freund sein Glück nicht missgönnen. Ambers eigenes Liebesleben war ... kompliziert. Sie hatte immer zwei Liebhaber auf einmal, ließ sie aber niemals in die Nähe ihres Herzens kommen. Ihre Schönheit, ihr Reichtum, ihre Stellung in der Gesellschaft – sie brauchte keinen Ehemann. Es machte sie für die Frauen von New Orleans zur Bedrohung und sorgte dafür, dass sie ihre Ehemänner von ihr fernhielten. Sie ahnten nicht, dass Amber an keinem von ihnen interessiert war. Was sie wollte, war viel komplexer. Jemand wie Nox, sagte sie sich, dann schob sie den Gedanken weg. Er würde niemals ihr gehören, und das würde sie akzeptieren müssen.

„Also, wann wirst du zu ihr gehen?", fragte sie Nox, der vor Nervosität blinzelte. Zu ihrer Überraschung erschienen zwei rosige Stellen auf seinen Wangen, als er mit den Schultern zuckte.

„Keine Ahnung. Ich arbeite schon seit Tagen daran, den Mut aufzubringen, mich ihr zu nähern."

Amber spuckte fast ihr Wasser aus. Nox Renaud – der Milliardär und unheimlich attraktive Geschäftsmann – war zu nervös, um ein Mädchen um ein Date zu bitten. „Wow. Ich habe dich nicht mehr so gesehen seit ..."

Sie verstummte und sah weg. Ariel war immer da und stand zwischen ihnen. Amber schluckte den Kloß in ihrem Hals herunter. Nox' Lächeln war verblasst und er nickte. „Ich hätte nie gedacht, dass dieser Tag kommen würde, Amber ... niemand, niemand wird sie jemals ersetzen können."

„Das weiß ich, aber hoffentlich wird dir eines Tages jemand genauso viel bedeuten."

Seine Augen tanzten auf eine Weise, die sie seit Jahren nicht mehr gesehen hatte. „Das hoffe ich auch, Amber. Das hoffe ich so sehr."

Livia versuchte aufzuhören, an Nox Renaud zu denken, während sie aufsteigende und absteigende Tonleitern übte und den einfachen Rhythmus benutzte, um sich abzulenken. Seit sie ihn vor einer Woche getroffen hatte, war ihr Körper elektrisiert und ihr Gehirn in Aufruhr. So viel Chemie mit jemandem zu haben, den sie wahrscheinlich niemals wiedersehen würde ... Es schien nicht richtig zu sein. Sie zögerte beim Spielen und schlug dann die Finger krachend auf die Tasten.

„Falls du kein seltsames Stockhausen-Ding ausprobierst", sagte eine Stimme hinter ihr, „bist du heute nicht bei der Sache."

Livia drehte sich um und lächelte ihre Tutorin an. In den paar Monaten, die sie am College war, war Charvi Sood mehr als nur eine Lehrerin für sie geworden. Die beiden Frauen waren über ihre Liebe zum Jazz und zu Monk, Parker und Davis Freundinnen geworden. Außerdem teilten sie die Bewunderung für Judy Carmichael, den Grund, warum Livia sich in das Genre verliebt hatte. Als sie noch zu Hause bei ihrem Vater gewohnt hatte, hatte sie Carmichaels Jazz-Radiosendungen mit Kopfhörern gelauscht, um die Stimme ihres Vaters zu dämpfen, der den Fernseher anschrie. Das Genre hatte ihr geholfen, sich aus dem heißen San Diego nach New Orleans zu träumen.

Charvi legte den Stapel Notenblätter, den sie in der Hand hielt, beiseite und spähte über ihre Brille auf die junge Studentin. „Bist du okay? Du warst die ganze Woche hier und hast geübt. Du kannst dich ausruhen, verstehst du? Ich weiß, dass du deinen Master-Abschluss ernst nimmst, aber du musst dich auch erholen. Das ist wichtig für die Konzentrationsfähigkeit."

Livia lächelte sie an. „Ich weiß. Ich versuche, mich von einem Mann abzulenken. Es ist total nervig."

Charvi lachte und schüttelte den Kopf. „Es passiert den Besten von uns. Willst du darüber reden?"

Livia spielte mit ihrem Zeigefinger eine Melodie. „Es ist peinlich. Er ist so weit außerhalb meiner Liga und ..."

„Moment, junge Dame. Niemand ist außerhalb deiner Liga."

Livia seufzte. „Er ist Nox Renaud."

Das ließ Charvi innehalten. „Ah. Nun, ich würde sagen, das Problem ist nicht, dass du nicht in seiner Liga bist, sondern dass er Nox Renaud ist."

Livia sah ihre Freundin neugierig an. „Du kennst ihn?"

„Ich kannte seine Mutter. Ich habe Nox ein paar Mal getroffen. Er ist ... ein Rätsel. Zumindest wenn man dem Gerede der Leute Glauben schenkt."

„Er hat die traurigsten Augen, die ich je gesehen habe, und er wirkte so süß. Einsam, aber süß. Nett. Und freundlich und warmherzig und ..."

„Du bist in ihn verknallt."

Livia zuckte mit den Schultern. „Ja, aber das spielt keine Rolle. Es ist nicht so, als würden wir in denselben Kreisen verkehren. Vergiss, dass ich darüber gesprochen habe."

Charvi lächelte. „Nun, lass uns diese Gefühle in dein Klavierspiel einbringen. Gib mir etwas Langsames und Sinnliches. Improvisiere. Denke an Mr. Renaud und lass deine Finger über die Tasten gleiten."

Zuerst war Livia verlegen und fühlte sich entblößt, aber als ihre Finger die Tasten berührten, begann sie, eine Melodie zu erfinden. Sie schloss die Augen und dachte an das Gefühl seiner Finger auf ihrer Wange, den Geruch seiner Haut, die ozeangrüne Farbe seiner Augen ... Sie spielte eine Melodie, die so süß war, dass sie weinen wollte. Als sie fertig war und ihre Augen öffnete, konnte sie spüren, wie ihr Gesicht rot wurde.

„Wow, dich hat es richtig erwischt", neckte Charvi sie und hielt ihr Handy hoch. „Es braucht Arbeit, hat aber Potenzial. Ich habe alles aufgenommen und werde es dir per E-Mail schicken. Deine Aufgabe besteht darin, es zu einem Stück zu formen, das du bei dem Konzert am Ende des Semesters spielen kannst."

Livia starrte sie an. „Ist das ein Scherz?" Sie wurde panisch bei der

Vorstellung, etwas so Persönliches vor Publikum preiszugeben. Aber Charvi nickte.

„Ich meine es todernst. Ich habe dich noch nie so fest verbunden mit deinem Klavier gesehen, Liv." Sie blickte auf ihre Uhr. „Gleich beginnt mein Seminar. Arbeite daran, Liv, und ich schwöre, du wirst sehen, was ich meine."

Als sie allein war, überprüfte Livia ihren Posteingang. Charvi hatte ihr tatsächlich die MP3-Datei per E-Mail geschickt, und als Liv sie sich noch einmal anhörte, wurde ihr klar, dass ihre Komposition tatsächlich Potenzial hatte. Sie nahm ein leeres Blatt Papier und fing an zu schreiben.

Nox sah auf, als Sandor an die Tür klopfte. „Hallo."

Sandor grinste. „Arbeitest du immer noch? Alter, es ist Freitagabend. Lass uns ausgehen und etwas trinken."

Nox lachte. „Das würde ich gern, aber ich warte auf einen Anruf aus Italien. Hast du kein Date?"

Sandor zuckte mit den Schultern. „Sie hat abgesagt. Ich bin irgendwie erleichtert, um ehrlich zu sein. Ich werde langsam zu alt, um jede Woche mit einem anderen hübschen Mädchen zusammen zu sein."

„Mein Herz blutet für dich. Also muss ich als Ersatz herhalten?"

Sandor grinste. „Genau. Nimm dein Handy mit, damit du den Anruf unterwegs annehmen kannst. Wir brauchen beide einen Drink."

Nox zögerte. „Gut, aber lass uns ins French Quarter gehen."

„Willst du dich unter die Touristen mischen? Also los."

Eine Stunde und zwei Gläser Bourbon später entspannte sich Nox auf seinem Platz und sah sich in der Bar um. Er hatte Sandor nicht gesagt, dass die Bar, die er gewählt hatte, auf der anderen Straßenseite von Marcel Pessous Restaurant lag – oder dass Nox, seit sie hergekommen waren, nach einer Spur von Livia suchte. Seit ihrer Begegnung hatte er keine einzige friedliche Nacht gehabt.

Ihre weiche Haut, ihre riesigen schokoladenbraunen Augen, ihre goldbraunen Haare, die in unordentlichen Wellen über ihre Schultern fielen ... alles verfolgte ihn. Ihr Erröten, als er ihr Gesicht berührt hatte. Er war kurz davor gewesen, sie zu küssen – was völlig unpassend gewesen wäre. Aber, Gott, die Gefühle, von denen er gedacht hatte, dass er sie nie wieder haben würde, wirbelten wie ein Sturm durch ihn.

Er musste sie wiedersehen – um herauszufinden, ob die Verbindung zwischen ihnen nicht nur vorübergehend gewesen war. Um herauszufinden, ob es real und echt war, etwas, auf das sie aufbauen konnten. Außerdem musste er unbedingt ihren wunderschönen rosa Mund küssen – allein der Gedanken daran machte ihn verrückt.

„Nox? Kumpel?"

Nox blinzelte, als er in die Gegenwart zurückkehrte. „Entschuldigung, was?"

„Ich sagte, ich habe auf der Party mit Roan gesprochen. Er scheint sehr daran interessiert zu sein, mit uns am Feldman-Projekt zu arbeiten."

Nox schnaubte und nippte an seinem Bourbon. „Was weiß Roan über den Handel mit Luxuslebensmitteln?"

„Nichts, aber er weiß etwas über die Handelsschifffahrt." Sandor warf Nox einen vorwurfsvollen Blick zu. „Du magst ihn für einen Playboy halten, aber er ist ein vernünftiger Mann. Außerdem ... will er investieren."

„Was?"

„Er sagte mir, er möchte, dass wir drei zusammen Geschäfte machen. Er will in die Firma einsteigen."

Zum ersten Mal an diesem Abend hörte Nox auf, an Livia zu denken, und beugte sich vor, um seinen Freund zu mustern. „Wieso hat er mir nichts davon gesagt?"

Sandor grinste. „Weil er weiß, dass du denkst, er sei ein Playboy. Er ist dein bester Freund, aber es gibt in jeder Clique einen Lebemann und bei uns war das immer Roan. Er hat wohl gehofft, dass ich mich für ihn einsetze. Und genau das tue ich jetzt. Ich denke, wir sollten darüber reden. Er will dich beeindrucken, Kumpel, das ist alles."

Nox überlegte. „Ich bin bereit, darüber zu sprechen. Definitiv."

Sandor lächelte. „Also kann ich ihm eine Zusage machen?"

„Sag ihm, dass wir darüber reden, San. Nicht mehr. Zumindest vorerst."

„Ich liebe es, wenn du so zugänglich wirst. Noch einen Drink?"

„Warum nicht?"

Nox lehnte sich zurück und seine Augen wanderten automatisch zu dem Restaurant auf der anderen Straßenseite. Er konnte das hübsche asiatische Mädchen sehen, das mit Livia auf seiner Party gearbeitet hatte, aber Livia selbst war nirgendwo. Er grübelte darüber nach, was Sandor gesagt hatte. Roan war Nox' ältester Freund, aber er war auch jemand, der spontan handelte – manchmal sogar gedankenlos. Nox hatte hart für sein Unternehmen gearbeitet, und nicht einmal seine Liebe zu seinem Freund konnte ihn darüber hinwegtäuschen, dass Roan ein Risiko war. Nox rieb sich die Augen. Vielleicht sollte er sich entspannen und etwas wagen.

Seine Gedanken wanderten zurück zu dem schönen Mädchen, das er auf seiner Party getroffen hatte. Er würde ein Risiko eingehen. Er hatte genug davon, immer abzuwarten. Morgen würde er das Restaurant aufsuchen und nach ihr fragen. Wenn sie nicht da war, würde er seine Nummer hinterlassen. Aber wenn sie da war ...

Er lächelte immer noch, als Sandor mit den Drinks zurückkam.

Es war nach Mitternacht, als Livia die Übungsräume verließ, und da sie nicht genug Geld für ein Taxi hatte, ging sie zu Fuß nach Hause. Auf dem Weg durch das French Quarter beschloss sie, zum Restaurant zu gehen und zu fragen, ob Moriko auf ihrem Heimweg Gesellschaft haben wollte.

Als sie in eine Gasse einbog, die zur Bourbon Street führte, spürte sie plötzlich, wie sie zurückgerissen wurde und ein schwerer Arm sich um ihren Hals legte. Schockiert stieß sie ihre Ellbogen mit aller Kraft zurück, fluchte und schrie ihren Angreifer an. „Runter von mir, du Scheißkerl!" Sie schlug mit ihrer Faust in den Unterleib des Mannes, und er stöhnte und gab sie frei.

Voller Wut und mit Adrenalin im Blut prügelte Livia auf den Straßenräuber ein, bis er immer noch stöhnend die Flucht ergriff, nachdem er ihr „Schlampe!" entgegengeschrien hatte. Livia antwortete mit einer

Flut von Schimpfwörtern. Es war ihr gleichgültig, wer sie hörte. Schließlich atmete sie tief durch, ergriff ihre Tasche und drehte sich zum Restaurant um.

Sie gefror zu Eis. Nox Renaud starrte sie erstaunt und mit Bewunderung in seinen Augen an. Livia stockte der Atem.

„Nun", sagte er schließlich, während sich ein Grinsen langsam über sein Gesicht ausbreitete. „Hallo."

KAPITEL VIER

„Mir geht es wirklich gut", beschwerte sich Livia, als Marcel sie umsorgte und dazu zwang, den angebotenen Bourbon zu trinken. Nox Renaud saß ihr gegenüber und ein kleines Lächeln umspielte seine Lippen. Es war, als würden sie jetzt ein Geheimnis teilen, und Livia konnte nicht anders, als zu grinsen.

„Ich habe dich schreien gehört", sagte Nox zu ihr, „und bin losgerannt, um dir zu helfen, aber du hattest den Kerl schon erledigt, als ich dort ankam. Das war knallhart, wenn du mich fragst."

„Ein Mädchen muss auf sich aufpassen", entgegnete Livia. Sie konnte nicht aufhören, ihn anzusehen – sie hatte sich definitiv nicht nur eingebildet, dass er hinreißend war. Seine grünen Augen, seine dunklen Haare und seine wilden Locken waren so schön wie in ihrer Erinnerung. Die Art, wie er sie anschaute, wärmte ihren ganzen Körper.

Marcel und Moriko schienen die aufgeladene Atmosphäre zu bemerken und nachdem sie sichergestellt hatten, dass Livia nach dem Schock des Überfalls wirklich in Ordnung war, verschwanden sie diskret. Das Restaurant war jetzt geschlossen. Nur ein paar Lampen waren noch an und in der Dunkelheit nahm Nox ihre Hände in seine.

„Ich konnte nicht aufhören, an dich zu denken", sagte er ehrlich. „Ich gebe zu, mein Freund und ich sind für Drinks hergekommen und ich habe absichtlich die Bar auf der anderen Straßenseite gewählt ... ich hatte gehofft, dich zu sehen."

„Welcher Freund?"

„Sandor. Du hast ihn vielleicht auf der Party getroffen."

Livia nickte. „Ja. Er schien reizend zu sein."

Nox lächelte. „Das ist er auch. Aber so nett er auch ist – ich will jetzt nicht über Sandor reden. Liv, die Zeit, die wir zusammen im Garten verbracht haben ... Ich will keine voreiligen Schlüsse ziehen, aber aus meiner Sicht war da etwas."

„Ich habe es auch gespürt." Sie begann zu zittern, als er sich von seinem Platz erhob und näher zu ihr trat. Er war so groß, dass sie sich klein neben ihm fühlte. Er zog sie von ihrem Stuhl hoch und legte seine Hände auf ihre Taille, während er sie zögernd und fragend anblickte.

„Ist das okay?"

Livia nickte und Nox lächelte. Er beugte den Kopf und Livia fühlte – endlich – seine Lippen auf ihren. Der erste Kuss war kurz und vorsichtig. Aber es blieb nicht bei einem. Nox wurde leidenschaftlicher und seine Finger, die in ihren langen Haaren vergraben waren, zogen sie näher zu sich. Livia konnte fühlen, wie wild sein Herz in seiner Brust schlug, als sie ihre Arme um ihn legte und ihre Hände die angespannten Muskeln seines Rückens erkundeten.

Ihn zu küssen war so, wie sie sich eine Injektion mit reinem Heroin vorstellte. Berauschend, überwältigend, elektrisierend. Seine Lippen passten sich perfekt ihren an, seine Zunge streichelte und massierte ihre Zunge und sein Atem war unregelmäßig. Schließlich lösten sie sich voneinander und rangen verzweifelt nach Atem.

„Wow", hauchte Livia. „Wow."

Nox strich mit den Fingerspitzen über ihr Gesicht. „Livia, darf ich dich zu einem Date einladen?"

Seine Worte klangen nach dem atemberaubenden Kuss so förmlich, dass sie kicherte. Nox grinste. „Es tut mir leid, ich bin aus der Übung. Was ich meine ist, dass ich dich gerne wiedersehen würde. Und wieder. Immer wieder."

Seine Worte ließen sie dahinschmelzen und sie lehnte sich an ihn.

Dann blickte sie zu ihm auf. „Das wäre schön, Nox, sehr sogar. Aber ...
was werden deine Familie und deine Freunde denken? Ich bin nur eine
Kellnerin. Nun, und eine Studentin, aber ich gehöre eindeutig nicht zu
deinem sozialen Umfeld. Werden sie nicht schlecht über uns denken?"

„Das ist mir egal. Du bist nicht nur Kellnerin oder Studentin.
Beides sind ehrenwerte Dinge. Und wen interessiert schon, was unsere
Jobs sind? Du bist Livia, ich bin Nox. Der Rest ist unwichtig."

Livia stieß ein leises Stöhnen aus, und er zog seine Arme fester um
sie. „Ich will dich einfach nur kennenlernen, Liv. Für den ganzen Rest
können wir eine Lösung finden. Lass es uns einfach versuchen, das ist
alles, worum ich dich bitte."

Er brachte sie zurück zu ihrer Wohnung, bat aber nicht darum,
eintreten zu dürfen. Stattdessen küsste er sie wieder und es war
genauso gänsehauterregend wie zuvor. Sie spürte die Anspannung in
seinem Körper und seine riesige Erektion, die sich gegen ihren Bauch
drückte, als er sie festhielt, aber Nox Renaud war eindeutig ein Gentle-
man. „Darf ich dich morgen wiedersehen?"

Er war so höflich. Sie nickte grinsend. „Morgen ist mein freier Tag,
also ja."

„Würdest du den Tag mit mir verbringen?"

„Sehr gern."

Nox strich mit seinen Lippen über ihre und seine Hände umfassten
sanft ihr Gesicht. „Um zehn Uhr vormittags?"

„Perfekt."

Der Kuss wurde leidenschaftlicher und ließ Livia atemlos zurück.
Nox lächelte sie an. „Gute Nacht, schöne Liv."

„Gute Nacht, Nox."

Sie fühlte sich verlassen, als sie beobachtete, wie er wegging und sich
noch einmal zu ihr umdrehte, bevor er um die Ecke bog. Sein Grinsen
ließ ihr Herz schneller schlagen. Einen Moment stand sie in der kühlen
Nacht und blinzelte. „Ist das tatsächlich passiert?"

Sie kicherte und ging hinein. Als sie die Tür zu ihrer Wohnung öffnete, hielt Moriko, die in einen Hello-Kitty-Pyjama gekleidet war, eine Tüte Kartoffelchips hoch und sagte: „Auf die Couch mit dir. Du gehst erst ins Bett, wenn du mir alles erzählt hast."

Er hatte Nox und das Mädchen Livia aus sicherer Entfernung dabei beobachtet, wie sie zu ihrer Wohnung gingen. Sie waren offensichtlich voneinander hingerissen und er vermutete, dass sie sich auf der Party kennengelernt haben mussten. Die Party, auf der sie die Kellnerin und Nox der milliardenschwere Gastgeber gewesen war. Er musste zugeben, dass Nox guten Geschmack hatte. Livia war wunderschön mit ihren weichen, üppigen Kurven. Trotzdem, eine Kellnerin ... Der Skandal würde enorm sein, besonders unter ihresgleichen, aber das war es nicht, was ihn zum Lächeln brachte. Nein, es war der Gedanke, dass Nox und Livia sich möglicherweise so heftig ineinander verliebt hatten, dass Nox daran zerbrechen würde, wenn sie ihm weggenommen wurde.

Und das war alles, wovon er jemals geträumt hatte ...

KAPITEL FÜNF

Moriko saß neben dem Waschbecken und beobachtete, wie Livia ihr Make-up auftrug. „Ich kann nicht glauben, dass du nicht mit ihm geschlafen hast."

Livia verdrehte die Augen. „Hey, wir hatten noch nicht einmal ein Date."

„Wie prüde."

Livia grinste. Moriko war spontan, Livia hingegen zog eine langsame Annäherung vor. „Und wenn wir im Restaurant Sex gehabt hätten, hätten wir es mit dem Gesundheitsamt zu tun bekommen." Gott, schon allein der Gedanke an Sex mit Nox machte sie heiß, aber sie schob ihn beiseite, bevor Moriko es mitbekam. „Hör zu, wir gehen auf ein Date. Mehr nicht."

„Wohin führt er dich aus?"

Livia seufzte. „Keine Ahnung. Darüber haben wir nicht gesprochen."

„Zu beschäftigt mit Küssen, hm."

Livia lachte laut. „Nun, kannst du mir das zum Vorwurf machen? Hast du ihn gesehen? Jetzt geh, ich muss mich fertigmachen und du lenkst mich ab."

Moriko hüpfte grinsend auf den Boden und tippte auf eine

geschlossene Schublade. „Da drin sind jede Menge Kondome. Nimm eine Handvoll mit. Sicher ist sicher."

Livia zeigte grummelnd, aber grinsend auf die Tür und Moriko ging endlich. Livia schloss die Tür hinter ihr und lehnte sich seufzend dagegen. Ihr ganzer Körper schien zu glühen. Wenn Nox sie noch einmal berührte, würde sie sich auf ihn stürzen. „Beruhige dich", murmelte sie vor sich hin. Als sie fertig war, holte sie trotzdem ein paar Kondome aus der Schublade und schob sie tief in ihre Handtasche.

Nox war fünf Minuten zu früh dran. „Tut mir leid, ich konnte nicht mehr warten."

Livia sah, wie Moriko hinter Nox' Rücken eine rüde Geste machte, und starrte sie böse an. „Entschuldige Morikos Verhalten. Sie wurde von Wölfen aufgezogen."

„Das sind oft die besten Leute", sagte Nox grinsend zu Livias Freundin, die ihn anlächelte.

„Pass auf sie auf", sagte sie. „Bis später, ihr Turteltauben." Sie verschwand in ihrem Zimmer, während Livias Gesicht rot brannte.

„Also", sagte sie und versuchte, in seiner Gegenwart nicht nervös auszusehen. „Was ist der Plan?"

„Nun, ich habe gehört, dass du noch nicht lange in New Orleans bist, also dachte ich, wir könnten vielleicht eine Dampferfahrt machen. Wir könnten uns die Stadt ansehen und reden. Was denkst du?"

Livia lächelte ihn an. „Ich denke, das klingt perfekt."

Der Dampfer Natchez war voller Touristen, als er über den Mississippi fuhr, aber weder Nox noch Livia kümmerten sich darum. Sie saßen auf dem Deck und genossen die frische Luft. Das Wetter war immer noch sehr warm, obwohl es bereits November war.

„Ich stamme aus Südkalifornien, also bin ich heißes Wetter gewöhnt", sagte sie lächelnd. „Hier ist die Hitze anders, feuchter und schwüler. New Orleans ist eine sehr sexy Stadt."

Nox lachte. „Wenn du das sagst. Ich bin hier geboren und aufgewachsen, aber ich muss zugeben, dass mir die Hitze manchmal zusetzt. Warum hast du Südkalifornien verlassen?"

Livia wandte den Blick ab. „Ich habe keine nennenswerte Familie und Moriko war hier. Als ich es geschafft habe, ein Stipendium für die Universität zu bekommen, bin ich hergezogen. Ich habe es nie bereut. Vor allem jetzt nicht."

Sie lächelten einander an und Nox beugte sich vor, um sie wieder zu küssen. „Livia, jene Nacht auf der Party ... Ich habe seit Jahren keine solche Verbindung mehr gespürt."

„Wirklich?" Sie war entzückt, runzelte dann aber die Stirn. „Nein, ich meine wirklich? Sieh dich an, du könntest jede Frau haben."

„Ich bin wählerisch", sagte er grinsend, aber sie konnte etwas in seinen Augen aufblitzen sehen.

„Du gibst nicht viel von dir preis, hm? Ich meine, ich konnte die Traurigkeit in deinen Augen sehen, als wir uns trafen ... Du kannst mit mir reden, weißt du."

Nox' Gesichtsausdruck veränderte sich für einen Sekundenbruchteil – War das Angst? –, aber er schüttelte den Kopf. „Ich glaube fest daran, dass die Vergangenheit hinter uns bleiben sollte. Was ich jetzt will, ist, dass wir uns kennenlernen. Ist das etwas, das dir gefallen würde, Livvy?"

Sie musterte ihn und lehnte sich an das Geländer des Dampfschiffes. „Charvi hatte recht mit dir. Du bist ein Rätsel."

„Charvi? Charvi Sood?" Nox' Augen leuchteten auf und Livia nickte.

„Ja. Kannte sie wirklich deine Mutter?"

„Ich würde sagen, Charvi war die beste Freundin meiner Mutter." Er sah so aufgeregt aus wie ein kleiner Junge. „Ich hatte keine Ahnung, dass sie zurück in New Orleans ist."

„Sie ist meine Tutorin und Mentorin. Ich bin sicher, sie würde dich gerne sehen."

Nox lachte kurz auf. „Warum kommt sie nicht selbst, um mich zu sehen?" Er runzelte die Stirn und war offensichtlich in Gedanken versunken. Livia fragte sich, ob es ein Fehler gewesen war, Charvi zu erwähnen.

Nox schüttelte sich. „Nun, ja, ich würde sie gerne sehen." Er lächelte Livia an. „Also bist du eine meisterhafte Pianistin?"

Sie lachte. „Oh nein, ich bin im Grunde noch eine Anfängerin, wenn man den Umfang des Fachbereichs betrachtet. Mein Fokus liegt auf Jazz-Piano, zumindest bei diesem Programm. Aber ich liebe alle klassische Musik. Und Rock und Blues und so weiter ..."

„Ich fürchte, mein Musikwissen reicht nur bis Pearl Jam und Tom Petty. Diese Art von Musik."

„Ich verehre beide", ermutigte Livia ihn. „Bei meiner Abschlussarbeit habe ich für das Vorspiel eine langsame Klavierversion von Rearviewmirror eingeübt."

„I gather speed, from you fucking with me...", zitierte Nox und ihre Blicke trafen sich. Livia war außer Atem.

„Vorfreude ist eine wunderbare Sache", sagte sie leise und Nox nickte.

„Oh, ich stimme dir zu." Er grinste, strich ihr Haar über ihre Schulter zurück und streichelte mit seinem Finger ihren Nacken. „Deine Haut ist so weich."

Ein Kribbeln durchfuhr ihren Körper bei seiner Berührung. Gott, ich will dich, dachte sie. Aber wie sie gesagt hatte, war die Vorfreude darauf, mit dem Mann zu schlafen, elektrisierend. Ihre Augen fielen auf seine Leistengegend, wo seine Erektion sich in seiner Jeans abzeichnete. Sie blickte ihn unter ihren Wimpern an. „Ich frage mich, wie lange wir uns noch zurückhalten können."

Nox grinste. „Wenn ich ehrlich sein soll, wäre es fantastisch, jetzt in dir zu sein ... Aber ja, lass uns noch warten. Warum sollen wir uns dem Druck der Gesellschaft beugen und etwas überstürzen?"

Livia presste plötzlich ihre Lippen auf seine und glitt mit der Hand über seinen Schritt. Gott, er war riesig. Nox gab ein Stöhnen von sich. „Himmel, Livvy, hab Erbarmen mit mir, okay?"

Sie kicherte und liebte, dass er ihren Spitznamen schon so bald benutzte. „Hör zu, Mr. Milliardär, du hast hier nicht alle Karten in der Hand. Zumindest in dieser Sache gelten meine Bedingungen."

Nox lachte und vergrub sein Gesicht an ihrem Nacken. „Du riechst so gut. Es ist berauschend."

Sie streichelte seine dunklen Locken. „Wie kommt es, dass ich das
Gefühl habe, dich schon immer zu kennen?"

Nox setzte sich auf und betrachtete sie. Sie streichelte seine dichten
dunklen Wimpern, von denen sie geträumt hatte, und er genoss ihre
Berührung. „Ich weiß, ich spüre das auch."

Sie grinste ihn an. „Nox Renaud, wir werden viel Spaß miteinander
haben."

Sie meinte es ernst. Sie wollte den gequälten Blick in seinen Augen
für immer zum Verlöschen bringen, auch wenn die Anziehung
zwischen ihnen nur flüchtig war. Der Gedanke bereitete ihr unerwarteten Schmerz – schon jetzt fühlte sie sich so wohl bei ihm. Es war, als
wären sie synchron miteinander. Eine kleine Stimme in ihrem Kopf
flüsterte: Du kennst ihn noch nicht einmal richtig, aber sie ignorierte
sie. Sie würden jetzt Spaß haben, und das war genug.

Sie verbrachten zwei glückselige Stunden auf dem Dampfer und
nahmen dann ein Taxi zurück zum French Quarter und einem Burger-
Lokal, das Livia vorgeschlagen hatte. Nox schien nicht der Typ zu sein,
der die Nase bei alltäglichen Gerichten rümpfte. Tatsächlich war er
begeistert von dem saftigen Burger, der mit sautierten Champignons
und geschmolzenem Käse belegt war. Livia grinste ihn an.

„Gut, nicht wahr?"

„Verdammt gut." Er nahm einen Schluck aus seiner Bierflasche,
und sie grinste und strich einen verirrten Pilz von seiner Wange.

„Ich mag Männer, die ihren Burger genießen."

Nox dämpfte verlegen ein Rülpsen mit seiner Faust. Livia kicherte.
„Entschuldigung", sagte er und sie küsste seine Wange. Es hatte bereits
eine solche Veränderung in ihm stattgefunden, seit sie sich kennengelernt hatten. Er war entspannt und selbst die Traurigkeit in seinen
Augen war weniger offensichtlich geworden. Sie konnte kaum glauben, dass es wegen ihr war.

„Erzähl mir mehr über dich, Nox." Ihr Lächeln verblasste ein
wenig und sie sah ihn an. „Es tut mir so leid wegen deiner Familie."

Da war sie, die Vorsicht in seinen Augen, und er blickte einen

Moment von ihr weg. „Entschuldige", sagte sie. „Das hätte ich nicht sagen sollen."

„Nein, es ist okay", erwiderte er. Er schlang seine Finger durch ihre. „Ich kann nicht so tun, als wäre es nicht passiert, und ich möchte von Anfang an ehrlich zu dir sein. Ja, es war hart. Es ist schwer, das Ganze in Worte zu fassen, aber im Moment kann ich nur sagen ... es war nicht leicht, darüber hinwegzukommen."

„Kann man über so etwas überhaupt hinwegkommen?"

Er zuckte mit den Schultern. „Ich weiß es nicht."

Livia strich mit dem Finger über seinen Handrücken. „Ich denke, die Gesellschaft setzt Menschen unter Druck, über traumatische Ereignisse hinwegzukommen. Warum sollten wir das überhaupt tun? Können wir nicht einfach anerkennen, dass der Schmerz immer da sein wird, egal wie viel Zeit vergeht? Wir machen einfach weiter, leben unser Leben und tun so, als wären wir in Ordnung, obwohl wir es nicht sind." Sie umfasste sein Gesicht mit ihrer Hand und ihre Augen waren auf seine fixiert. „In jener Nacht im Garten warst du so ehrlich zu mir. Ich habe dich gefragt, ob es dir gut geht, und du hast zugegeben, dass du dich schlecht gefühlt hast. Lass uns immer so ehrlich zueinander sein, was auch immer passiert und wohin auch immer diese Sache zwischen uns führt. Einverstanden?"

Nox' Augen lagen intensiv auf ihren. „Wie alt bist du, Livia Chatelaine? Weil du die Weisheit von jemandem hast, der viel älter ist. Ja, natürlich." Er beugte sich vor und küsste sie. „Wir können noch so viel voneinander lernen. Ich kann es kaum erwarten. Eine Frage ... Ich werde in zwei Jahren vierzig und du bist wie alt? Dreiundzwanzig, vierundzwanzig?"

„Siebenundzwanzig."

„Stört dich der Altersunterschied?"

Livia drehte sich um und setzte sich auf seinen Schoß, ohne sich darum zu kümmern, ob die anderen Gäste sie beobachteten. Sie legte ihre Arme um seinen Hals und schmiegte sich an ihn. „Du hast gerade selbst gesagt, dass ich viel reifer wirke", flüsterte sie ihm zu. „Also ... welcher Altersunterschied?"

Nox schob seine Hand unter ihr Oberteil und streichelte ihren

Bauch, als sie ihn küsste. Das Gefühl seiner großen Finger auf ihrem Körper machte sie schwach. „Gott, ich will dich." Sie gab ein kleines Stöhnen von sich.

Nox grinste verrucht. „Vorfreude und so weiter … Erinnerst du dich?"

Sie rieb sich an seiner Leistengegend und spürte, wie sein Schwanz sich fast sofort verhärtete. Er stöhnte.

„Du bist ein sehr böses Mädchen, Livia Chatelaine. Der Moment, in dem ich in dir bin, kann nicht – entschuldige das Wortspiel – schnell genug kommen."

Sie sprang von seinem Schoß und grinste. „Vorfreude und so weiter …"

„Verführerin." Und sie lachten beide.

Amber seufzte, als sie sah, wie sich Odelle ihr näherte. Es war Spätnachmittag im Salon und Amber hatte gerade eine herrliche Massage genossen. Das Letzte, was sie wollte, war, dass Odelle ihre Stimmung ruinierte. Die blonde Frau lächelte sie zaghaft an, aber das Lächeln erreichte ihre Augen nicht. Das war nichts Neues bei Odelle.

„Wie schön, dich zu sehen, Odelle", sagte Amber sanft und deutete auf das Teetablett vor sich. „Möchtest du dich mir anschließen?"

Odelle nickte. „Danke." Sie setzte sich und Amber schenkte ihr Kräutertee ein.

„Hat dir Nox' Party gefallen?" Amber wusste, dass Odelle öffentliche Versammlungen hasste. Trotz ihrer Schönheit kam Odelle nicht gut mit Menschen zurecht und Amber hatte sich immer gefragt, warum das so war. Odelle strahlte nicht nur eine berüchtigte Eiseskälte aus, sondern unternahm auch nur selten den Versuch, andere Menschen kennenzulernen, fast so, als würde sie sich vor etwas schützen. Odelle, Amber, Nox und Roan kannten sich seit ihrer Jugend, doch Amber hatte das Gefühl, Odelle nie wirklich gekannt zu haben. Alles, was sie wusste, war, dass Roan die blonde Frau umworben hatte und Odelle sich nur Nox gegenüber öffnete, den sie als einen älteren Bruder betrachtete.

Sie musterte Odelle. Die andere Frau sah müde aus. „Ist alles in Ordnung mit dir, Odelle?"

„Natürlich. Roan und ich denken darüber nach, uns zu verloben."

Amber versuchte, ihren Tee nicht auszuspucken. „Wirklich?" Sie konnte nichts gegen den Zynismus tun, der in ihre Stimme kroch, bedauerte es aber, als Odelle vor Ärger rot wurde.

„Ist es so schwer zu glauben?"

„Nein, natürlich nicht, es tut mir leid. Es ist nur so, dass Roan es nie erwähnt hat. Bist du sicher, dass du an einen Mann gebunden sein willst, der … nun ..."

„… sich nicht beherrschen kann?" Odelles Lächeln war bitter. „Glaubst du, ich weiß nicht über seine anderen Frauen Bescheid, Amber? Natürlich tue ich das. Vielleicht nicht über alle, aber ich habe meine Vermutungen." Sie starrte Amber an, die ihren Blick eisern erwiderte.

„Warum willst du ihn dann heiraten? Warum solltest du nicht jemand anderen ins Visier nehmen? Nox zum Beispiel. Du verehrst ihn und er hat eine hohe Meinung von dir."

„Du hältst unseren Freundeskreis anscheinend für den perfekten Ort, um Bettgeschichten und zwanglose Affären zu finden, Amber. Nox ist meine Familie. Roan mag seine Neigungen haben, aber ich versichere dir, dass ich es bin, zu der er nach Hause kommt."

Plötzlich wurde Amber klar, warum Odelle sie aufgesucht hatte. Sie warnte sie. Sie wollte Roan – ausgerechnet Roan – heiraten und ließ alle wissen, dass er ihr gehörte. Amber lächelte traurig. Arme verblendete Odelle.

„Ich glaube dir." Amber nippte lässig an ihrem Tee und sie saßen eine Weile schweigend da. Als Odelle gegangen war, zog Amber ihr Handy hervor. Sie lauschte dem Summen am anderen Ende der Leitung und als er ranging, ließ sie ihn kaum zu Wort kommen. „Roan, wie lange weiß Odelle schon von dir und mir? Wann hat sie herausgefunden, dass wir ficken?"

Roan legte auf und rieb sich die Augen. Verdammt. Er und Amber waren so vorsichtig gewesen, aber jetzt wusste Odelle, dass er ihre einzige Regel gebrochen hatte. „Zufällige One-Night-Stands sind mir egal", hatte sie ihm in der Nacht gesagt, als er zum ersten Mal vom

Heiraten gesprochen hatte. „Mir ist es wichtig, dass du nicht in unserem sozialen Umfeld herumfickst."

Aber er war unvorsichtig gewesen. Scheiße. Die Heirat mit Odelle würde seine Zukunft sichern – ihr Vater war sogar noch reicher als Nox – und außerdem mochte er es, sie zu ficken. Er mochte es, hinter die eisige Fassade zu blicken.

Fuck. Jetzt würde er all seine anderen Mädchen verlieren und Odelle besänftigen müssen. Er hätte niemals etwas mit Amber anfangen sollen – Amber, die nichts zu verlieren hatte, wenn sie ihre Affäre zugab. Und das war das Verführerische an der Rothaarigen – ihr bedeutete niemand etwas. Außer Nox natürlich. Roan konnte der Eifersucht nicht widerstehen, die er manchmal gegenüber seinem Freund empfand. Nox war einfach so verdammt gut, dass es ihn wütend machte.

Roan seufzte. Er würde den Mist mit den Frauen in seinem Leben vergessen und sich auf das Treffen mit Nox und Sandor konzentrieren. Er wollte in ihre Firma einsteigen. Er war bereit, erwachsen zu werden, und musste sich zusammenreißen, denn in Roans ansonsten perfektem Leben gab es ein eklatantes Problem.

Er war völlig pleite.

KAPITEL SECHS

Nach dem Essen wanderten sie durch die Straßen und genossen die Atmosphäre dort. Später am Abend besuchten sie The Spotted Cat, einen Jazz-Club voller Musik und Menschen. Livia und Nox fanden Stehplätze an der Bar und bestellten Drinks. Livia sah aufgeregt aus. „Ich wollte immer schon einmal hierherkommen, habe aber nie die Zeit dazu gefunden."

Nox grinste sie an. „Wie schaffst du das alles? Ich meine, ich weiß, dass du ein Stipendium hast, aber die Arbeit im Restaurant kann unmöglich genug Geld abwerfen, um alles andere zu bezahlen. Tut mir leid, das geht mich nichts an."

Sie lachte. „Schon in Ordnung. Ich komme klar. Ich musste immer ums Überleben kämpfen, also ist es mir zur zweiten Natur geworden. Die Wohnung mit Moriko zu teilen hilft, und ich brauche nicht viel. Gott sei Dank habe ich das Stipendium."

Nox lächelte über ihre Offenheit. Sie kümmerte sich wirklich nicht um Geld, und er fand es erfrischend. Er konnte sich vorstellen, dass sie mit einem Buch und einem Sandwich zufrieden wäre – sie war keine Frau, die Diamanten und Perlen brauchte. Von all den Dingen, die er ihr geben konnte, schien das, was sie am meisten haben wollte, seine

Zeit zu sein. Er strich mit seiner Hand durch ihr Haar und zog ihre Lippen zu seinen. „Du bist wunderschön", murmelte er an ihrem Mund, „und ich verehre dich."

Livia lachte. „Du kennst mich kaum, aber danke. Du bist selbst nicht übel, du reicher Kerl."

Ihre Worte waren völlig frei von Vorwürfen und er fühlte, wie ihr Mund ein Lächeln formte, als er sie küsste. Eine Band machte sich gerade auf den Weg zur Bühne und als sie zu spielen begann, schlang Nox seine Arme um Livias Taille und zog sie an seine Brust. Livia lehnte sich an ihn und fühlte sich mit der Intimität offenbar wohl.

Die Band riss die Gäste mit und Nox vergaß die Zeit inmitten der schwülen Hitze, der Drinks und des berauschenden Gefühls der schönen Frau in seinen Armen. Immer mehr Leute drängten sich in den Raum, und seine Arme zogen sich fester um Livia zusammen. Sie drehte den Kopf, um ihn anzulächeln, und etwas rührte sich in den beiden, als ihre Augen einander begegneten. Er presste seine Lippen auf ihre und sie drehte sich in seinen Armen um und klammerte sich an ihn. Alles um sie herum schien zu verschwinden – der Club, die Musik, die anderen Menschen …

Er blickte auf sie hinunter und sagte: „Komm mit mir nach Hause." Livias Lächeln wurde breiter und sie nickte. Genug Vorfreude …

Zwanzig Minuten später saßen sie in einem Taxi und fuhren zu seinem Herrenhaus. Nox konnte nicht aufhören, sie zu küssen und ihre Lippen zu kosten, die nach Alkohol schmeckten, während seine Finger sich in ihrer glorreichen Mähne vergruben.

Er erinnerte sich kaum daran, wie sie in sein Schlafzimmer gelangten, aber dort angekommen schob er die Träger ihres Kleides über ihre Schultern und nahm eine rosa Brustwarze in seinen Mund. Er hörte ihr leises Stöhnen, als sie das T-Shirt über seinen Kopf zog und er sich mit ihr auf das Bett fallen ließ. Livia kicherte, während er ihren Bauch küsste und ihr dann den Rest ihres Kleides und ihre Unterwäsche auszog. Ihre Finger fanden seinen Reißverschluss, als er zurückkehrte, um ihren Mund zu küssen, und er fühlte eine Welle des Vergnügens, als sie seinen Schwanz aus seiner Hose befreite.

Livia streichelte ihn, bis er so hart war, dass es schmerzte, aber er widerstand der Versuchung, in sie einzudringen und rutschte stattdessen das Bett hinunter, bis sein Gesicht an ihrem Geschlecht war. Seine Zunge leckte ihre Klitoris und sie erschauerte und zitterte, als sie noch erregter wurde.

„Nox ...", flüsterte sie, als ihr Zentrum anschwoll und empfindlich wurde. Sofort war er wieder bei ihr und küsste ihren Mund.

Sie sah ihn mit riesigen braunen Augen an, die zugleich strahlend und benommen vor Verlangen waren. „Hast du ein ...?"

Er grinste. „Natürlich, Süße." Er griff nach hinten, öffnete die Schublade seines Nachttischs und zog ein Kondom heraus. „Willst du mir dabei helfen?"

Sie grinste und half ihm, es über seinen Schwanz zu rollen. „Großer Junge." Sie kicherte, als er sie kitzelte, aber als er ihre Beine um seine Taille schlang, sah sie plötzlich nervös aus.

„Geht es dir gut?", fragte Nox besorgt und sie nickte.

„Sehr gut, Nox. Ich möchte diesen Moment einfach genießen ..."

Er grinste über ihre wachsende Ungeduld und glitt langsam in sie hinein. Livia stöhnte leise. „Du fühlst dich so gut an", flüsterte sie und lächelte ihn an, als sie ihren Rhythmus fanden.

Nox küsste ihren Hals und dann ihre Lippen. Ihr Körper war so zart und ihre Brüste waren so weich ... Er bewunderte, wie sie sich unter ihm bewegte, während sie sich liebten. Als die Intensität größer wurde, begegneten sich ihre Blicke und Nox begann härter, schneller und tiefer in sie zu stoßen, bis Livias Rücken sich ihm entgegenwölbte und sie seinen Namen rief, als sie kam. Ihr lustvoller Schrei brachte Nox zu seinem eigenen Höhepunkt, bei dem er ihren Namen stöhnte.

Sie ließen sich lachend auf das Bett fallen und schnappten nach Luft. „Ich schätze, wir haben nicht allzu lange durchgehalten", sagte Livia und rollte sich auf die Seite. Nox genoss es, ihre Brüste, die an ihn gedrückt waren, zu spüren, und schlang einen Arm um sie.

„Ich wollte das schon seit mindestens einer Woche tun, also haben wir uns gut geschlagen." Er lachte, als sie die Augen verdrehte.

„Okay, wie du meinst." Sie presste ihre Lippen auf seine. „Gott, Nox, das war unglaublich."

„Und nur der Anfang." Er strich mit der Hand über ihre Seite. „Du hast den Körper einer Göttin."

Sie kicherte. „Vielen Dank. Apropos göttliche Körper ..." Sie biss sanft in seine Brustwarze. „Ich habe die ganze Woche nonstop davon geträumt. Ich habe sogar einen Klavierporno über dich geschrieben."

Nox lachte laut. „Klavierporno? Ich denke, ich fühle mich geehrt, auch wenn ich mir nicht sicher bin, was du damit meinst."

Livia grinste. „Das macht nichts, ich war nur albern." Sie küsste seine Brust und legte ihr Kinn darauf. „Schönes Zuhause." Sie schaute sich zum ersten Mal in dem palastartigen Schlafzimmer um, und Nox beobachtete ihre Reaktion. „Sehr schön sogar."

Nox sah ihr dabei zu, wie sie die marineblau gestrichenen Wände und den mit Holzscheiten gefüllten Kamin in Augenschein nahm – sein Schlafzimmer hätte aus einer Tommy-Hilfiger-Anzeige stammen können.

Livia setzte sich auf und nickte. „Ich mag dieses Zimmer. Es ist klassisch und elegant – genau wie du." Sie grinste und fuhr mit ihrer Hand durch seine dunklen, unordentlichen Locken. Dann sah sie ihn einen langen Moment an und er war überrascht, sie erröten zu sehen.

„Was ist, Liv?"

Sie biss sich zaghaft auf die Unterlippe. „Kann ich dir etwas sagen?"

„Natürlich." Er strich mit seinem Finger über ihre Wange. „Alles."

„Ich habe noch nie ... Ich meine, ich bin keine Jungfrau, aber ich wusste nicht, dass es so sein kann. Sex, meine ich. So aufregend, so ... überwältigend."

Nox war einen Moment still. „Baby, sagst du mir, dass du noch nie ...?"

„... einen Orgasmus hattest? Ja." Sie wurde noch röter. „Ich habe mich noch nie so gehen lassen. Es wäre mir ehrlich gesagt egal gewesen, wenn ich in jenem Moment gestorben wäre, so berauschend war es. Mein ganzer Körper war ... Gott, ich kann es nicht beschreiben."

Nox lachte. „Dann fühle ich mich geehrt, dass dein erster

Orgasmus hier mit mir war. Ich verspreche, mein Bestes zu geben, damit du jedes Mal so kommst."

Livia lächelte. „Ich weiß, es klingt lächerlich, aber es bedeutet mir sehr viel. Und es schadet nicht, Mr. Renaud, dass du hinreißend aussiehst. Ernsthaft, sieh dich an – wer würde nicht bei dir kommen?"

„Ha, ha." Verlegen wischte er ihr Kompliment beiseite. „Liv, du hast gesagt, dass du Ehrlichkeit willst, nicht wahr? Das gilt auch, wenn wir im Bett sind. Wenn ich etwas tue, das dir nicht gefällt, sag es mir."

„Okay. Und du sagst es mir."

„Einverstanden."

Sie kuschelte sich in seine Arme. „Also, was willst du jetzt machen?"

Nox küsste sie. „Ich bin am Verhungern. Willst du etwas essen? Ich kann dir auch den Rest des Hauses zeigen."

Livia grinste ihn an. „Wenn du mir versprichst, mir jeden einzelnen Ballsaal zu zeigen. Ich meine, ich habe bislang nur den Hauptballsaal gesehen und … hey … hey! Hör auf, du Verrückter!"

Nox kitzelte sie, bis sie vor Lachen nicht mehr atmen konnte, dann duschten sie zusammen und gingen in seine Küche.

„Das kommt mir bekannt vor." Livia grinste ihn an, als sie auf einen Stuhl an der Frühstücksbar sprang. „Ist das deine Hauptküche oder hast du noch elf kleinere für die anderen Mahlzeiten?"

„Sehr lustig." Nox beugte sich vor, um sie zu küssen. „Nein, nur diese eine. Sie ist allerdings groß genug, um alle siebzehn Ballsäle mit Essen zu versorgen."

Livia lachte. „Kann ich helfen?"

„Nein, lass mich für dich kochen. Wie wäre ein gegrilltes Käse-Sandwich?"

„Perfekt."

Sie plauderten, während er kochte, und Livia bewunderte das Spiel der Muskeln auf seinem Rücken, wenn er sich bewegte. Er war wirklich herrlich. Sie liebte, wie seine wilden schwarzen Locken von seinem Kopf abstanden und seine grünen Augen blitzten. Livia konnte immer noch nicht glauben, dass sie in seinem Haus war, dass sie sich geliebt hatten und dass es noch besser gewesen war, als sie es sich erträumt hatte. Es schien irgendwie surreal zu sein und doch war es so natürlich, mit Nox zusammen zu sein. Livia musterte ihn mit schamloser Lust und als er ihren Blick bemerkte, schob er die Pfanne auf den hinteren Teil des Herds und kam zu ihr.

„Wie", murmelte er und strich mit seinen Lippen über ihre, „soll ich mich aufs Kochen konzentrieren, wenn du mich so ansiehst?" Er trat näher zu ihr und zog ihre Beine um sich.

Sie trug sein Hemd – das natürlich viel zu groß für sie war – und er begann, es aufzuknöpfen, so dass der Stoff beiseite fiel. Er bewegte seinen Daumen von ihren Lippen zu ihrem Hals und zwischen ihren Brüsten hinunter zu ihrem Nabel, was sie vor Verlangen zittern ließ. „Du bist so schön, Livvy."

Gott, dieser Mann … Sie zog seine Lippen wieder auf ihre und befreite seinen Schwanz aus seiner Jeans. Nox grinste und zog ein Kondom aus der Gesäßtasche. „Ich bin immer bereit."

Sie lachte und streifte es ihm über, bevor sie ihn in sich einführte und stöhnte, als er sie ganz ausfüllte. „Gott, Nox …"

Er stieß hart zu und stützte sie mit seinen starken Armen, während sie fickten. Livia biss in seine Brust und küsste seinen Hals, bevor Nox seinen Mund auf ihren drückte. „Livia …"

Sein Schwanz rammte sich so hart in sie, dass sie glaubte, sie würde hinfallen und eine Sekunde später stürzten sie tatsächlich zu Boden. Livia setzte sich rittlings auf ihn, bevor sie einander wieder an den Rand der Ekstase brachten. Nox' Finger umklammerten ihre Hüften und drückten sich in ihre zarte Haut, als sie sich hin und her wiegte und ihn so tief wie möglich in sich aufnahm.

Sobald Livia gekommen war, legte Nox sie auf den Rücken und begann, so fest er konnte in sie zu stoßen. Sein Schwanz wurde immer härter und dicker und seine Hände pressten ihre Arme auf den kühlen Fliesenboden. Livia kam immer wieder, während er sich seinem Höhepunkt näherte. Schließlich kam er ebenfalls mit einem langen Stöhnen und schnappte zitternd nach Luft. „Gott, Livia … können wir das die ganze Zeit tun?"

„Ich habe nichts dagegen." Sie grinste ihn an, als er lachte und sie zärtlich küsste.

. . .

Die Käse-Sandwichs waren nicht mehr genießbar, also machte Nox ihnen neue und sie aßen, als ob sie am Verhungern wären. „Wir haben jede Menge Energie verbraucht", sagte Livia mit einem weisen Nicken und brachte Nox damit zum Lachen. „Das ist mein Ernst. Es ist eine Tatsache, dass ein Orgasmus bis zu vierhundertsechzig Kalorien verbrennt."

„Das hast du gerade erfunden."

„Okay, stimmt. Aber trotzdem."

„Du bist verrückt."

Sie streichelte sein Gesicht. „Und du bist wunderschön."

Er grinste. „Oh, ich weiß." Er stolzierte wie ein Pfau herum und brachte sie zum Kichern.

„Was war das? Die Kreuzung aus Mick Jagger und einem Gockel?"

Nox blieb grinsend stehen. „Spielverderberin."

Livia kicherte. Wunderschön und humorvoll. „Nox Renaud ... wie in aller Welt kann es sein, dass du noch keine Freundin hast? Ich meine, du bist der perfekte Mann. Ich verstehe nicht, warum du jemals Single sein würdest."

Sein Lächeln brach und verblasste dann. Livia verfluchte sich. „Es tut mir leid. Habe ich wieder etwas Falsches gesagt?"

Nox war einen Moment still und sammelte seine Gedanken. Er spielte mit ihren Fingern, während er versuchte zu entscheiden, was er sagen sollte. „Liv ... als ich ein Teenager war, war da jemand. Ariel. Wir waren unzertrennlich und dachten beide, dass wir füreinander bestimmt wären. Eines Abends wollte ich sie für unseren Abschluss-ball abholen. Amber – das ist ihre Zwillingsschwester – schrie das ganze Haus zusammen. Ariel wurde vermisst." Schmerz legte sich über seine schönen Gesichtszüge, und Livia nahm seine Hand und hielt sie fest. Er lächelte sie dankbar an, bevor er sich räusperte. „Sie fanden ihre Leiche am nächsten Tag auf einem der Grabsteine auf dem Fried-hof. Sie war ..." Seine Stimme brach und er blickte weg. Livia war entsetzt, Tränen in seinen Augen zu sehen. „... erstochen worden.

Nicht schnell, sondern langsam. Wer auch immer sie ermordet hat, hat sich Zeit dabei gelassen."

„Oh Gott, nein." Livia wurde kalt. Arme Ariel. Das Leid auf Nox' Gesicht war immer noch offensichtlich, obwohl zwei Jahrzehnte vergangen waren.

Nox sah Livia wieder an. Seine grünen Augen waren voller Trauer. „Ich hätte nie gedacht, dass jemand sie ... ersetzen könnte, nein, ich hasse dieses Wort – es ist unmöglich, einen Menschen zu ersetzen. Ich hätte nie gedacht, dass ich jemanden treffen würde, der mein Herz wieder höherschlagen lässt. Ich habe mich geirrt."

Livia berührte sein Gesicht. „Ich will dich wieder glücklich machen, Nox Renaud."

Er schlang seine Arme um sie. „Das hast du schon, Livia."

Sie küsste ihn und ihr Herz bebte vor Mitgefühl. „Was werden deine Freunde über mich denken? Ich meine, ich weiß, dass du immer noch mit Amber befreundet bist ... wird sie mich für einen geldgieren Eindringling halten?"

„Nein. Amber hat immer gesagt, dass sie will, dass ich glücklich bin. Ich denke, wir konnten beide nicht mit Ariels Tod abschließen, weil ihr Mörder immer noch da draußen ist. Du und Amber könntet Freundinnen werden. Das hoffe ich zumindest."

„Ich für meinen Teil habe keine Bedenken ... außer vielleicht, was unseren Standesunterschied betrifft."

Nox schüttelte den Kopf. „Du solltest dir darüber keine Sorgen machen. Wirklich nicht."

„Versprochen." Sie lächelte ihn an, aber dann wurde ihr Gesicht ernst. „Es tut mir so leid wegen Ariel. Das ist entsetzlich. Hatte die Polizei keine Spur?"

„Nein. Ariel war so süß. Niemand hätte einen Grund haben können, ihr zu schaden."

Livia seufzte. „Leider scheint es keinen Grund zu brauchen, um eine Frau zu töten. Manche Mörder machen es nur für den Nervenkitzel."

Nox war eine Weile still, aber Livia spürte, wie sich seine Arme

fester um sie schlossen. „Als ich dich in jener Nacht schreien hörte",
sagte er leise, „als ich sah, dass du es warst ..."

„Das war nur ein Typ, der versucht hat, mich auszurauben, Nox.
Ich habe ihm eine Lektion erteilt."

„Du bist verdammt mutig."

„Darauf kannst du wetten."

Er küsste ihren Kopf. „Okay, meine kleine Kriegerin. Lass uns
wieder ins Bett gehen und die Nacht zusammen genießen."

KAPITEL SIEBEN

Livias Kopf war über ihr Klavier gebeugt, als sie den Aufruhr vor dem Übungsraum hörte. Sie blickte auf, als Charvi gefolgt von ein paar aufgeregten Studenten in den Raum kam. Charvi wirkte erstaunt, überwältigt und schockiert zugleich. Sie nickte Livia und dann dem Klavier zu.

„Das war das letzte Mal, dass du auf diesem alten Wrack gespielt hast."

Livia blinzelte völlig verwirrt. Sie hatte an ihrer Komposition Night – dem Klavierporno, von dem sie Nox erzählt hatte – gearbeitet und war so darin versunken gewesen, dass die plötzliche Unterbrechung sie völlig verwirrte. „Was?"

Charvi lächelte. „Dein Freund ist ein sehr großzügiger Mann." Sie drehte sich um, als die großen Türen des Musikzimmers geöffnet wurden und eine Gruppe von Arbeitern keuchend eine riesige Palette hineinschob. Livia stand auf, als sie den abgedeckten Gegenstand darauf vorsichtig auf den Boden hinabließen.

„Das hier können Sie gleich mitnehmen", sagte Charvi und zeigte auf das Klavier, an dem Livia gearbeitet hatte. „Dann müssen wir uns nicht darum kümmern."

Der Vorarbeiter zuckte mit den Schultern. „Sicher, kein Problem."

Livia nahm schnell ihre Sachen von dem ziemlich lädierten, aber von ihr heißgeliebten Klavier und begriff gar nichts. Charvi und ihre Studenten ergriffen das Tuch über dem neuen Klavier und zogen es mit einem Schwung herunter. Livia hielt den Atem an. Unter dem Tuch befand sich das schönste Instrument, das sie je gesehen hatte. Charvi strahlte sie an. „Weißt du, was das ist?"

Livia nickte schwach. „Das ist ein Steinway, ein Grand-Steinway-Konzertflügel Modell D." Ihre Beine zitterten. Nox hatte das getan? „Es ist Judy Carmichaels Klavier. Nicht ihr eigenes, aber das Klavier ihrer Wahl."

Charvi beobachtete sie. „Stimmt. Und Nox hat der Universität nicht nur eines, sondern vier davon gespendet. Dazu noch unzählige weitere neue Instrumente und eine riesige Geldsumme."

Livia war zutiefst schockiert. Sie und Nox waren erst seit zwei Wochen zusammen ... und das war mehr als großzügig.

Einer der anderen Studenten sah sie neidisch an. „Verdammt, du musst wirklich gut im Bett sein."

„Tony." Charvi funkelte ihn an. „Es reicht."

„Tut mir leid."

Livia schüttelte den Kopf. „Schon gut. Aber vier Steinways? Im Ernst?"

Charvi sah die anderen Studenten an. „Lasst uns allein, okay?" Nachdem sie gegangen waren, ließ Charvi Livia auf dem neuen Klavierhocker Platz nehmen. „Du siehst aus, als würdest du gleich zusammenbrechen. Setz dich hin. Atme."

„Ich ... ich meine ... Was bedeutet das?"

Charvi nickte, aber sie lächelte nicht. „Ich denke, es bedeutet, dass er begeistert von dir ist."

„Das ist zu viel, Charvi. Ich meine ... wir daten erst seit zwei Wochen. Nicht, dass ich mich nicht für die Universität freue, aber ..." Sie öffnete den Deckel des Klaviers und drückte die Tasten. „Gott, hör nur, dieser Klang ..." Sie fing an, ihre Komposition zu spielen, und lauschte dem tiefen Bass aus schwedischem Stahl und Kupferdraht und den süßen, reinen hohen Noten. Sie spielte alles, was sie bisher geschrieben hatte, zweimal und vergaß dabei, dass Charvi im Raum war.

Mit geschlossenen Augen bewegte sie ihre Finger über die glatten Fichtentasten und verlor sich in der Komposition. Livia dachte nicht an die Noten, die sie spielen musste, sondern an Nox und daran, ihn zu lieben, mit ihm zu lachen und mit ihm Spaß zu haben, so wie in den letzten Tagen. Sie waren in so kurzer Zeit fast unzertrennlich geworden ...

Sie seufzte, hörte auf zu spielen und öffnete die Augen. Charvi gab ihr Applaus. „Das klingt schon ziemlich gut."

Livia grinste. „Mein Klavierporno?"

Charvi lachte. „Ich glaube nicht, dass wir es im Programm so nennen können. Hast du einen anderen Titel?"

Livia errötete. „Night."

Charvi seufzte. „Nox ist Lateinisch für Nacht, nicht wahr ... Ich schätze, es nützt nichts mehr, dich jetzt zu ermahnen, vorsichtig bei dem Mann zu sein."

Livia fühlte sich getroffen. „Charvi ... was ist? Warum bist du so nervös wegen meiner Beziehung zu Nox Renaud?"

Charvi rieb sich die Augen. „Es ist nicht Nox selbst, sondern die Leute, die ihn umgeben. Ich mache mir Sorgen, dass sie Einfluss auf dich nehmen."

Livia schnaubte. „Charvi, ich kann in dieser Hinsicht auf mich selbst aufpassen. Warum habe ich das Gefühl, dass du mir etwas vorenthältst? Ist Nox gefährlich? Sag es mir jetzt, bevor ich mich in ihn verliebe, denn das ist eine sehr reale Möglichkeit."

Charvi sah aufgebracht aus, so als wollte sie etwas sagen, dann atmete sie tief durch. „Sei einfach vorsichtig bei seinen Freunden. Wenn Nox wie Gabriella ist, dann wünsche ich euch nichts als Glück. Sie war der beste Mensch, den ich je gekannt habe."

„Dann ist er wie seine Mutter", sagte Livia leise und versuchte, den vorwurfsvollen Unterton aus ihrer Stimme herauszuhalten. Charvi lächelte entschuldigend.

„Nun, in diesem Fall ..." Charvi tätschelte ihre Schulter. „Er mag die Instrumente gespendet haben, aber du hast bereits angefangen, dieses wunderschöne Stück über ihn zu schreiben, und jetzt hast du ihm seinen Namen gegeben. Hast du ihn zu dem Konzert eingeladen?"

„Noch nicht, aber ich werde es tun. Ich muss nur sicherstellen, dass es perfekt ist."

„Das wird es sein."

Livia schaute auf ihre Uhr. „Ich muss gehen und ihm danken."

„Danke ihm von uns allen, okay? Offensichtlich wird der Dekan ihm schreiben, um seine Dankbarkeit auszudrücken, aber sag ihm auch von mir, der Musikabteilung und der Fakultät danke."

Livia umarmte ihre Lehrerin. „Verstanden. Und weißt du, ich denke, er würde dich gerne wiedersehen."

Charvis Lächeln verblasste. „Ich bin mir nicht sicher, ob ich dazu bereit bin. Gabriella war wie eine Schwester für mich. Ihr Tod schmerzt mich immer noch und ich …" Sie seufzte. „Ich habe Angst, dass Nox inzwischen seinem Vater allzu ähnlich sieht und ich bei seinem Anblick durchdrehe und all die schrecklichen Dinge sage, die ich Tynan sagen wollte. Also bitte noch nicht. Gib mir Zeit."

Livia nickte und ihre Brust war erfüllt von Traurigkeit. Ein Moment in der Vergangenheit hatte so viele Leben zerstört. „Natürlich. Lass mich dir nur eines sagen. Nox ist ein wundervoller Mensch. Du wirst keinen großzügigeren, freundlicheren, offeneren Mann als ihn finden."

„Das glaube ich dir. Ich brauche nur Zeit, das ist alles."

Roan starrte Nox an, der ruhig zurückblickte. „Nach allem, was ich gesagt habe, nur ein Nein?"

„Roan, du wusstest von Anfang an, dass deine Idee absurd ist. Wenn du Geld brauchst, frag einfach. Wir wissen beide, dass du nicht für diese Branche gemacht bist."

„Es ist nur Lebensmittelimport!" Roan warf die Hände in die Luft und stand auf. Nox konnte sehen, dass er aufgebracht war, und schaute zu Sandor, der geschwiegen hatte und sich jetzt räusperte.

„Roan, das ist rein geschäftlich. Wir haben uns einen guten Ruf aufgebaut – kein Drama, kein Gerede, völlige Transparenz. Du magst ein fantastischer Verkäufer sein, aber das ist nicht das, was wir sind."

Er versuchte, die Stimmung aufzuhellen. „Es wäre, als würde Freddie Mercury ... Coldplay beitreten."

„Oder den Allman Brothers."

„Sigur Rós."

„Snoop Dogg tritt den Spice Girls bei."

„Du bist Scary Spice."

„Bin ich nicht."

Roans Mundwinkel zuckte, als er versuchte, nicht zu grinsen. „Bringt mich nicht zum Lachen. Ich bin sauer auf euch."

„Wir sagen nur, dass wir zu konservativ für dich sind, Kumpel. Beziehungsweise unser Unternehmen. Hör zu, wenn du mit uns darüber reden willst, eine neue Firma zu gründen, die etwas völlig anderes macht, etwas, das zu dir passt und in das wir investieren können, dann nur zu."

Roan beruhigte sich und setzte sich wieder hin. „Ihr würdet eine neue Firma in Betracht ziehen?"

„Sicher. Etwas, bei dem du die Führung übernehmen würdest und wir stille Partner wären."

Roan kaute auf seiner Unterlippe herum und Nox warf Sandor einen vielsagenden Blick zu. Sandor nickte. „Ich muss ein paar Anrufe machen. Wie wäre es, wenn ich in zwanzig Minuten wiederkomme und wir zusammen zu Mittag essen?"

„Natürlich."

Als sie allein waren, sah Nox seinen Freund an. Roan schien irgendwie niedergeschlagen und gestresst zu sein. Sein üblicher Überschwang fehlte. „Was ist los, Roan? Dich beschäftigt mehr als eine neue Karriere."

Roan seufzte und rieb sich das Gesicht. „Mach dir keine Sorgen."

„Ich mache mir aber Sorgen." Nox runzelte die Stirn. „Brauchst du Geld?"

Roan schwieg. „Du musst nur fragen", sagte Nox mit ruhiger Stimme. Roan schüttelte den Kopf.

„Danke, aber ich muss meinen eigenen Weg finden."

„Sicher. Odelles Familie ..." Nox verstummte, als Roan lachte.

„Mann, wenn ich treu sein könnte, würde sie mich jetzt vielleicht nicht hassen."

„Fuck, Roan."

„So bin ich eben. Vielleicht sollte ich ein Escort-Unternehmen gründen."

Nox ignorierte diese Bemerkung. „Und Odelle weiß davon?"

„Ja."

„Wer?"

Roan zögerte, bevor er seinen Freund ansah. „Amber."

Nox zuckte zurück. „Soll das ein Scherz sein?"

„Nein."

„Jesus, Roan, weißt du nicht, dass du nicht …"

„… mit einer Bekannten ins Bett gehen sollst? Doch. Aber ich bin ein Idiot."

„Meine Güte."

Roan seufzte. „Hör zu, ich arbeite daran, mich bei Odelle zu entschuldigen. Wir versöhnen uns. Ich heirate sie."

„Odelle mag etwas … seltsam sein, aber sie wird nicht auf irgendwelche falschen Schwüre hereinfallen. Wenn du sie heiratest, solltest du es verdammt ernst meinen. Oder du bekommst es nicht nur mit Odie, sondern auch mit mir zu tun." Nox war irritiert, aber Roan hob die Hände.

„Schon gut." Er musterte seinen Freund. „Was ist mit dir? Hast du schon die schöne Livia erobert?"

Nox konnte sich sein Lächeln nicht verkneifen. „Es läuft sehr, sehr gut. Danke der Nachfrage. Sie ist hinreißend."

„Bringst du sie zu Thanksgiving mit? Es ist okay, weißt du. Dann kann sie die ganze Clique kennenlernen."

Nox lächelte, antwortete aber nicht. „Hör zu, sammle Ideen für die Art von Firma, die du gerne führen würdest, und wir reden darüber und erstellen einen Businessplan. Hier gibt es ein paar leere Büros, die du als Standort benutzen kannst. Belästige das weibliche Personal nicht, das ist alles, was ich von dir verlange."

„Denkst du, das würde ich tun?"

„Ja."

Roan lachte. „Ich verspreche, brav zu sein. Danke, Mann. Ich weiß
das zu schätzen."

„Nimm es einfach ernst. Es könnte ein Wendepunkt sein."

Roan grinste seinen Freund an. „Weißt du, du bist ein ausgezeich-
neter großer Bruder."

Nox ignorierte den Schmerz, der ihn durchfuhr – ein exzellenter
großer Bruder, genauso wie Teague einer gewesen war – und
versteckte ihn hinter einem Lächeln. „Verdammt richtig. Und ich
werde dir in den Hintern treten, wenn du das vermasselst."

Roan stand auf und schüttelte Nox die Hand. „Ich schwöre dir, dass
ich dich nicht enttäuschen werde, Nox."

„Geh und erzähle das Odelle."

„Das werde ich. Danke, Kumpel."

Livia wartete, während die Empfangsdame versuchte, sie nicht anzu-
starren. Sie lächelte die junge Frau an, die leicht errötete. „Es tut mir
leid."

Livia zuckte mit den Schultern. „Schon in Ordnung. Wie heißt du?"
„Pia."

„Hey, Pia, ich bin Liv. Ich date deinen Boss."

Pia lächelte. Sie war jung, Anfang zwanzig, vermutete Livia, mit
großen blauen Augen und tiefschwarzem Haar. Wunderschön. „Ich
weiß. Er ist ein toller Typ und ein großartiger Chef."

Livia lächelte und fragte sich, ob Pia in ihren Boss verknallt war.
Sie konnte es ihr nicht verübeln. Als Sandor im nächsten Moment in
den Empfangsbereich kam und Pia einige Notizen gab, wurde Livia
klar, dass nicht Nox das Objekt ihrer Begierde war. Pia errötete tief und
Livia verbarg ein Lächeln.

Sandor grinste sie an. „Hey, Livvy! Schön, dich zu sehen. Weiß
Nox, dass du hier bist?"

Sie schüttelte den Kopf. „Ich habe Pia gesagt, ich würde warten,
bis er frei hat."

Sandor warf Pia ein Lächeln zu und die junge Frau strahlte. „Nein,
komm schon, es ist nur Roan, der bei ihm ist."

Sandor führte sie zu Nox' Büro. Als sie mit ihm ging, stupste sie seine Schulter an. „Dieses Mädchen ist total verknallt in dich."

Sandor verdrehte die Augen. „Ich bin alt genug, um ihr Vater zu sein, Liv."

„Und?"

Sandor lachte. „Ich stehe nicht auf kleine Mädchen."

Livia spürte einen kleinen Stich – immerhin bestanden zwölf Jahre Altersunterschied zwischen ihr und Nox. Sandor sah, dass ihr Lächeln verblasste, und erriet, was sie dachte. „Ganz andere Situation", sagte er hastig. „Ich bin fünfundvierzig, Pia ist neunzehn."

„Oh, okay, ich verstehe. Verrate Pia nicht, die ich es dir gesagt habe."

Sandor klopfte grinsend an Nox' Tür. „Das werde ich nicht. Sie ist noch jung und wird schon nächste Woche jemanden in ihrem Alter finden, in den sie sich unsterblich verliebt." Er öffnete die Tür. „Hey, Renaud, schau, was für einen Schatz ich an der Rezeption gefunden habe."

Nox wirkte erfreut, sie zu sehen. „Hey, das ist eine schöne Überraschung." Er kam, um Livia zu begrüßen, und küsste sie auf den Mund.

Roan lachte. „Nehmt euch ein Hotelzimmer."

Livia errötete kichernd. „Hey, Roan."

„Ich habe gerade zu Nox gesagt, dass wir uns darauf freuen, dich an Thanksgiving formell kennenzulernen."

Livia wich ein wenig zurück. „Formell?"

Nox verdrehte die Augen. „Er meint offiziell, wir alle. Wir werden beim Mittagessen darüber reden. Aber nicht heute, ein andermal. Einverstanden?"

„Einverstanden."

„Natürlich."

Livia nahm Nox in ihre Wohnung mit. Er ging durch die winzige Küche und den Wohnbereich und nickte. „Das gefällt mir. Es passt zu dir. So gemütlich und warm. Und es riecht nach dir – nach Blumen und frischer Luft."

Sie errötete vor Freude. Das Zuhause, das sie mit Moriko teilte, war klein, aber sie liebten es und hatten es mit bunten Schals, Kunstgegenständen und Büchern dekoriert. Die Couch war groß und weich und Livia drückte Nox darauf, bevor sie sich an ihn lehnte. „Also, Mr. Renaud, bevor ich dir etwas zu essen mache, muss ich dir danken. Ich kann deine Großzügigkeit nicht fassen, Nox. Danke im Namen der Universität, der Fakultät, der Studenten und der Musikabteilung. Ich bin überwältigt."

„Ich dachte einfach, du würdest es lieben, auf dem gleichen Instrument wie deine Heldin zu üben", sagte er. Livia drückte ihre Lippen gegen seine und küsste ihn.

„Du bist perfekt", flüsterte sie und setzte sich auf. Dann öffnete sie ihr Kleid Knopf für Knopf und zog es langsam aus. Sie war nackt darunter und Nox stöhnte, legte seinen Mund an ihre Brustwarzen und saugte daran, bis sie unerträglich empfindlich waren. Livia öffnete sein Hemd und seine Hose und strich mit ihren Händen über seine straffen Muskeln und seinen flachen Bauch. „Gott, ich will dich so sehr."

Mit einem Knurren schob Nox sie auf den Boden, drückte ihre Knie an ihre Brust und nahm ihre Klitoris in seinen Mund. Livia keuchte bei den Empfindungen, die sie durchfluteten.

„Ich sollte dir danken", keuchte sie und spürte, wie die Vibration seines Lachens ihr Geschlecht erzittern ließ.

„Das tust du bereits", sagte er mit gedämpfter Stimme. Als er sie zum Orgasmus brachte, erbebte sie und schrie seinen Namen. Er bewegte sich nach oben, um ihren Mund zu küssen.

„Wenn du meinen Namen schreist ... Gott, Livvy." Er küsste sie leidenschaftlich. Livia löste sich von ihm und wanderte seinen Körper hinunter. Sie strich mit ihrer Zunge über seine Brust und seinen Bauch und nahm dann seinen Schwanz in ihren Mund. Nachdem sie einen salzigen Lusttropfen von der Spitze geleckt hatte, strich sie mit ihrer Zunge über den dicken Schaft. Seine Finger verfingen sich in ihren Haaren, während sie ihn verwöhnte, und sie spürte, wie seine Erektion noch härter wurde und unter ihrer Berührung zitterte.

„Himmel, Livvy ..." Er zuckte unter ihr. Dann waren seine Hände an ihren Schultern und zogen sie auf seinen Körper. Er rollte sich ein

Kondom über und sie spreizte ihre Beine für ihn, als er in sie stieß. Livia stöhnte leise, als sie sich zusammen bewegten – es war unvergleichlich, wie er sich in ihr anfühlte. Sein Schwanz war so dick und lang und härter als Stahl, und doch war die Haut seidig und weich.

Sie liebten sich langsam und ihre Augen verließen einander nie. Livia spürte zum ersten Mal eine solche Verbindung und Intimität mit jemandem. Sie kannte bereits die Züge seines Gesichts, seine Gewohnheiten und die Art, wie seine Augen immer intensiver wurden, wenn sie sich liebten – als wäre sie das Einzige, was er sehen konnte oder sehen wollte. Wenn sie einander so nahe waren, wünschte sie, sie könnte in ihm versinken und eins mit ihm werden. Ihre Fingernägel gruben sich in seine festen, runden Pobacken, als er immer wieder in sie eintauchte. Ich könnte jetzt glücklich sterben, dachte sie und erschrak. Wirklich? Oh, verdammt. Sie war offenbar dabei, sich in ihn zu verlieben.

Nein, nein, nein. Es war zu schnell, zu früh. Beruhige dich, sagte sie sich, vergrub ihr Gesicht an seinem Nacken und küsste seine Kehle. Lass es einfach geschehen. Nox ist der Mann für dich, und du weißt es ...

„Ich bin verrückt nach dir", flüsterte er plötzlich und sie nickte.

„Und ich nach dir, du hinreißender Mann." Sie küsste ihn und spürte eine Gewissheit in sich aufsteigen, bevor alle anderen Gedanken weggefegt wurden und sie kam. Sie ritt ihren Orgasmus wie eine Welle und Nox kam mit ihr. Sie fragte sich, ob sie ihm sagen sollte, dass sie die Pille nahm. Etwas in ihr wollte seinen Samen und seinen Schwanz ohne jegliche Barriere tief in sich spüren. Aber sie waren noch nicht soweit, dass sie darüber diskutieren konnten, und sie wusste es. Haut an Haut ... wäre das etwas, das ihn erregen würde? Ihr Gehirn war zu endorphingetränkt, um richtig zu denken.

Nox' Lippen pressten sich gegen ihre. „Gott, du bist wunderschön." Er strich ihr die Haare aus dem Gesicht. „Schokoladenaugen."

Sie grinste. „Ozeanaugen." Er lachte und küsste sie.

„Also ... worüber haben wir gesprochen?"

„Über deine unglaubliche Großzügigkeit. Nox, das musstest du nicht tun."

Nox lächelte gutmütig. „Ich weiß, und es hatte nichts damit zu tun, dass wir Sex haben, also denke das nicht. Es war an der Zeit, etwas für die Universität zu tun, und durch dich hatte ich einen Fokus. Hat Charvi sich gefreut?"

Livia nickte. „Sehr."

„Gut, ich bin froh, das zu hören. Ich hoffe, dass wir uns bald treffen können."

Livia wand sich in seinen Armen. „Ich habe mit ihr darüber gesprochen. Nox ... sie ist nicht bereit dazu. Sie hat mir erzählt, dass sie immer noch so viel Wut auf deinen Vater in sich hat, dass sie angesichts deiner Ähnlichkeit mit ihm vielleicht durchdrehen würde."

Nox war eine Weile still. Livia musterte ihn mit gerunzelter Stirn. „Ich hoffe, ich habe dich nicht verärgert."

„Nein." Aber er setzte sich auf und rieb sein Gesicht. Dann hob er sein Hemd auf und begann sich anzuziehen. „Ich denke, naja ..."

„Was?"

„Ich denke, ich sollte es dir sagen. Charvi und meine Mutter ... lange bevor Mom meinen Vater geheiratet hat, standen sie einander nahe. Sehr nahe."

„Hatten sie eine Affäre?"

Nox nickte. „Ich war der Einzige, der es wusste. Meine Mutter vertraute sich mir an und erzählte mir, dass sie es hasste, von Charvi entfremdet zu sein, obwohl sie es nie bereut hatte, meinen Vater zu heiraten, und Teague und mich zu bekommen. Sie hat Charvi von ganzem Herzen geliebt."

„Warum hat deine Mutter sie verlassen?"

Nox schenkte ihr ein trauriges Lächeln. „Wegen ihrer Familie."

„Genug gesagt. Gott, was für eine Tragödie." Sie strich über sein Gesicht. „Denkst du, dass dein Vater deswegen verrückt geworden ist? Hat er es herausgefunden?"

„Ich weiß es nicht, Liv, ehrlich nicht. Dad war ziemlich aufgeschlossen und progressiv. Ich kann mir nicht vorstellen, dass er wegen so etwas ausgeflippt wäre. Andererseits hätte ich auch nie gedacht, dass er meine Mutter und meinen Bruder kaltblütig ermorden könnte."

Livia zitterte. „Mein Vater ist ein betrunkener Mistkerl, aber er hat nie Hand an mich gelegt. Ich kann mir nicht einmal vorstellen, wie es für dich gewesen sein muss."

Er küsste ihre Stirn. „Das ist es ja. Er war ein großartiger Vater. Wirklich fantastisch. Keiner der Kerle, die ihre Söhne zu Härte erziehen und denken, dass Frauen in die Küche gehören und solcher Mist. Ich schätze, ich werde es nie verstehen."

Livia war eine Weile still. „Warum hat die Polizei so bereitwillig an seine Schuld geglaubt? Warum wurde nicht weiter ermittelt?"

Er sah überrascht aus. „Es war ziemlich offensichtlich, Livvy. Sie fanden Dad mit der Pistole im Mund und Schussspuren überall auf ihm."

„Vielleicht hat der wahre Mörder es nur so aussehen lassen, als wäre dein Vater der Täter gewesen."

„Das ist laut dem forensischen Team unwahrscheinlich, aber ich weiß es zu schätzen, dass du gut von ihm denkst." Er küsste sie erneut. „Was ist mit dir? Du redest nicht oft über deine Familie."

Sie zuckte mit den Schultern. „Es gibt nicht viel zu erzählen. Ich war ein Einzelkind. Mom war ein wunderbarer Mensch, aber den Krebs kümmert das nicht. Wenn die Welt gerecht wäre, hätte es Dad erwischt."

„Denkst du, du wirst ihn jemals wiedersehen?"

„Das bezweifle ich. Es ist kein Verlust, wirklich. Meine Familie ist hier. Moriko und ich haben uns im ersten Semester am College getroffen und sind seitdem Freundinnen." Sie sah auf ihre Uhr. „Apropos, sie kommt jeden Moment nach Hause, also möchtest du dich vielleicht anziehen."

„Zu spät." Die Tür öffnete sich, während Livia sprach, und eine grinsende Moriko kam herein. „Hey. Nicht übel", fügte sie an Nox gerichtet hinzu, der lachend versuchte, seinen Unterleib mit seiner Jeans zu bedecken. Livia brach ebenfalls in Gelächter aus. Moriko grinste, als sie in ihrem Zimmer verschwand. „Lasst mich wissen, wenn ihr einigermaßen anständig ausseht, und ich komme wieder raus."

Ein paar Minuten vergingen und Moriko steckte neugierig den

Kopf zur Tür hinaus. Sie wirkte enttäuscht. „Oh. Du bist angezogen. Schade." Sie zwinkerte Nox zu, der grinste.

Livia schüttelte den Kopf. „Du bist furchtbar. Wir bestellen Pizza und Bier – bist du dabei?"

„Verdammt, ja, wenn ich nichts störe."

„Ganz und gar nicht."

Als die Pizza geliefert worden war, verteilte Livia die gekühlten Bierflaschen und sie setzten sich auf den winzigen Balkon, der einen Ausblick über die Stadt bot. „Wenn du die Augen zusammenkneifst", sagte Moriko zu Nox, „kannst du von hier aus die Bourbon Street sehen."

Nox schaute in die Richtung der berühmten Straße. „Wirklich?"

„Fester ... fester ... jetzt schließe deine Augen und stelle dir die Bourbon Street vor." Moriko kicherte über ihren Witz und Livia warf lachend ein Stück Pizzakruste auf ihre Freundin.

„Ärgere ihn nicht."

„Nein, nein", sagte Nox grinsend. „Das sollte die beste Freundin der Geliebten immer tun. Es ist praktisch ein Gesetz."

Moriko nickte. „Du bist weise, junger Padawan."

Livia hustete etwas, das verdächtig nach Nerd klang. Moriko lächelte verschlagen. „Du darfst mich ruhig verspotten, Liv, aber ich und Mr. Wunderschwanz sind einander bereits tief verbunden."

Nox verschluckte sich an seiner Pizza und lachte. Liv warf ihm einen entschuldigenden Blick zu. „Tut mir leid, sie ist noch nicht stubenrein."

Die drei hatten so viel Spaß, dass Nox beschloss, nicht mehr zur Arbeit zu gehen, und sie verbrachten den späten Nachmittag und den Abend damit, zu trinken und zu lachen. Um zehn Uhr stand Moriko auf. „Nun, das war's, Leute. Ich muss los."

„Heißes Date?"

„Verdammt heiß." Moriko zog ihre Jeansjacke an und zwinkerte Nox zu. „Es hat mich gefreut, dich kennenzulernen. Passt auf euch auf." Sie verschwand in der Wohnung. „Und lasst die Fenster offen ... hier riecht es nach Sex."

„Ja, das tut es wirklich", murmelte Livia mit einem zufriedenen, leicht benommenen Grinsen. Nox lachte und zog sie auf seinen Schoß.

„Du bist betrunken."

„Ganz genau." Sie küsste ihn. „Und du bist wunderschön. Bring mich ins Bett, Renaud, und fick mir den Verstand aus dem Leib." Sie kreischte lachend, als er aufstand, sie über seine Schulter warf und in ihr Schlafzimmer trug, um genau das zu tun, was sie ihm befohlen hatte.

KAPITEL ACHT

„Das lavendelfarbene ... nein, nicht das ... sieht das für dich nach Lavendel aus? Dieses, ja."

Moriko erteilte Livia Anweisungen, während sich diese für das Thanksgiving-Fest in Nox' Haus anzog. Das Abendessen mit seinen engsten Freunden. Allen davon. Und ihren Freundinnen und Freunden und ... Oh Gott ... Livia war schlecht vor Nervosität. Sie schlüpfte in das Kleid, das Moriko empfohlen hatte, und schüttelte dann den Kopf. „Nein. Ich fühle mich nicht richtig darin."

„Was ist mit dem weißen?"

„Ich möchte nicht mit einer vestalischen Jungfrau verwechselt werden. Und denke nur an potenzielle Soßenflecken. Es ist schließlich ein Thanksgiving-Dinner, erinnerst du dich?"

Moriko seufzte. „Meinetwegen. Also, wir suchen nach etwas, das sagt: Hey, beachtet mich gar nicht, ich bin die nette und gar nicht schlampige Freundin aus dem armen Teil der Stadt ... Verstanden. Lass uns ein rosa Kleid aus dem Trödelladen kaufen und Duckie fragen, ob er dich zum Tanz begleitet."

„Wovon zum Teufel redest du?" Livia war genervt. Sie hatte fast all ihre Kleider anprobiert und nicht mehr viele Optionen. Moriko verdrehte die Augen.

„Von Pretty in Pink. Wovon sonst?"

„Morry, das ist kein Spaß. Nox holt mich in fünfzehn Minuten ab und ich habe nichts anzuziehen. Nichts."

„Meine Güte, beruhige dich."

Sie verschwand aus dem Zimmer. Livia hörte, wie sie ihren Kleiderschrank durchwühlte, und runzelte die Stirn. „Hey, es ist absolut ausgeschlossen, dass ich in etwas von dir passe." Während Livia kurvenreich war, hatte Moriko Größe 34, so dass sie gar nie auf die Idee gekommen waren, einander die Klamotten zu klauen. Was uns wahrscheinlich jede Menge Streit erspart hat, dachte Livia.

„Sei still." Moriko kam mit einer großen Schachtel zurück. „Das hier sollte dein Weihnachtsgeschenk werden, aber ich denke, dass du es jetzt schon brauchst. Mach auf."

Livias Augen weiteten sich, als sie das Designerlogo auf der Schachtel sah. „Oh nein, Morry, das kannst du dir nicht leisten."

„Halt die Klappe und öffne es."

Livia hob den Deckel und schob das Seidenpapier beiseite. Sie gab ein leises Keuchen von sich, dann nahm sie das mauvefarbene Kleid heraus und hielt es vor sich.

„Na los, zieh es an."

Livia tat es und drehte sich dann um, um sich im Spiegel zu betrachten. Der Ausschnitt war V-förmig – nicht zu tief, aber tief genug, um ihren langen Hals und ihr Dekolleté zu zeigen. Die Farbe hob die goldenen Akzente in ihrem braunen Haar hervor und betonte ihre großen Augen und ihre helle Haut. Der Stoff umschloss fließend ihre Kurven und fiel bis knapp über ihre Knie. Klassisch und elegant. „Oh, Morry, ich kann es kaum glauben. Ich bin dir so dankbar."

Morikos Augen waren sanft. „Sobald ich es sah, wusste ich, dass es perfekt für dich ist. Trage dazu dein Goldmedaillon. Hier, lass mich dir helfen." Sie befestigte die Kette am Hals ihrer Freundin. „Schön. Und deine Haare stecken wir hoch. So ..." Wiederum übernahm sie die Führung und einen Moment später wurde Livias dickes, glänzendes Haar zu einem Knoten hochgesteckt, aus dem ein paar Strähnen herausfielen, um den Look weicher zu machen. Ein wenig goldener

Lidschatten und ein rosiger Lippenstift, und Livia konnte nicht fassen, was sie im Spiegel sah. War das wirklich sie?

„Du siehst unglaublich aus", sagte Moriko mit einem selbstzufriedenen Grinsen. „Wer ist deine beste Freundin?"

„Das bist du." Livia lachte und umarmte sie. „Danke."

„Ich höre eine Autotür, was bedeutet, dass Nox wie immer zu früh ist. Wahrscheinlich will er dich noch vor dem Abendessen ficken. Ich wünsche euch viel Spaß und lass dich von niemandem schlecht behandeln, hörst du?"

Livia grinste. „In diesem Kleid? Das würde niemand wagen." Sie gab ihrer Freundin eine High-Five, als es an der Tür klingelte.

Der Ausdruck auf Nox' Gesicht brachte Livia zum Strahlen. „Wow", sagte er und seine Stimme brach. „Wow, Liv."

Sie errötete und küsste ihn, doch Sekunden später kam Moriko heraus und klebte einen Post-it-Zettel direkt über seine Leistengegend. Nox lachte, als er ihn las.

„Livia Chatelaine, fass das nicht an, bis die Dinnerparty vorbei ist und du nicht mehr perfekt aussehen musst. Zerstöre mein Meisterwerk nicht!"

Livia unterdrückte ein geschocktes Schnauben, während Nox in Gelächter ausbrach. Moriko grinste und schloss die Tür hinter sich. Schließlich bot Nox Liv seinen Arm an.

„Bereit, meine Schöne?"

Er beobachtete die Paare, die in Nox' riesiges, einladendes Herrenhaus eintraten und alle für das Dinner festlich gekleidet waren. Das Servicepersonal bewegte sich lautlos mit Tabletts voller Champagnercocktails und Amuse-Bouche durch den Eingangsbereich. Es waren insgesamt zwanzig Gäste, hauptsächlich Paare, bis auf ein paar Leute, die allein erschienen waren. Aber alles, woran er wirklich interessiert war, war sein Gastgeber und seine schöne, wenn auch nicht standesgemäße Freundin.

Er warf einigen anderen Frauen einen amüsierten Blick zu und fragte sich, wie zickig sie wohl auf die neue Konkurrenz reagieren würden. Das wäre zumindest lustig. Die ganze Zeit über beobachtete er das Mädchen und sah, wie verliebt Nox in sie war. Ihr unausweichlicher Tod würde ihn zerstören.

Es kam alles auf das richtige Timing an. Wenn er sie zu früh ermordete, würde Nox vielleicht glimpflich davonkommen. Er lachte wieder. Nein, für Nox, diesen sentimentalen Idioten, würde es immer hart sein, egal wie lange er sie gefickt hatte. Aber er wollte nichts überstürzen. Er hatte über zwanzig Jahre gewartet, um seinem alten Freund noch einmal das Gleiche anzutun. Ariel war einfach gewesen – niemand hatte es ahnen können. Er erinnerte sich immer noch an den Schock und das Entsetzen auf ihrem lieblichen Gesicht, als er das Messer in sie gestoßen hatte. Den Blick der Verwirrung und der Angst. Er gierte danach, ihn noch einmal zu sehen.

Die Tür öffnete sich und Nox führte Livia in den Raum. Das schöne Paar erregte sofort die Aufmerksamkeit der Gäste und als Nox begann, Livia seinen Freunden vorzustellen, beobachtete der Mann, der bald ihr Killer sein würde, sie – wie sie sich bewegte, die Kurven ihres Körpers, ihre vollen Brüste, das süße Lächeln auf ihren üppigen rosa Lippen. Er lächelte. Er würde ihren Mord so sehr genießen wie Nox' Schmerz. Und Nox' Gesicht nach zu urteilen, war er ihr schon völlig verfallen.

„Nox Renaud ist wieder verliebt. Wer hätte das gedacht?", murmelte er vor sich hin und gesellte sich zu den anderen Gästen.

KAPITEL NEUN

„Die Regeln der guten Gesellschaft besagen, dass wir beim Abendessen nicht nebeneinandersitzen sollten", sagte Nox und grinste bei Livias besorgtem Gesicht. „Zum Glück habe ich mich noch nie für Regeln interessiert."

Sie kniff ihm in den Hintern und er lachte. „Dafür wirst du später bezahlen, Renaud."

„Ich hoffe es. Da ist Amber. Komm, sie wird bestimmt freundlich zu dir sein."

Livia folgte ihm zu einer atemberaubenden Rothaarigen, die sich mit Sandor unterhielt. Sandor zwinkerte Livia zu und sie sah ihn dankbar an. Amber lächelte.

„Na endlich. Hi, Livia, es ist schön, dich kennenzulernen."

„Ich freue mich auch." Livia verfluchte die Tatsache, dass ihre Stimme vor Nervosität zitterte, aber das war Nox' beste Freundin und sie wollte einen guten Eindruck machen.

Amber war aufsehenderregend. Es gab kein anderes Wort dafür. Sie war groß, bestimmt 1,80 Meter, ihr langes kirschrotes Haar fiel in Wellen über ihren Rücken, ihr Make-up war perfekt und ihre Sanduhrfigur steckte in einem roten Kleid, das mit ihren Haaren hätte kollidieren sollen, aber perfekt an ihr wirkte. Amber beobachtete mit einem Grinsen, wie Livia sie musterte.

„Alles nur Styling, meine Liebe. Am Ende des Tages sitze ich im Jogging-Anzug vor dem Fernseher, schaue Netflix und verschlinge Unmengen von Pommes Frites. Dann sehe ich aus wie ein Sumpf-monster."

Livia erstickte ein Lachen. „Irgendwie kann ich mir das nicht vorstellen."

Amber grinste. „Lass uns die Männer hierlassen und irgendwo unter vier Augen reden."

Oh, oh. Würde sie Livia androhen, sie zu verletzen, wenn sie ihrem besten Freund wehtat? Nun, Amber hat das Recht dazu, dachte Livia, aber sie konnte nicht anders, als einen nervösen Blick auf Nox zu werden. Er zwinkerte ihr zu und murmelte: „Mach dir keine Sorgen."

Was auch immer sie erwartet hatte, als Amber zu reden begann, es war definitiv nicht „Danke".

Livias Augen weiteten sich. „Wofür?"

„Dafür, dass du meinem Freund ein Lächeln ins Gesicht gezaubert hast. Es wurde höchste Zeit. Hier", sie schnappte sich zwei Gläser Champagner und reichte Livia eines, „trink. Lass mich dir ein paar Tipps geben, wie du diese Party überleben kannst. Glaub mir, es ist nichts, wovor man Angst haben muss, nur ein Crash-Kurs darin, was man vermeiden sollte."

Livia sah, wie Odelle Griffongy mit Roan ins Zimmer trat. „Nun, da ist jemand, die ich wohl wirklich meiden sollte."

Amber folgte ihrem Blick. „Odelle? Nun, sie ist nicht die freund-lichste Frau, aber auch nicht bösartig. Im Gegensatz zu Mavis Creek da drüben." Sie nickte einer verhärmt aussehenden, hageren Blondine zu, die Nox mit Welpenaugen anschmachtete. „Sie stand immer schon auf deinen Mann. Und sie weiß nicht, dass wir sie alle Mavis Creep nennen."

Livia erstickte ein Lachen, als die Frau ihnen finstere Blicke zuwarf. Amber wies sie auf alle Personen hin, denen sie besser aus dem Weg gehen sollte, was glücklicherweise nicht viele waren. „Nox lädt sie aus Höflichkeit ein. Ich hätte sie schon lange abserviert, aber ich bin auch nicht so nett wie Nox."

Livia grinste sie an. „Ist irgendjemand so nett wie Nox?"

Amber lächelte. „Oh, er hat seine dunkle Seite, genauso wie wir alle. Aber", sagte sie flüsternd, als Nox sich ihnen näherte, „seine seltsamen Vorlieben sind etwas, über das wir ein anderes Mal sprechen sollten. Erinnere mich daran, dir davon zu erzählen, was er … Oh, verdammt, Nox, gerade, wenn es interessant wird, kommst du. Tut mir leid, Liv, wir müssen ein andermal über seine Neigungen reden."

Nox grinste. Offenbar hatte er sie gehört. „Liv, hör nicht auf sie. Tu einfach weiterhin so, als wäre ich perfekt."

„Oh, das werde ich." Livia zwinkerte Amber zu, die grinste und sich entschuldigte.

Nox küsste Livia sanft. „Alles okay, Liebling?"

Sie lächelte zu ihm auf, als er seine Arme um ihre Taille schlang. „Alles okay. Ich liebe Amber jetzt schon."

„Gut. Im Ernst, es gibt nichts, worüber du dir Sorgen machen musst. Die Party mag elitär aussehen, aber im Grunde ist es nur ein Thanksgiving-Dinner."

Nox' Vorstellung davon, was „nur" ein Thanksgiving-Dinner ist, unterscheidet sich offenbar von der Vorstellung der meisten anderen Leute, dachte Livia eine halbe Stunde später, als sie sich zum Essen hinsetzten. Drei riesige Truthähne, perfekt geröstet und bereit, vom Personal zerlegt zu werden, standen auf der Anrichte. Auf den Tischen befanden sich riesige silberne Platten mit Kartoffelpüree und Yams sowie Schälchen mit Cranberrysauce – sicher, dachte Livia, das gleiche Essen wie überall, aber man kann sehen, dass es hier von den besten Köchen zubereitet wurde, die für Geld zu haben sind. Als Livia den ersten Bissen des saftigen, gut gewürzten Truthahns in den Mund nahm, stöhnte sie fast, weil er so köstlich war. Das Essen hatte luxuriöse Akzente – Trüffelschnitze auf dem Truthahn und ein scharfes Sorbet zwischen den Gängen – aber die Atmosphäre war genauso wie Livia, die nie Thanksgiving im Familienkreis erlebt hatte, es sich immer erträumt hatte. Es herrschte Liebe zwischen diesen Leuten, und sie schwelgte darin.

Während des Essens, das sie mit Nox zu ihrer Linken und Sandor zu ihrer Rechten genoss, spürte sie, wie jemand sie anstarrte. Sie sah auf und bemerkte, dass es Odelle war. „Haben wir uns schon einmal getroffen?", unterbrach Odelles Stimme die Unterhaltung am Tisch und Livia wurde rot, als alle verstummten und sie ansahen.

„Ja, das haben wir."

„Wo?"

„Livia war auf meiner Halloweenparty", sagte Nox sanft, aber Livia hörte einen harten Unterton in seiner Stimme. War es ihm peinlich oder war er wütend auf Odelle? Sie konnte es nicht sagen.

Odelle musterte Livia. „Nein, das ist es nicht."

Livia seufzte. „Ich arbeite im Le Chat Noir."

Es wurde still. „Als Köchin?" Das kam von Mavis Creep ... Creek, korrigierte Livia sich in Gedanken. Amber hatte recht, die Frau war schrecklich – sie wusste eindeutig, dass Livia nicht die Köchin war. „Nein, ich bediene dort. Ich habe dir dein Eiweißomelett gebracht, Odelle."

Sie konnte Odelles Gesichtsausdruck nicht deuten – die andere Frau nickte nur und wandte sich wieder ihrem Essen zu. Mavis Creek kicherte vor sich hin und stieß ihren Tischnachbarn an, der die Augen verdrehte und versuchte, sie zu ignorieren.

„Livia studiert an der Universität. Sie macht gerade ihren Master-Abschluss, Mavis, und arbeitet, um die Studiengebühren zu bezahlen. Das zeugt von einem guten Charakter, denkst du nicht?" Nox' Stimme war kalt wie Eis und Mavis' Grinsen verschwand.

„Ich habe während meiner College-Zeit die Nachtschicht bei Home Depot übernommen. Mein Vater wollte meine Studiengebühren nicht bezahlen, wenn ich nicht zusätzlich arbeite", meldete sich Sandor zu Wort. „Ich musste meine Miete selbst aufbringen. Es ist nichts falsch daran, sich anzustrengen."

„Was studierst du, Liv?", fragte Amber und Livia sagte es ihr. Amber sah beeindruckt aus. „Das ist fantastisch."

„Wir müssen dich spielen hören", mischte Roan sich ein und sie lächelte alle dankbar an. Nox hatte guten Geschmack, was Freunde betraf. Sie hatten die Situation, vor der sie sich am meisten gefürchtet hatte, mit Klasse und guter Laune geschickt entschärft. Nox nahm ihre Hand und drückte sie, und Livia spürte Tränen in ihren Augen. Gott, sie liebte diesen Mann. Wen interessierte es, dass sie sich kaum kannten?

Sandor stupste sie an und sie drehte sich um, um ihn anzulächeln. Er nickte Nox zu. „Er ist total verliebt. Das ist wirklich großartig."

„Danke, Sandor. Ich bin verrückt nach ihm. Wirklich, wirklich verrückt."

„Ich bin froh darüber. Er verdient es, glücklich zu sein."

Livia musterte ihn. Sandor sah gut aus mit seinem kurzen dunkelbraunen Haar und seinem sauber gestutzten Bart. Seine Augen waren humorvoll und er hatte ein ruhiges, freundliches Wesen. „Was ist mit dir, Sandor? Gibt es jemand Besonderen in deinem Leben?"

Er grinste. „Ich bin überzeugter Junggeselle, Liv. Ich habe vor ungefähr zehn Jahren geheiratet, aber es hielt nicht. Schade. Sie war ein nettes Mädchen, aber ich bin nicht gut darin, mein Leben mit anderen zu teilen, fürchte ich."

„Das verstehe ich. Bevor ich Nox getroffen habe, war ich bereit für ein Leben als Single."

Sandor sah skeptisch aus und grinste. „Hast du dich heute schon im Spiegel angesehen, Liv? Das würde niemals passieren."

Sie wurde rot, lachte aber. „Ich kann keine Komplimente annehmen, also werde ich schnell das Thema wechseln." Sandor lachte, als sie grinste. „Was ist mit deiner Familie?"

Sandor seufzte. „Ich war ein Einzelkind, Mom starb an Krebs, Dad hat Alzheimer. An manchen Tagen ist er klar im Kopf, aber meistens ist er in seiner eigenen Welt."

„Mein Gott, das tut mir leid."

Sandor nickte. „Schon in Ordnung. Es ist schwerer für mich als für ihn, aber ich kann es ertragen. Er ist meistens in einem Zustand, in dem er glaubt, dass meine Mutter noch lebt. Was ist mit deinen Eltern?"

„Meine Mutter hatte auch Krebs. Sie starb, als ich klein war, und mein Vater, nun, ich betrachte ihn eher als einen Samenspender. Er ist ein bösartiger Alkoholiker und ich will ihn niemals wiedersehen." Livia wusste nicht, warum sie so vertrauliche Informationen mit diesem Mann austauschte. Sie wusste nur, dass sie ihn von Anfang an gemocht hatte. Er hatte eine warme, offene, freundliche Art, und sie konnte sehen, warum er Nox' Freund und Geschäftspartner war. „Du weißt, wie ich Nox kennengelernt habe. Wie ist es mit dir?"

Sandor grinste. „Ich war am College der Zimmergenosse seines Bruders Teague. Mein Vater und Nox' Vater waren einst Freunde, aber dann sind sie auseinandergedriftet. Als Teague und ich uns anfreundeten, kamen sie für eine Weile wieder zusammen. Bis zu jener Tragödie natürlich."

Livia nickte. „Das war sicher herzzerreißend."

„Das war es. Trotzdem muss ich sagen, dass Nox heute glücklicher aussieht als seit Jahren. Dank dir."

Nach dem Abendessen verließen die Gäste allmählich das Haus, bis nur noch Amber, Sandor, Roan und Odelle übrig waren. Odelle sah ungeduldig aus, aber Roan machte keine Anstalten, aufzubrechen. Amber saß ausgestreckt auf einem Sessel und hatte ihre langen Beine überkreuzt. Sandor war bei Odelle und hatte seinen Arm freundschaftlich und tröstend um ihre Schultern gelegt. Livia saß auf Nox' Schoß. Ihre Schuhe hatte sie ausgezogen, sobald das formelle Abendessen vorbei war. Sie zerwühlte Nox' Locken und er grinste sie an. Dann streichelte sie seinen Bart und rieb ihre Nase gegen seine.

„Hattest du Spaß, Baby?"

Sie nickte. „Oh ja." Sie senkte ihre Stimme. „Ich liebe deine Freunde. Ich meine, die meisten von ihnen." Sie grinste, als er lachte. „Ich muss sagen, ich hatte Vorurteile, aber ich lag falsch."

„Zum größten Teil." Nox nickte Odelle unmerklich zu. „Sie meint es wirklich nicht böse."

„Ich verstehe."

Er streichelte mit dem Finger über ihre Wange. „Bleibst du heute Nacht hier?"

Sie lehnte sich an ihn. „Du weißt, dass ich das tun werde."

· · ·

Als die anderen nach Mitternacht gingen, wobei alle außer Odelle betrunken waren, umarmte Roan Nox und schwang eine kichernde Livia durch die Luft. „Meine Kleine, du hast meinen Freund zum Lächeln gebracht. Ich verehre dich."

Sie kicherte immer noch, als sie und Nox zurück in das Herrenhaus gingen. Es war plötzlich so still. Livia schaute aus dem Fenster. „Der gruselige Nebel ist zurück." Nox trat zu ihr und strich mit der Hand über ihren Rücken. Sie starrten auf den Nebel, der vom Bayou kam.

„Es ist Ende November." Nox drehte sich zu ihr und bewegte seine Lippen über ihren Hals. „Denkst du, es ist zu spät für ein bisschen ... Spaß im Freien?"

Livia lächelte und zog seine Lippen auf ihre. „Wenn ich dieses Kleid ruiniere, wird Moriko mich umbringen. Buchstäblich, nicht im übertragenen Sinn."

„Dann solltest du es besser hier ausziehen, weil wir auf jeden Fall in den Garten gehen und zwar in fünf ... vier ...“

Livia kreischte vergnügt und zog sich schnell das Kleid über den Kopf. Nox warf sein Hemd von sich und legte Livia über seine Schulter.

Sie verpasste ihm einen Klaps auf den Hintern, während er sie in den Garten trug, und als er sie in das feuchte Gras gleiten ließ, grinste sie ihn an. „Du bist unmöglich."

„Und ich werde dich immer wieder kommen lassen ... immer wieder."

Bald waren sie nackt und klammerten sich aneinander, während sie sich hingebungsvoll liebten. Der Nebel, der vom Bayou aufstieg, war kühl und ließ sie frösteln. Später lagen sie fest ineinander verschlungen da und Livia küsste Nox auf den Mund. „Du machst alles magisch, Baby. Weißt du, was ich gerne tun würde?"

„Was?"

„Erinnerst du dich an den kleinen Hain, wo wir uns getroffen haben?"

Sie sammelten ihre Kleider ein und gingen los. Schließlich

erreichten sie den abgelegenen Hain. Livia ging zu der steinernen Bank und tätschelte sie. „Komm, setze dich zu mir."

Nox setzte sich mit verwirrtem Gesicht und Livia legte lächelnd ihre Handfläche auf seine Wange. „Als ich dich das erste Mal hier sah, dachte ich, du wärst die traurigste Person, die ich je gesehen habe. Und etwas in mir wollte dir diesen Schmerz nehmen."

Nox lehnte seine Stirn gegen ihre. „Das hast du getan."

„Ich hoffe zumindest, dass ich damit begonnen habe. Du verdienst alles Glück der Welt, Nox. Jeder Moment deines Lebens sollte voller Freude sein."

„Wenn ich bei dir bin, ist es so."

Sie küsste ihn. „Erinnerst du dich an jene Nacht? Ich war mir so sicher, dass du mich küssen würdest, und als Amber deinen Namen rief ... Gott, ich war so enttäuscht. Ich habe mich immer gefragt, ob ich mir diesen Moment nur eingebildet habe."

Nox schüttelte den Kopf. „Das hast du nicht." Er grinste leicht. „Ich wollte noch viel mehr tun, als dich zu küssen."

Sie lachte. „Nun, das wollte ich auch. Also ... lass es uns jetzt nachholen."

Sie hatte kaum ihren Satz beendet, als er seine Lippen gegen ihre drückte. „Gott steh mir bei, Livia Chatelaine", sagte er, als sie beide atemlos waren, „aber ich glaube, ich bin dabei, mich in dich zu verlieben."

Livia spürte eine Woge der Freude in sich aufsteigen. „Ich liebe dich, Nox Renaud. Es ist mir egal, dass wir uns erst seit ein paar Wochen kennen. Ich liebe dich."

Sie waren so ineinander versunken, als sie sich wieder liebten, dass sie nicht bemerkten, wie ein Mann am Rande des Hains in die Dunkelheit verschwand.

Er beobachtete, wie sie sich liebten. Ihre Zuneigung war offensichtlich und greifbar, und sie waren ein wunderschönes, ätherisches Paar. Ihre bleiche Haut glänzte im Mondlicht und ihr lustvolles Keuchen war das einzige Geräusch in der Nacht.

Genieße sie, Nox. Genieße sie, solange du kannst.

Er konnte seine Augen nicht von Livias üppigem Körper abwenden. Beim Abendessen hatte er sie betrachtet. Ihre riesigen, warmen braunen Augen, die Art, wie sie mit Mavis Creek umgegangen war, ihre vollen rosa Lippen, die so gern lächelten. Es wäre leicht, sich in Livia Chatelaine zu verlieben. Er würde mehr über sie in Erfahrung bringen, über ihr Leben und ihre Freunde ... es wäre auch interessant, mit ihr zu spielen, bevor sie sein Opfer wurde.

In der Zwischenzeit war Nox an der Reihe ... Er würde seinen alten Freund glauben lassen, dass er den Verstand verlor. Das stand als Nächstes auf dem Plan und er wusste genau, wie er dabei vorgehen würde ...

Er sah zurück zu dem Paar. Die beiden schrien vor Ekstase, als sie kamen, und er lächelte. Ja, genieße die schöne Livia, solange du kannst, Nox. Noch bevor der Winter vorbei ist und die letzten Tannennadeln von den Weihnachtsbäumen gefallen sind ... wird sie tot sein.

Und du, Nox, wirst des brutalen, blutigen Mordes an der Frau, die du liebst, angeklagt werden und in einer Gefängniszelle verrotten.

KAPITEL ZEHN

Odelle starrte Roan einen langen Moment an und griff dann in ihrer Handtasche nach einer Zigarette. Roan wartete und sein Herz schlug wild gegen seine Rippen. Odelle zündete sich ihre Zigarette an und musterte ihn.

„Warum?"

Roans Mund verzog sich zu einem Lächeln. „Warum heiraten die Menschen? Ich möchte einfach dein Ehemann sein."

Odelle lächelte nicht. „Roan, ich denke, wir wissen beide, dass es keine Liebesheirat ist. Warum würdest du sonst andere Frauen ficken?"

Sie hatte recht und Roan nickte. „Ich gebe zu, dass ich das getan habe. Ich bin unreif, Odelle, aber das ist keine Entschuldigung. Ich kann mich ändern."

Odelle gab ein kurzes Lachen von sich. „Sei ehrlich, Roan. Ich heirate dich, du bekommst das Geld meines Vaters und wirst innerhalb eines Jahres wieder zu deinen alten Gewohnheiten zurückkehren." Sie seufzte. „Ich verdiene etwas Besseres. Ich verdiene das, was dein Freund und seine Kellnerin haben. Hast du gesehen, wie sie sich ange-schaut haben?"

„Wir haben uns immer so angeschaut."

„Nein, das haben wir nie getan."

Roan lehnte sich auf seinem Stuhl zurück. „Also lautet deine Antwort Nein?"

Odelle lächelte schief. „Das habe ich nicht gesagt. Ich werde darüber nachdenken. Beweise mir, dass du treu sein kannst. Ich gebe dir eine Woche, um zu beenden, was auch immer du mit deinen Huren angefangen hast. Eine Woche Gnadenfrist. Fick sie und sag ihnen Lebwohl. Dann werde ich einer Verlobung zustimmen."

Roan nickte. „Gut." Er stand auf, ging zu ihr und strich mit seinen Fingern über ihre porzellanweiße Wange. „Odelle, wir können es schaffen. Es tut mir leid, dass ich dir das Gefühl gegeben habe, ..."

Sie sah ihn ruhig an. „... nicht wichtig zu sein."

Er schüttelte den Kopf. „Du bist mir wichtig."

„Dann gib mir nie wieder dieses Gefühl, Roan, oder du wirst es bereuen. Verstanden?"

Er nickte und seine blauen Augen waren ernst. „Verstanden."

Livia grinste über Nox' Textnachricht, als sie in den Übungsraum ging.

Gut zu wissen, dass du dabei bist, deine Fingerfertigkeit zu trainieren. Ich hoffe, dass ich später das Gleiche bei dir tun kann. Ich liebe dich, x.

Sie kicherte. Seit Thanksgiving und ihrer Liebeserklärung war ihre Beziehung noch schöner und definitiv verruchter geworden. Sie hatten praktisch in jedem Zimmer seines Hauses Sex gehabt – abgesehen von den beiden Räumen, die er verschlossen hielt. Livia erwähnte sie nie, weil sie vermutete, dass dort seine Familie gestorben war. Sie fragte sich, warum er nach ihrem Tod immer noch dort wohnte. Sie würde Sandor oder Amber fragen, wenn sie die Gelegenheit bekam – beide waren schnell zu ihren Vertrauten geworden und Livia freute sich, dass Nox' Freunde sie so bereitwillig bei sich aufgenommen hatten. Heute Nacht waren ihre Freunde – Marcel und Moriko und noch ein paar Mitarbeiter aus dem Restaurant – an der Reihe, Nox zu treffen, und Livia hoffte, Charvi ebenfalls dazu überreden zu können, mitzukommen.

Das Musikzimmer war leer, als sie ihre Sachen auf den Boden stellte und sich an den Steinway-Flügel setzte. Sie strich mit der Hand über die glatte Oberfläche des Klaviers und wunderte sich wieder über Nox' Großzügigkeit. Dann schloss sie die Augen und dachte daran zurück, wie sie an diesem Morgen in seinem Bett aufgewacht war. Sein Mund war auf ihrer Brustwarze gewesen, dann auf ihrem Bauch und schließlich hatte seine Zunge ihre Klitoris umkreist, bis sie gekommen war. Livia seufzte. Ihr Körper war immer noch wund von der Nacht zuvor. Sie hatten sich den ganzen Abend und den Großteil der Nacht geliebt, bis sie erschöpft waren. Nox dominierte ihren Körper, wenn sie miteinander schliefen, und sie liebte es.

„Hey ..." Livia öffnete die Augen und sah, dass Charvi sie stirnrunzelnd anblickte. „Fühlst du dich besser?"

Livia war verwirrt. „Hä?"

„Du hast gesagt, du wärst krank und würdest heute nicht kommen."

Livia schüttelte den Kopf. „Nein, das habe ich nicht gesagt."

„Du hast also nicht im Abteilungsbüro angerufen?"

„Nein."

Charvi zuckte mit den Schultern. „Dann muss es eine Verwechslung gegeben haben. Verdammt, das heißt, dass das Zimmer doppelt gebucht ist."

„Oh." Livia war enttäuscht. „Egal, ich komme später wieder ... Nein, das geht nicht. Ich habe Marcel ein paar Stunden im Restaurant versprochen. Nun, es ist egal."

„Tut mir leid."

„Da kann man nichts machen." Livia fing an, ihre Sachen wieder einzusammeln. Charvi lächelte sie entschuldigend an.

„Hat Nox dir noch keinen Steinway-Flügel für den Hausgebrauch gekauft?"

Livia grinste. „Wo sollte ich ihn hinstellen? Und nein. Es ist eine Sache, wenn er sein Geld für die Musikabteilung ausgibt, aber etwas ganz Anderes, mir davon persönliche Geschenke zu kaufen."

„Hat er kein Klavier in seiner Villa?"

Livia schüttelte den Kopf. „Weißt du, ich habe nie darüber nachgedacht, aber nein."

„Hm."

Livias Augenbrauen schossen hoch. „Was?"

„Weißt du nicht davon?" Charvi holte ihr iPad und öffnete eine
Seite im Internet. Sie reichte es Livia.

Es war ein Artikel aus den Archiven von The Advocate, der Lokal-
zeitung von New Orleans, Baton Rouge und Lafayette. Der Artikel war
bereits fünfundzwanzig Jahre alt.

Junge aus der Region gewinnt renommierten Musikpreis

Der Sohn der Society-Lady Gabriella Renaud wurde bei den New
Orleans Children's Music Awards für seine Solokomposition ,Lux'
ausgezeichnet. Der zwölfjährige Nox Renaud schrieb das Stück selbst
und spielte es auf dem Cello vor einem Publikum aus lokalen Kory-
phäen im Lafayette Emporium Music Theatre. Gerüchten zufolge
haben auch Mitglieder des berühmten Peabody Institute dem Wunder-
kind zugehört. Quellen, die der Familie Renaud nahestehen, deren
Patriarch Tynan Renaud einer der reichsten Philanthropen Louisianas
ist, sagen, dass die Familie den Jungen ermutigt, eine Zukunft in der
Musikbranche anzustreben. Nox' älterer Bruder Teague wird derzeit
von Harvard und Brown umworben, und die Familie hat eine lange
Geschichte akademischer Exzellenz.

Livia sah zu Charvi auf. „Ich hatte keine Ahnung. Warum sollte er das
nicht erwähnen?"

„Das weiß ich nicht. Aber ich schätze, da er und seine Mutter – sie
war Pianistin, genau wie du – immer zusammen gespielt haben, ist es
zu schmerzhaft."

„Oh." Livia wurde ein wenig übel. „Und hier bin ich und rede
solchen Unsinn ..."

„Hey, nein, denke das nicht. Wie ich Nox kenne, bist du für ihn wie
... eine Rettungsleine. Nicht, dass er dich benutzt, um sich an seine
Mutter zu erinnern, aber durch dich kann er etwas von ihr zurückbe-

kommen, verstehst du? Ich bin mir sicher, dass es völlig unabhängig davon ist, wie er für dich empfindet."

Livia lächelte halb. „Wir essen heute mit Moriko, Marcel und ein paar anderen zu Abend. Komm mit. Er würde dich gerne treffen."

Charvi zögerte, aber Livia konnte sehen, dass sie den Wunsch verspürte, den Sohn ihrer Geliebten zu sehen. „Bitte", sagte Livia leise.

Charvi lächelte. „Gut. Sag mir einfach wo und wann."

Livia grinste und umarmte sie. „Es wird wundervoll sein, das verspreche ich."

Charvi nickte. „Der nächste Student kommt erst in zehn Minuten. Übe noch schnell, bevor du gehst."

„Das werde ich, danke."

Als sie allein war, konnte Livia nicht aufhören, an Nox zu denken. Er war also Cellist? Sie fragte sich, wie seine Komposition gewesen sein mochte. Sie konnte sich vorstellen, wie seine dunklen Locken unordentlich in sein Gesicht fielen, wenn er sich über sein Cello beugte, und die Intensität seiner grünen Augen, während er spielte. Sie konnte ihn als Erwachsenen sehen, wie er den Beifall seines Publikums genoss und in seinem Anzug verheerend gut aussah. Livia musste ihn dazu bringen, sich ihr zu öffnen.

Sie lächelte immer noch, als sie die Abdeckung des Klaviers öffnete. Ein Briefumschlag rutschte auf den Boden und als sie sich bückte, um ihn aufzuheben, wurde ihr klar, dass er an sie adressiert war. Sie erkannte die Handschrift nicht und nahm an, dass es sich um eine Nachricht von der Universitätsverwaltung handelte. Schnell riss sie den Umschlag auf.

Eis schoss durch ihre Adern.

Trenne dich von Nox oder ich werde dir das Leben zur Hölle machen, Hure.

Livia konnte das Keuchen nicht zurückhalten, das ihren Lippen entkam. Was zum Teufel war das? Sie warf einen Blick auf den Umschlag und schüttelte dann den Kopf. Suchst du wirklich einen Absender? Es war so niederträchtig und verletzend, dass sie kaum atmen konnte. Dann drang Adrenalin durch sie hindurch, gefolgt von einem Anflug von Wut. Wer würde ihr eine so boshafte Nachricht senden?

„Wer auch immer du bist", sagte sie grimmig, „fahr zur Hölle." Sie zerknüllte den Zettel und steckte ihn in ihre Manteltasche. Sie hatte eine ziemlich gute Vorstellung davon, wer es gewesen sein könnte. Mavis Creep. Livia schnappte sich ihre Sachen und ging vom Campus zur Bushaltestelle, wo sie grimmig vor sich hinlächelte.

Nun, Mavis, allein dafür werde ich Nox länger und härter reiten als je zuvor. Was hältst du davon, Schlampe? Sie wünschte, sie könnte es der anderen Frau ins Gesicht sagen.

Livia war so in Gedanken versunken, dass sie den Mann hinter ihr nicht bemerkte. Er fuhr mit ihrem Bus zurück ins French Quarter und folgte ihr zum Le Chat Noir. Dort beobachtete er, wie sie mit ihren Freunden sprach – der süßen Asiatin und dem dunkelhäutigen Franzosen, dem das Restaurant eindeutig gehörte. Offensichtlich waren es enge Freunde von ihr. Sehr gut. Das bedeutete, dass sie verletzlich war.

Als ihre Schicht endete, folgte er ihr nach Hause. War sie jetzt allein? Er stellte sich all den Spaß vor, den er haben könnte, wenn er sie allein erwischte.

Aber schneller Nervenkitzel war nicht sein Plan für sie. Er hatte Großes mit ihr vor. Die Nachricht hatte sie anscheinend verunsichert, aber nicht erschreckt. Wahrscheinlich hatte sie sie nur wütend gemacht.

Es beginnt …

Er würde es genießen.

KAPITEL ELF

Nox spürte, wie sich etwas in ihm rührte, als er Charvi im Restaurant sah. Seine Hand verengte sich reflexartig um Livias Finger und sie lächelte ihn an. „Es ist okay, Baby", flüsterte sie und küsste seine Wange.

Er stand auf, um die ehemalige Geliebte seiner Mutter zu begrüßen. Charvi wirkte ebenfalls nervös, als er ihre Wange küsste. „Du siehst genauso aus wie sie", sagte Charvi mit zitternder Stimme. Einen Moment lang starrten sie sich an. Als eine Träne über Charvis Wange rann, fielen sie einander in die Arme.

„Ich vermisse sie", war alles, was sie sagte, und Nox, der von Emotionen überwältigt war, nickte.

„Ich weiß."

Sie setzten sich und Nox bemerkte, dass Livia sich schnell eine Träne aus dem Augenwinkel wischte. Er küsste sie. „Danke", murmelte er in ihr Ohr und sie lächelte.

„Ich liebe dich", sagte sie und schob ihm eine Locke aus der Stirn.

Danach war die Anspannung in der kleinen Runde fast verschwunden. Marcel und Nox plauderten über das Geschäft, und Charvi, Moriko und Livia über alles Mögliche. Sie hatten einfach Spaß. Das Restaurant, das sie gewählt hatten, war spektakulär. Nox mochte Livias

kleine Gruppe von Freunden. Sie waren lustig, belesen und boden-
ständig – genau wie Liv. Sie saß an ihn geschmiegt da, während sie aß
und mit allen lachte. Er vergrub sein Gesicht in ihren Haaren und
atmete tief ein. Plötzlich spürte er ihre Hand auf seinem Oberschenkel.
Gott, er liebte diese Frau.

Sein Handy piepte und er warf einen Blick darauf. Sofort verengte
sich seine Kehle und er versteifte sich. Ariel. Ein Foto von ihr, wie sie
lachte und ihr dunkles Haar in der Sonne glänzte. Er runzelte die Stirn.
Wer zur Hölle schickte ihm das ausgerechnet jetzt?

Es wurde keine Sendernummer angezeigt. Eine weitere Nachricht
folgte. Diesmal war es ein Tatortfoto, das er schon so oft gesehen hatte,
dass es sich in sein Gehirn eingebrannt hatte. Es war Ariel, gekleidet in
eine graue Robe, auf einem der Gräber des Friedhofs von Lafayette. Ihr
Blut durchtränkte das Kleid und benetzte den weißen Grabstein aus
Marmor, auf dem sie lag. Sie sah aus, als wäre sie einem dunklen Gott
geopfert worden. Die Klinge des Dolches war immer noch tief in ihrem
Bauch vergraben, ihre Augen waren offen und ihr Mund war für immer
in einem Schrei des Entsetzens und Schmerzes geöffnet. Nox fühlte
eine Welle der Übelkeit in sich aufsteigen.

„Entschuldigung", murmelte er und stand auf, um zur Toilette zu
eilen. Er schaffte es gerade noch, bevor er sich übergeben musste.
Jemand spielte ein krankes Spiel mit ihm, indem er diese Fotos
verschickte.

Aber das war nicht das erste Mal. Nachdem seine Familie
gestorben war, hatten ihm Freunde von Ariel ähnliche Fotos geschickt,
um deutlich zu machen, dass sie ihn für den Killer hielten. Es war so
schlimm geworden, dass er sich irgendwann selbst gefragt hatte, ob er
es getan hatte ... obwohl er natürlich wusste, dass das unmöglich war.
Die Polizei hatte ihn über mehrere Tage stundenlang verhört und ihn
schließlich ohne Anklage entlassen. Nox wusste, dass er unschuldig
war, aber das hinderte ihn nicht daran, sich verantwortlich zu fühlen.

Er ging zurück zu der Gruppe. Livia sah ihn besorgt mit ihren
warmen braunen Augen an. „Bist du okay?"

Er lächelte. „Es geht mir gut, Baby. Tut mir leid, mir war nur ein
wenig seltsam zumute. Wahrscheinlich, weil ich vorhin so nervös war."

Livia legte ihren Arm um seine Taille und küsste ihn zärtlich. „Ich denke, es ist sehr gut gelaufen", sagte sie mit leiser Stimme und nickte subtil in Charvis Richtung. Nox nickte.

„Dank dir."

Livia schüttelte den Kopf. „Ihr hättet euch wiedergefunden, auch ohne mich."

Nox strich mit seinen Lippen über ihre. „Ich will nie wieder ohne dich sein."

„Das wirst du nicht."

Nach dem Abendessen verabschiedeten sich alle voneinander. Nox und Charvi verbrachten einen Moment allein zusammen. „Deine Mutter wäre so stolz auf den Mann gewesen, der du geworden bist, Nox. Und sie hätte Livia geliebt. Ihr zwei seid füreinander geschaffen."

Nox lächelte sie an. „Das denke ich auch."

„Versprich mir, dass du auf mein Mädchen aufpassen wirst."

„Mit meinem ganzen Herzen."

Livia übernachtete wieder bei Nox. Als sie in sein Schlafzimmer gingen, lächelte er sie an. „Liv ... weißt du, du könntest hier bei mir einziehen."

Livia war eine Weile still und setzte sich dann auf das Bett. „Ist es dafür nicht zu früh?"

Nox fühlte einen kleinen Stich, aber er konnte verstehen, was sie meinte. „Ich weiß es ehrlich gesagt nicht. Aber ich weiß, dass es mir gefallen würde – sehr."

Sie lächelte ihn an. „Mir würde es auch gefallen, aber ich möchte Moriko nicht in eine schwierige Position bringen. Wir können uns die Wohnung schon zu zweit kaum leisten – und bevor du irgendwelche großen Gesten machst, hör mir zu. Wir beide mussten uns beweisen, dass wir es allein schaffen können. Nox, du weißt, dass dein Reichtum mich nie gestört hat – ich bin nicht an deinem Geld interessiert. Du bist alles, was ich will. Aber ich bin auch nicht naiv. Ich übernachte hier bei dir, esse dein Essen, reise mit dir ... Aber es ist mir wichtig, dass ich in Kontakt mit meiner Basis bleibe. Dass ich mein eigenes Geld verdiene und damit mein Leben finanziere. Ich habe keine Ahnung, ob ich dir jemals finanziell ebenbürtig sein werde – als Musikerin wohl eher nicht", sie lachte, „aber ich muss ein gewisses Gleichgewicht aufrechterhalten. Ich will nicht als gekaufte Frau enden, verstehst du?"

Nox drückte seine Lippen gegen ihre. „Weißt du, dass du meine Heldin bist? Und ja, ich verstehe dich. Können wir einen Kompromiss schließen?"

„Und der wäre?"

„Bring wenigstens ein paar deiner Sachen hierher und hänge deine Kleider in meinen Schrank. Und wenn du nicht hier bist ..."

„... kannst du dich als mich verkleiden?" Livia grinste breit und Nox brach in Gelächter aus.

„Verdammt, du hast mich durchschaut."

„Ich kann es mir lebhaft vorstellen. Bald schickst du mir eine Textnachricht: Ich bin zu Hause und angezogen wie du. Bring Schokoladensirup und eine Reitgerte mit. Sexy."

Nox stieß sie auf das Bett zurück. „Ich gebe dir sexy, Frau." Er bemerkte, dass ihr Atem schneller wurde und Erregung in ihren Augen funkelte. „Oh, dir gefällt die Vorstellung, nicht wahr?"

Sie nickte. Ihre rosa Lippen öffneten sich und er spürte, wie sein Schwanz hart wurde. „Also, worauf stehst du sonst noch, Ms. Chatelaine?"

Er schob ihr Kleid hoch und vergrub sein Gesicht an ihrem weichen Bauch. Livia lachte. „Nun, das ist nett für den Anfang."

„Nett, aber nicht gerade verrucht", murmelte Nox und strich mit der Zunge über ihren Bauchnabel. Er spürte, wie sie vor Vergnügen zitterte.

„Ich habe wirklich nie darüber nachgedacht ... aber es gibt sehr wenig, was ich nicht mit dir versuchen würde, Mr. Renaud."

Nox stöhnte. „Gott, Liv ..." Er knöpfte ihr Kleid auf und streifte ihr Höschen über ihre langen Beine. „Jeder Zentimeter von dir ist himmlisch."

„Was magst du, Nox? Sag es mir, und ich werde es tun."

„Alles, woran ich gerade denken kann, ist deine cremige Haut und die Tatsache, dass mein Schwanz in dir sein muss."

Sie kicherte und er bewegte sich ihren Körper hoch. Livia knöpfte sein Hemd und seine Hose auf, während er sie küsste. Dann griff sie nach seiner Krawatte. „Willst du mich fesseln, böser Junge?"

Nox' Augen leuchteten auf. „Gute Idee." Er wickelte die Krawatte um ihre Handgelenke und zog sie über ihren Kopf. „Ha, jetzt bist du mir wirklich ausgeliefert." Er knabberte an ihrem Ohr, als sie kicherte und sich unter ihm wand.

„Was magst du, Nox? Im Ernst. Ich werde es tun, was auch immer es ist ... du kannst mir den Hintern versohlen, mich auspeitschen ... egal. Ich gehöre dir."

Sie fühlte, wie sein riesiger Schwanz noch mehr anschwoll, und er stöhnte und vergrub sein Gesicht an ihrem Nacken. „Was du mit mir anstellst, Ms. Chatelaine ..." Er sah ihr in die Augen. „Darf ich dich auf den Bauch legen und von hinten nehmen?"

Er drehte sie um und Livia spürte, wie er ihre Beine sanft spreizte. Als sich sein Schwanz – so hart, so gewaltig – in ihr Zentrum schob, prickelte jede Zelle ihres Körpers. Die zusätzliche Reibung an ihrer Klitoris war der Himmel. Nox packte ihre Haare in seiner Faust, als er zustieß, und zog ihren Kopf zurück, damit er ihren Mund küssen konnte.

„Nimm mich, Nox, härter ... härter ..." Sie keuchte, als er sie fickte und seine Hüften tiefer in sie stieß. Sein Schwanz bohrte sich in sie, bis sie beide kamen und er sich zum ersten Mal tief in ihren Bauch ergoss.

Livia seufzte glücklich, als sie ihren Höhepunkt genoss. „Nox?"

Nox' Mund lag auf ihrem Nacken und er küsste sie wild in seiner Raserei. „Ja, mein Schatz?"

Sie drehte sich um und sah ihm in die Augen. „Fick mich in den Arsch, Nox. Fick mich hart."

Er gab ein sehnsüchtiges Knurren von sich, zog ein Kondom über seinen Schwanz und nahm sie genauso, wie sie es wollte. Livia schrie auf, als sie kam. Es war ein weicherer Orgasmus, aber genauso aufregend.

Nox riss das Kondom von sich, rollte sich von ihr herunter, drehte sie auf den Rücken und befreite ihre Hände. Sie griff nach seinen

Locken und zog hart daran, was ihn grinsen ließ. „Meine Güte, Frau, du bist so wild wie ein Tier."

Livia küsste ihn, biss ihm auf die Unterlippe und wollte ihn in ihre Seele aufnehmen. „Fick mich wieder und wieder und wieder ..."

Nox zog sie an sich und rollte sie beide auf den Boden, wo er ihre Beine an ihre Brust drückte und sich zurücklehnte, um ihren Körper zu bewundern. „Du hast die perfekteste kleine Fotze der Welt, Ms. Chatelaine. Warum berührst du dich nicht selbst, während ich zusehe?"

Er fing an, seine Erektion zu streicheln, während Livia ihr Geschlecht stimulierte, ihre Finger hineinsteckte und sein Sperma tief in sich spürte. Als Nox es nicht mehr aushielt, schob er ihre Hand beiseite und rammte seinen Schwanz wieder in sie. „Ich will dich mit meinem Sperma füllen, Baby."

„Tu es", drängte sie und ihre Augen waren wild vor Verlangen. „Fick mich, als würdest du mir wehtun wollen."

Und er tat es, knallte seine Hüften gegen ihre und drückte ihre Hände auf den Boden. Er küsste sie, bis er Blut schmeckte und sie beide erschöpft waren.

Danach duschten sie zusammen und Livia leckte Nox' Schwanz, während das Wasser auf sie niederprasselte. Er trug sie zum Bett, nachdem sie sich abgetrocknet hatten, und legte sich mit ihr hin.

Livia streichelte sein Gesicht. „Ich weiß nicht viel über Bondage", sagte sie, „aber ich finde es aufregend, mehr darüber herauszufinden. Hast du das schon einmal mit jemandem gemacht?"

Nox schüttelte den Kopf. „Nein, aber mich erregt der Gedanke, es mit dir zu machen. Wir können es langsam angehen und herausfinden, was wir mögen. Wir können sogar Spielzeug benutzen, wenn du willst."

„Oh, ich will." Livia grinste ihn an. „Ich mag den Gedanken, Lederkleidung für dich zu tragen und gefesselt zu sein, während du mich fickst und dominierst."

„Verdammt, Frau." Nox nickte zu seinem Schwanz, der wieder hart wurde. „Du wirst mich heute Nacht nicht schlafen lassen, hm?"

Livia lachte, rollte ihn auf den Rücken und setzte sich rittlings auf ihn, wobei sie ihn in sich gleiten ließ. Sie gab ein zitterndes Stöhnen von sich, als er in ihr war. „Ich könnte für immer so bleiben", sagte sie, als sie anfing, ihn zu reiten. „Sprich mit mir, Nox. Erzähl mir, was du magst."

Er umfasste ihre Brüste, die bei ihrer Bewegung bebten. „Ich mag deine schönen Titten", sagte er, „so weich und rund. Ich denke manchmal an sie, wenn ich bei der Arbeit bin, und stelle mir vor, meinen Mund auf die rosa Brustwarzen zu legen und an ihnen zu saugen, bis du schreist. Ich denke an deine heiße, enge Fotze, wie sie von meiner Zunge, meinem Finger und meinem Schwanz erforscht wird, während du deine Muskeln zusammenpresst ..."

Er kniff ihre Klitoris, als sie zu stöhnen begann und immer schneller wurde. „Gott, Nox, ja ... genau so ..."

„Ich stelle mir vor, dich gegen eine kalte Steinmauer irgendwo in der Stadt zu drücken und dich zu ficken, bis sich die Leute fragen, was das für ein Geschrei ist. Oder einen Tisch im Restaurant abzuräumen, deine süße, kleine Kellnerinnenuniform zu zerfetzen und dich vor all den Gästen zu ficken. Ich will dabei zusehen, wie sie deinen perfekten Körper bewundern ..."

Livia schrie auf, als sie kam, so erregt war sie von seinen Worten, aber Nox war noch nicht fertig. „Ich will dich wie ein Tier ficken, Livia. Ich träume davon, dass du dein Höschen vergisst, so dass ich dich jederzeit und überall nehmen kann ..."

„Ich gehöre dir, Nox, für immer, für alle Zeit ..."

Ihr Schrei brachte ihn zum Höhepunkt und er schoss seine Ladung tief in ihren Bauch. Ihre Vaginalmuskeln spannten sich um ihn herum an, während sie auf ihn herabsah und so ätherisch schön war, dass sein Herz schmerzte. „Gott, ich liebe dich, Livia Chatelaine."

Sie beugte sich vor, um ihn wieder zu küssen, und für den Rest der Nacht gab es keine Unterhaltung mehr.

Roan sah das Mädchen auf dem Beifahrersitz seines Autos an und versuchte zu lächeln. „Es tut mir leid."

Gott, warum hatte er sich so ein junges Ding genommen, das nicht wusste, wie es lief. Tränen standen in ihren großen blauen Augen, und er hasste sich dafür.

„Pia, es tut mir leid. Es ist meine Schuld. Ich hätte dich an jenem

Tag nicht mitnehmen sollen." Er berührte ihr Kinn. „Hör zu, du bist wunderschön. Es gibt wahrscheinlich jede Menge Kerle, die gerne mit dir zusammen sein würden, und ich garantiere, dass sie alle viel besser für dich sind als ich. Ich bin kaputt, Pia. Ich bin kein guter Mensch."

„Aber ich habe mich in dich …"

„Nein, sag das nicht. Du bist zu jung, um zu wissen, was Liebe ist." Sie öffnete plötzlich die Tür seines Wagens und stieg aus. Oh, oh. Das war keine gute Idee. Es war nach Mitternacht und die Stadt war um diese Zeit kein Ort für ein Mädchen wie Pia. Er stieg aus und rief hinter ihr her. „Pia, steig ins Auto."

„Fick dich."

Er seufzte. Wäre es leichter, sie gehen zu lassen? Ja. Es war nicht so, als könnte sie damit drohen, es Odelle zu sagen – diese würde nur mit den Achseln zucken und sagen: „Was gibt es sonst noch Neues?" Schließlich tat er genau das, was Odelle von ihm verlangt hatte. Er verabschiedete sich von all seinen Affären. Aber er hätte definitiv nicht mit Pia anfangen sollen. „Lass mich dich nach Hause fahren."

„Nein. Geh. Ich wohne nur zwei Häuserblocks von hier entfernt." Sie blieb stehen und sah ihn an. Ihr Gesichtsausdruck war resigniert. „Geh, Roan. Es ist in Ordnung. Ich werde niemandem von uns erzählen."

Sie stapfte davon und verschwand um die Ecke. Roan zögerte und folgte ihr, aber als er um die Ecke bog, war sie weg.

„Scheiße."

Zu spät. Er konnte es ihr nicht zum Vorwurf machen, wenn sie zu Odelle oder sogar zu Nox rannte. Nox wäre problematischer – er würde gar nichts davon halten, dass Roan etwas mit seiner neunzehn-jährigen Assistentin angefangen hatte. Wenn Roan Nox davon über-zeugen wollte, dass er verantwortungsbewusst war, dann sicher nicht so.

„Scheiße", sagte er noch einmal und stieg wieder in sein Auto.

Pia wartete, bis sie hörte, wie sein Auto ansprang und wegfuhr, bevor sie sich aus dem Hauseingang herausduckte. Sie wollte nicht, dass er wusste, dass ihre Wohnung nicht zwei Blocks entfernt war, sondern ein paar Kilometer. Trotzdem würde sie zu Fuß gehen. Vielleicht würde es sie die Demütigung vergessen lassen. Sie ging weiter und ihre langen Beine trugen sie mühelos durch die Nacht. Es war so kühl, dass sie ihren Mantel fest um sich zog.

Gott, was zur Hölle hatte sie sich dabei gedacht, mit Roan Saintmarc zu schlafen? Der Typ war ein Casanova und jeder wusste es. Aber Pia musste zugeben, dass es ihr bei ihren Freundinnen Anerkennung und Bewunderung verschafft hatte. Sandor zeigte keinerlei Anzeichen von Interesse, und wenn, dann war es väterlicher Natur, also war sie auf Roans Anmache eingegangen. Er war spektakulär im Bett gewesen, so viel war sicher. Sie fragte sich, ob er geahnt hatte, dass sie noch Jungfrau war, aber er hatte es nie erwähnt. Wenigstens konnte sie endlich sagen, dass sie keine absolute Anfängerin mehr war.

Sie kicherte vor sich hin. Ihm zu sagen, dass sie sich in ihn verliebt hatte ... auf keinen Fall. Sie hatte ihm nur ein schlechtes Gewissen einreden wollen, weil er sie fallen ließ. Und es hatte funktioniert. Gut.

Als sie in die nächste Straße einbog, hörte sie Schritte hinter sich und drehte sich um. Ein Männerkopf blockierte die Straßenbeleuchtung und blieb dabei selbst im Schatten. Der Kerl packte sie an der Kehle und stieß sie hart gegen die Wand, während seine andere Hand ihren Angstschrei erstickte.

Er wird mich vergewaltigen ...

Aber der Angreifer versuchte nicht, ihren Rock anzuheben oder sie zu begrapschen. Eine Millisekunde wusste sie nicht, was zur Hölle er wollte, dann fühlte sie ihn. Den Schmerz. Ein Messer wurde wiederholt brutal in ihren Bauch gerammt. Oh Gott, bitte, nein ... nein ...

Sie spürte, wie ihre Beine nachgaben und sie zu Boden sank. Ihr Killer kauerte neben ihr, riss ihr zerfetztes Kleid auf und stach erneut zu. Während Pia verblutete, brachte sie noch ein einziges Wort heraus: „Warum?"

Ihr Mörder schob das Messer zwischen ihre Rippen hindurch direkt in ihr Herz. Sie würde die Antwort nie erfahren.

KAPITEL ZWÖLF

Livia erwachte in den dunklen Stunden vor Sonnenaufgang in einem leeren Bett. Sie zitterte – das Fenster war offen und eine kalte Brise wehte in den Raum. Sie stand auf, nahm Nox' Hemd und legte es um sich, als sie das Fenster schloss.

„Nox?"

Im Haus war es totenstill. Livia lief in den Flur und lauschte. Etwas – Wasser? – machte irgendwo Geräusche und sie folgte ihnen bis zum Ende des Hauses, wo sich die beiden verschlossenen Räume befanden. Zögernd streckte Livia die Hand aus und drehte den Griff einer der Türen. Sie öffnete sich und Livia hörte deutlich das Rauschen von Wasser – jemand duschte im angrenzenden Badezimmer.

Sie holte tief Luft und ging leise zur Badezimmertür. Livia versuchte, sich nicht im Zimmer umzusehen, aber als sie die Tür erreichte, blickte sie nach links – und sah riesige, dunkle Blutflecken auf dem Boden. Oh Gott. Warum, Nox? Warum hast du es so gelassen? Der Raum war wie eine makabre Folterkammer für seine Psyche.

Livia hatte keinen Zweifel, wen sie sehen würde, wenn sie die Badezimmertür aufstieß. Nox stand nackt unter der Dusche und rieb wie von Sinnen über seine Haut. Er blickte auf, aber Livia wusste, dass er sie nicht wirklich sah. Er schlafwandelte. Verzweifelt hob er die Arme. „Ich bekomme das Blut nicht weg. Das Blut klebt an mir."

Während Livia ihn entsetzt anstarrte, begann Nox zu schluchzen. „Ich bekomme das Blut nicht weg, Ariel. Gott sei mir gnädig, was habe ich getan? Was habe ich nur getan?"

KAPITEL DREIZEHN

Amber stieg aus dem Wagen und sah eine bleiche, erschütterte Livia, die an der Tür des Herrenhauses auf sie wartete. Sie umarmte Amber, die ihr Zittern spüren konnte. „Danke, dass du gekommen bist, Amber. Ich habe ihn ins Bett gebracht, aber ich wusste nicht, was ich sonst tun soll."

Amber hielt sie fest. „Du hast das Richtige getan, Livia. Schläft er?"

Livia nickte. Ihre braunen Augen waren groß und verängstigt. Amber nahm ihre Hand, und sie gingen hinein, wo Nox in seinem Bett schlief. Sein hübsches Gesicht war schmerzverzerrt. Amber musterte ihn einen Moment lang und nickte dann Livia zu, damit sie ihr folgte.

Sie setzten sich in die Küche und Amber machte Livia einen heißen, starken Kaffee. Es war kurz nach Sonnenaufgang. Amber, deren Gesicht frei von Make-up war und **die ihr rotes Haar zu einem Knoten hochgesteckt hatte, versuchte, Livia** anzulächeln. „Hab keine Angst. Er hat das schon öfter gemacht. Das Schlafwandeln, meine ich. Zweimal, soweit ich weiß. Einmal, als Ariel starb, und noch einmal nach der Sache mit seiner Familie. Was habt ihr gestern Abend gemacht?"

Livia erzählte ihr von dem Abendessen und der Begegnung von Nox und Charvi. Amber nickte. „Ah."

Livia sah sie unglücklich an. „Ich gebe mir die Schuld. Ich habe sie ermutigt, sich wiederzutreffen."

„Weißt du was, du solltest dich nicht schlecht fühlen. Zumindest konnten wir es auf diese Weise kontrollieren. Was, wenn er ihr unerwartet begegnet wäre? Nein, es ist gut. Vielleicht wird Nox jetzt damit anfangen, alles zu verarbeiten. Das hat er nie getan, weißt du? Er hat seinen hinreißenden Kopf in den Sand gesteckt und mit der Trauer weitergelebt, ohne je zu verarbeiten, was passiert ist."

Livias Augen füllten sich mit Tränen. „Mein Gott."

Amber tätschelte ihre Hand. „Du bist gut für ihn. Es ist der ideale Zeitpunkt für ihn, sich mit der Vergangenheit auseinanderzusetzen. Er hat dich. Ich denke, er hat sich nie stärker gefühlt."

Livia lächelte sie an. „Du bist so nett."

Amber nippte an ihrem Kaffee. „Ist gestern Abend noch etwas anderes passiert? Außer dem Treffen mit Charvi."

„Da war etwas ... Er bekam eine SMS und ihm wurde so schlecht, dass er auf die Toilette rannte. Er sagte, es wäre nur die Aufregung, aber ich bin nicht sicher."

„Wo ist sein Handy?"

„Oben, denke ich. Ich werde es holen."

Amber wartete geduldig. Als Livia zurückkam, war ihr Gesicht betroffen. „Amber ..."

„Was ist?"

Livia sah auf das Handy. „Es ist Ariel. Fotos von ihr."

Amber schluckte und streckte die Hand aus. „Livia, bitte."

Livia zögerte, dann reichte sie ihr das Handy. Amber wusste, was sie sehen würde, noch bevor sie auf die Nachricht klickte, aber sie konnte das leise Schluchzen nicht unterdrücken, das ihr entkam, als sie die brutal zugerichtete Leiche ihrer Zwillingsschwester sah. Livias Arme legten sich um sie und hielten sie fest, während sie weinte. Livia streichelte ihre Haare und murmelte: „Es tut mir leid. Es tut mir so leid."

Amber riss sich zusammen, lehnte aber ihren Kopf gegen den von Livia. „Mir auch, Livvy. Es ist immer noch ein Schock."

Livia lächelte tröstend und reichte ihr ein Taschentuch. „Ich kann mir nicht vorstellen, wie es für dich sein muss. Wer würde so etwas verschicken?"

Amber seufzte. „Schwer zu sagen. Jemand will ihn quälen. Der Mörder. Nein, er oder sie hätte sicher persönliche Fotos geschickt, oder? Das hier sind die Fotos, die die Presse von Ari veröffentlicht hat. Eines aus der Zeit, als sie noch lebte, und ein Tatortfoto. Jeder könnte sich diese Bilder besorgt haben."

„Aber warum? Warum jetzt?"

Amber schenkte ihr ein schiefes Grinsen. „Wenn es jemand ist, der bösartig ist – und vielleicht eifersüchtig – würde ich sagen, es liegt an dir. Nicht an dir persönlich, Livia, aber an deiner Beziehung zu Nox. Jeder kann sehen, wie verliebt ihr seid."

„Weißt du was? Ich habe das hier ganz vergessen ..." Livia ging in den Flur und kam mit ihrem Mantel zurück. „Das habe ich gestern im College gefunden."

Sie reichte Amber den zerknüllten Zettel. Amber las ihn laut: „Trenne dich von Nox oder ich werde dir das Leben zur Hölle machen, Hure. Herrlich. Nun, ich denke, wir können erraten, wer so boshaft wäre."

„Mavis Creep." Livias Ton war eisig. „Verdammte Schlampe. Ich werde sie mit bloßen Händen in Stücke reißen."

Amber grinste sie an. „Dann könnten wir zumindest eine echte Drohung ausschließen."

Livia runzelte die Stirn. „Drohung?"

„Verstehst du nicht, warum Nox diese Bilder geschickt wurden, Livvy? Sie implizieren, dass dir das Gleiche zustößt, wenn ihr zwei euch nicht trennt."

Livia schnaubte. „Ich lasse mir nicht so leicht Angst machen."

„Du bist mutig", sagte Amber und grinste sie an.

„Du hast keine Ahnung, wie mutig."

Beide wandten sich bei dem Klang von Nox' Stimme um. Er lächelte sie mit erschöpften Augen an und legte seine Arme um Liv.

„Tut mir leid, dass ich dich erschreckt habe, Baby. Ich bin gerade ein bisschen verrückt."

„Kein Problem. Ich habe noch nicht einmal angefangen, dir meine Verrücktheit zu zeigen." Livia grinste ihn an und Amber lächelte.

„Nun, ich will nicht stören ..."

„Amber, danke, dass du gekommen bist. Ich weiß nicht, was ich ohne dich getan hätte." Livias Gesichtsausdruck war ernst. „Du bist eine echte Freundin."

Amber griff nach ihrer Hand. „Hört zu, ihr zwei seid gut füreinander. Was nicht heißt, dass ihr keinen Mist durchmachen müsst, aber ich werde immer für euch da sein. Du", sie fixierte Nox mit einem stählernen Blick, „musst dir einen Psychiater suchen, der dir bei deiner Trauer hilft. Es wird verdammt wehtun, aber es ist bitter nötig."

Nox nickte. „Das denke ich auch. Es ist Zeit." Sie sah, wie seine Arme sich um Livia schlossen, und lächelte.

„Gut. Jetzt werde ich euch in Ruhe lassen, aber ich bin nur einen Anruf entfernt."

Livia schüttelte den Kopf. „Bleib zum Frühstück."

„Das würde ich gerne, aber ich habe einen ziemlich attraktiven Australier in meinem Bett zurückgelassen und denke, dass ich mich erst um ihn kümmern muss."

Livia stöhnte. „Gott, Amber, es tut mir leid."

„Mir nicht. Er ist aufgewacht und wollte reden." Sie verdrehte die Augen und sie lachten. „Bye. Wir sehen uns später."

Als Amber ging, blickte Livia zu Nox auf. „Sie ist nett."

„Das ist sie. Komm, Livia, da ist etwas, das ich dir zeigen muss."

Hand in Hand gingen sie nach oben in das Zimmer, in dem Livia ihn zuvor gefunden hatte. „Das war das Zimmer meiner Mutter. Dad hat sie und Teague hier drin umgebracht." Er setzte sich schwerfällig auf das Bett. Aus der Decke stieg Staub auf. „Die Polizei sagte mir, dass Teague sofort gestorben ist. Es war ein Schuss ins Herz. Aber Mom wurde in den Bauch geschossen. Sie ist langsam verblutet. Mein Vater hat sich im Nebenzimmer umgebracht."

Livia setzte sich neben ihn und ergriff seine Hand. Nox starrte auf den Blutfleck auf dem Teppich. „Ich musste ihre Leichen identifizieren. Dad ... er hatte sich in den Kopf geschossen, also kannst du dir vorstellen ... aber Mom und Teague. Sie sahen so ... friedlich aus. Als würden sie schlafen. Es war unvorstellbar, dass sie tot waren. Ich habe darauf gewartet, dass Teague seine Augen öffnet, mich angrinst und Reingefallen! ruft. Fuck." Er rieb sich die Augen.

Livia presste ihre Lippen auf seine Wange. „Ich habe noch nie ein Foto von Teague gesehen." Sie versuchte, es lässig zu sagen, um ihn aus seiner Melancholie zu reißen. Nox stand auf, ging zur Kommode und griff nach einem gerahmten Foto. Er reichte es ihr.

Livia betrachtete das Bild einer glücklichen Familie. Teague und Nox, beide groß und gutaussehend, lächelten. Nox hatte die grünen Augen seiner Mutter, Teague die dunkelbraunen seines Vaters. Tynan Renaud wirkte so stolz auf seine Familie. Seine Frau Gabriella war wunderschön und hatte ihren Arm um ihren jüngeren Sohn gelegt. Livia strich mit dem Finger über Nox' Gesicht. Er sah so jung aus, so schön und so frei von Schmerz. Sie blickte zu ihm auf.

„Ich wünschte, ich könnte dir deine Schmerzen nehmen, Nox."

Er ergriff ihre Hand und zog sie in seine Arme. „Das tust du, Livia."

Sie berührte sein Gesicht. „Komm ins Bett, Nox. Ich werde dich glücklich machen." Sie führte ihn zurück in sein Schlafzimmer.

KAPITEL VIERZEHN

„Also", begann Livia verlegen, als sie mit Moriko in der Küche von Le Chat Noir saß. Ihre Schicht hatte gerade geendet, kurz nach der stressigen Mittagszeit, und Marcel unterhielt sich vorne mit einer attraktiven, jungen Frau. Seine Sousköchin Cat rauchte draußen eine heimliche Zigarette, und Liv und Moriko hatten die Küche für sich allein.

„Also?" Ein kleines Lächeln umspielte Morikos Lippen, als wüsste sie, was Livia sagen würde. Sie würde ihre Freundin aber nicht vom Haken lassen, und Livia holte tief Luft.

„Also ... Nox hat mich gebeten, bei ihm einzuziehen. Nun, ich möchte, dass du weißt, dass ich gestern eine lange Rede vor ihm gehalten habe. Darüber, dass ich unabhängig bin, und so weiter ... aber zur Hölle damit, Morry. Das Leben ist kurz. Ich möchte mit ihm zusammen sein."

Moriko lächelte. „Es ist nicht wirklich eine große Überraschung, Liv."

„Aber", fuhr Liv fort, „ich werde trotzdem weiterhin die Hälfte der Miete und Nebenkosten übernehmen, so wie bis jetzt auch."

Moriko seufzte. „Ich wünschte, ich könnte dir sagen, dass das nicht nötig ist, aber die Wahrheit ist ..."

„Genau. Schau, lass mich das machen. Ich liebe Nox, aber ich hasse es, dich im Stich zu lassen."

„Du lässt mich nicht im Stich, Liv. So ist das Leben, und ich bin überglücklich für dich. Und so perfekt er auch aussieht, wird er dir trotzdem manchmal auf die Nerven gehen. Auf diese Weise hast du immer einen Ort, um dich abzuregen und Mädchenabende mit mir zu verbringen."

Liv grinste. „Das kannst du laut sagen."

„Wann ziehst du aus?"

„Das ist noch nicht sicher, aber es wird nicht mehr lange dauern. In den nächsten Wochen."

Moriko nickte. „Ahnt Nox etwas von dem Tsunami von Taschenbüchern, der bald sein wunderschönes Zuhause heimsuchen wird?"

Liv grinste. „Er ahnt vielleicht etwas ... aber nicht das wahre Ausmaß."

„Nun, ich freue mich für dich, Süße, wirklich."

„Kommst du allein klar?"

Moriko verdrehte die Augen. „Oh, bitte ..."

Livia sprang von der Arbeitsplatte und umarmte ihre Freundin. „Ich liebe dich, Morry. Komm schon, ich lade dich zum Mittagessen ein."

Nox verbrachte den Vormittag damit, einen guten Therapeuten zu finden. Überglücklich darüber, dass Livia zugestimmt hatte, zu ihm zu ziehen, war er entschlossen, sich endlich die Hilfe zu holen, die er seit Jahren brauchte. Er nahm Kontakt zu dem alten Arzt seiner Familie auf und fragte nach einer Empfehlung, dann verabredete er sich mit einem Psychiater in der Stadt. Er hatte gerade aufgelegt, als Sandor mit gerunzelter Stirn an seine Tür klopfte.

„Was ist los, Alter?"

„Hast du Pia heute Morgen gesehen? Sie ist normalerweise vor allen anderen an ihrem Schreibtisch, aber dort ist keine Spur von ihr. Shannon aus der Personalabteilung hat sie zu Hause angerufen, aber ihre Mutter sagt, niemand habe in ihrem Bett geschlafen."

Nox lehnte sich zurück. „Wirklich? Nun ... sie ist erwachsen, also glaube ich, dass die Polizei nichts unternehmen wird, bevor vierundzwanzig Stunden vergangen sind. Vielleicht hat sie jemanden kennengelernt und dort übernachtet. Ich werde ihre Mutter anrufen und fragen, wie sie vorgehen möchte."

„Ich werde Shannon bitten, dir ihre Nummer zu geben." Sandor verschwand, und Nox runzelte die Stirn. Es war unüblich, dass Pia nicht auftauchte. Nox war schon immer von ihrer Arbeitsmoral beeindruckt gewesen.

Scheiße. Er hasste solche Situationen – das Unbehagen, das über seine Haut schlich, genau wie vor all den Jahren. Er erinnerte sich noch daran, wie die Polizei bei Ariels Eltern zu Hause aufgetaucht war, um ihnen zu sagen, dass eine Leiche gefunden worden war. Er hatte schon damals gewusst, dass sie tot war.

Er rief Pias Mutter an, die ihn unter Tränen bat, ihr Bescheid zu sagen, wenn Pia doch noch erschien. Dann rief er Livia an, weil er ihre Stimme hören musste.

„Hey, mein Lieber." Ihr zärtlicher Gruß ließ die Anspannung in seinem Körper sinken. Er erzählte ihr von Pia, und sie war ebenfalls besorgt, riet ihm aber, die Ruhe zu bewahren, bis etwas Konkretes bekannt wurde.

„Ich weiß, dass es schlecht aussieht, Baby, aber sie könnte einfach bei einer Freundin sein – oder bei einem Freund – und verschlafen haben oder so verkatert sein, dass sie vergessen hat, anzurufen. Sie ist neunzehn."

„Ich weiß. Ich versuche auch, kein unnötiges Drama zu veranstalten. Ich mache mir nur Sorgen."

Am Ende der Leitung herrschte kurz Stille. „Hast du einen Termin gemacht?" Ihre Stimme war vorsichtig, als ob sie ihn nicht drängen wollte, und Nox wurde warm ums Herz. Dieses Mädchen liebte ihn wirklich.

„Ja, Liebling. Ich habe mein Versprechen gehalten. Dr. Feldstein erwartet mich nächste Woche."

„Ich bin stolz auf dich", sagte Livia. „Ich liebe dich so sehr, Nox."

„Ich liebe dich auch, Zwerg."

„Alter Mann."

„Trollgesicht."

Livia kicherte. „Das ist gemein. Hör zu, ich habe ein Seminar ... Ich rufe dich danach an, okay? Hoffentlich gibt es bald Neuigkeiten über Pia."

Roan betrat das RenCar-Büro mit seinem Portfolio und dem Entwurf seines Businessplans unter dem Arm und bat darum, Nox zu sehen. Nox kam selbst, um ihn abzuholen. „Komm rein, Kumpel."

Roan lächelte seinen Freund an, als er sich ihm gegenüber hinsetzte. „Ich weiß, dass es nur eine vorläufige Idee ist, aber ich wollte sie dir vorstellen."

„Großartig, Roan, lass uns Sandor holen."

Als der andere Mann sich ihnen angeschlossen hatte, räusperte sich Roan. „Neulich, als wir uns unterhielten, scherzte ich darüber, einen Escort-Service zu gründen."

Er sah die alarmierten Blicke seiner Freunde und hob grinsend die Hände. „Nein, hört zu. Ich spreche nicht über einen traditionellen Escort-Service, der verdeckte Prostitution bietet. Tatsächlich drohen harte Strafen, wenn sexuelle Aktivitäten nachgewiesen werden können. Was ich meine, ist eine Art umgekehrtes Ashley Madison. Nehmen wir an, es gibt einen Kongressabgeordneten, der eine Dinner-Begleitung braucht, aber seine Frau ist krank oder möchte einfach nicht ins Rampenlicht. Dann würde ich ihm eine Escort-Begleiterin vermitteln. Nun, hier ist das Besondere. Sagen wir, ich habe eine Wissenschaftle-rin, die einen Begleiter für dieselbe Veranstaltung braucht. Ich würde die beiden für eine Gebühr zusammenführen. Das ist zugegebener-maßen im Moment alles noch etwas vage ..."

Nox sah nicht überzeugt aus. „Ich denke nur, Roan, dass es trotz deiner besten Absichten genauso funktioniert wie ein traditioneller Escort-Service. Menschen sind Menschen, unabhängig von ihrer sozialen Stellung. Wenn sie ficken wollen, werden sie das tun. Mir scheint, du würdest genau das Gleiche machen, was Ashley Madison macht, nur unter einer anderen Prämisse. Tut mir leid, Kumpel."

Roans Schultern sanken. „Was, wenn ich Sicherheitsvorkehrungen treffe? Zum Beispiel in Form von Verträgen?"

„Verträge bedeuten nichts, wenn zwei Leute sie brechen wollen. Wer würde sie schon deswegen verklagen?"

„Ich."

Nox schüttelte den Kopf. „Du würdest verlieren. Ich kann nicht glauben, dass es einen Richter geben würde, der zu deinen Gunsten entscheidet – und dein Ruf würde leiden, auch wenn du gute Absichten hast. Sieh dir den Typen an, der für Berlusconi alles arrangiert hat ... wie hieß er?"

„Tarantini", sagte Sandor und glättete den Stoff seiner Hose. „Ich glaube, er ist zu acht Jahren Gefängnis verurteilt worden."

„In Italien." Roan verdrehte die Augen. „Hör zu, du hast gesagt, dass ich mich auf meine Leidenschaft konzentrieren soll. Ich ficke nun einmal gern."

„Genau. Du fickst gern und du tust es vollkommen legal, ohne dafür zu bezahlen. Hey, du musst das hier ernst nehmen. Im Leben geht es nicht nur um Sex, Roan. Werde erwachsen. Du hast einen Harvard-Abschluss in Wirtschaftswissenschaften, um Himmel willen. Mach etwas daraus."

Roan starrte lange aus dem Fenster. „Vielleicht ist es eine schlechte Idee, mit Freunden Geschäfte zu machen. Vielleicht sollte ich allein etwas auf die Beine stellen." Er war irritiert, dass seine Idee, so abstrus sie auch war, rundweg abgelehnt wurde. Er hatte nicht einmal die Chance bekommen, sie weiterzuentwickeln. Es tat immer noch weh, als Nox nickte.

„Vielleicht solltest du das tun."

Roan stand auf. „Nun, danke für eure Zeit." Er wartete nicht, sondern verließ einfach das Gebäude und stieg in sein Auto. „Scheiße." Er atmete tief durch und startete das Auto.

Sandor und Nox saßen einen Moment schweigend da. „Nun, das hätte besser laufen können."

Sandor schüttelte den Kopf. „Was hat er sich dabei nur gedacht?"

Nox sah unglücklich aus. „Nichts. Das ist das Problem bei Roan."

Sandor musterte seinen Freund. „Hast du noch etwas anderes bemerkt?"

„Nein, was?"

„Er hat Pia nicht erwähnt. Er redet sonst immer mit ihr. Heute hat er nicht einmal einen Blick auf ihren Schreibtisch geworfen, als er hereinkam."

Nox erblasste ein wenig, aber dann winkte er ab. „Er war zu fokussiert auf seine verdammte Idee. Das ist alles."

Später, als er mit Livia ein leichtes Abendessen bei sich zu Hause genossen hatte – bald würde es ihr gemeinsames Zuhause sein –, konnte Nox nicht anders, als daran zu denken, was Sandor gesagt hatte.

Livia strich mit der Hand über sein Gesicht. „Was ist los? Was geht dir im Kopf herum?"

Er erzählte ihr von Roans Plan – sie verdrehte die Augen, wie er es erwartet hatte – und dann davon, was Sandor gesagt hatte. Livia stimmte Nox zu – es bedeutete nichts. „Mag Sandor Roan nicht? Ich hätte das nie vermutet."

„Ich glaube, er mag ihn. Er hat nie etwas Gegenteiliges gesagt."

„Es ist nur ein bisschen komisch, dass er so einen Kommentar abgegeben hat. Ich meine, kennt Roan Pia überhaupt?"

Nox überlegte. „Nun, er redet mit ihr, wenn er ins Büro kommt. Ich glaube nicht, dass Sandor es böse gemeint hat."

„Hmm." Livia dachte noch einen Moment darüber nach und zuckte dann mit den Schultern. „Wahrscheinlich nicht. Also, gibt es Neuigkeiten?"

„Nein."

„Mein Gott. Ich hoffe, es geht ihr gut."

„Ich auch, Liebling. Lass uns das Thema wechseln. Wie hat Moriko deine Neuigkeit aufgenommen?"

Livia grinste. „Überraschend gut. Ich sagte ihr, ich würde weiterhin die Hälfte der Miete bezahlen, damit sie weniger Druck hat, und sie war dankbar dafür."

„Du könntest mich bezahlen lassen."

„Das könnte ich nicht." Sie verdrehte die Augen und er grinste. „Tatsächlich hatte sie mehr Angst davor, dass du keine Ahnung hast, worauf du dich einlässt. Ich habe so viele Bücher und Malutensilien und allen möglichen Musik-Kram."

„Ist das so?" Er legte seine Gabel weg und nahm ihre Hand. „Komm mit."

Er führte sie durch das Haus in ein Zimmer, von dem sie nicht einmal gewusst hatte, dass es existierte. „Wie viele geheime Räume gibt es in diesem Haus?" Livia grinste, als Nox lachte.

„Du hast keine Vorstellung, Baby. Wie auch immer, komm rein." Er sagte es lässig, spürte aber, wie sein Herz gegen seine Rippen schlug. Er öffnete die Tür und Livia trat ein.

Es war das Musikstudio, das einst ihm und seiner Mutter gehört hatte. Sein altes Cello befand sich in einem Ständer und das Klavier seiner Mutter war mit einem großen Tuch bedeckt, um es vor Staub zu schützen. Andere, weniger häufig gespielte, Instrumente waren ebenfalls vorhanden. Livia sah sich alles mit großen Augen an. „Es tut mir leid, dass ich dir nie von diesem Zimmer erzählt habe", sagte Nox leise. „Ich wusste nicht, ob ich dazu bereit war. Aber nach der gestrigen Nacht denke ich, dass es wichtig ist."

Livia nahm seine Hand. „Tut es sehr weh?"

Nox dachte nach und lächelte dann traurig. „Es ist eine Qual."

Livia umfasste sein Gesicht. „Und es ist okay, so zu empfinden. Rede mit mir darüber. Wir können gehen, wenn du möchtest – ich denke, das war ein großer Schritt."

Nox holte tief Luft. „Nein, ich habe dich aus einem bestimmten Grund hierhergebracht. Das Klavier meiner Mutter ... Ich denke, es sollte wieder zum Klingen gebracht werden. Von dir. Würdest du für mich spielen?"

Livia zitterte und nickte dann. „Wirst du mit mir spielen?" Sie nickte zu seinem Cello und Nox zögerte. „Du musst es nicht tun, aber ich denke, es wäre gut für dich."

Nox berührte sein Cello und wischte den Staub weg. „Kennst du Sonate Nummer 3?"

„Bach? Auf jeden Fall. Warte." Livia zog das Tuch vom Klavier und öffnete die Abdeckung. Dann drückte sie ein paar Tasten. „Gut, es ist nicht verstimmt."

„Ich hoffe, ich kann das Gleiche über dieses Ding sagen." Nox platzierte das Cello zwischen seinen Beinen und ergriff den Bogen. „Bereit? Die ersten paar Takte."

Sie spielten zuerst langsam, und die Musik klang zögerlich, aber süß. Dann, als sie sich beide an den Rhythmus gewöhnt hatten, spielten sie den ganzen ersten Akt durch. Beide machten kleine Fehler, lächelten einander aber ermutigend zu.

Nox senkte den Bogen. „Wow."

„Wie fühlst du dich?" Livia beobachtete ihn und er lächelte sie an.

„Hin und her gerissen."

Livia schloss die Abdeckung des Klaviers und ging zu ihm. Sie stellte das Cello zurück in seinen Ständer und streckte die Hand aus. „Assoziationen. Lass uns damit anfangen, deine Assoziation mit diesem Raum und diesem Instrument zu verändern. Lass uns deine Erinnerungen in etwas Angenehmes verwandeln." Er nahm ihre Hand und ließ sich von ihr in sein Schlafzimmer führen.

Dort ließ sie die Träger ihres Kleides über ihre Schultern gleiten, so dass es zu Boden rutschte, während Nox auf der Bettkante saß und sie beobachtete. Sie drehte sich langsam in ihrer Unterwäsche um und blickte über ihre Schulter zu ihm zurück. „Willst du das, Baby?"

Nox grinste. „Du weißt, dass ich es will. Strippe für mich, mein Engel."

Livia lächelte und begann langsam, ihre Unterwäsche auszuziehen. Sie öffnete ihren BH und schob ihr Höschen über ihre Beine. Als sie nackt war, kam sie zu ihm, küsste ihn und schmiegte sich an seinen Nacken. „Fick mich, Nox, aber behalte dabei deine Kleider an."

Nox grinste und legte sie zurück aufs Bett. Dann richtete er sich auf, um seine Hose zu öffnen und seinen Schwanz herauszunehmen. Er packte die Basis und starrte auf sie herab, während sie ihre Beine weit für ihn spreizte. „Himmel, du bist so verdammt schön, Livia Chatelaine."

Sein Schwanz stand riesig, pulsierend und stolz von seinem Bauch ab, als er ihre Beine um seine Taille zog. Livia wölbte ihren Rücken zurück, als er sich in sie stürzte, und stöhnte von dem Gefühl. Sie liebten sich schnell, wild und animalisch in ihrem Verlangen. Als sie kamen, zog Livia ihn auf das Bett, zerrte an seinen Kleidern und biss in seine Brust und Brustwarzen, bevor sie sich rittlings auf ihn setzte und ihn tief in sich aufnahm. Er umfasste ihre Brüste und seine Daumen stimulierten ihre Brustwarzen, bis sie hart wurden. Die beiden kamen immer wieder, bis sie erschöpft in einer leidenschaftlichen Umarmung einschliefen.

Bei Tagesanbruch erschien Sandor mit der Polizei. Er wirkte blass und erschüttert. Pias Leiche war entdeckt worden. Nox und Livia hörten entsetzt zu, als er ihnen erzählte, dass sie auf Ariels Grab gefunden worden war, neben einer Nachricht, die jemand mit ihrem Blut auf den kalten Marmor gekritzelt hatte.

„Was stand dort?" Nox' Stimme klang angespannt. Sandor zuckte zusammen und legte seine Hand auf die Schulter seines Freundes.

„Es tut mir leid, Nox. Dort stand: Jeder, den du liebst."

„Jesus."

Livia umarmte Nox besorgt, als er den Kopf in seine Hände sinken ließ. Der Detective des Morddezernats räusperte sich. „Es tut mir leid, dass ich Sie das zu diesem schwierigen Zeitpunkt fragen muss, Mr. Renaud, aber … wo waren Sie gestern Nacht?"

KAPITEL FÜNFZEHN

Moriko hörte zu, als Livia ihr erzählte, was passiert war. „Gott, wie schrecklich. Also haben sie Nox verhaftet?"

Livia schüttelte den Kopf. „Nein, sie wollten ihm nur Fragen stellen. Er bot an, mit ihnen aufs Revier zu gehen, um dort verhört zu werden, aber sie sagten, das sei nicht nötig ... noch nicht. Gott, was für ein Chaos. Die arme Pia."

„Hast du ihr nahegestanden?"

„Nein, aber wir sind uns ein paar Mal begegnet. Sie war erst neunzehn."

„Meine Güte."

Livia nickte betroffen. „Es ist schrecklich."

Marcel kam in die Küche. „Hey, alles okay?" Er sah Livia mit gerunzelter Stirn an. „Du bist wirklich blass. Bist du sicher, dass du in Ordnung bist?"

„Es geht mir gut. Danke, Marcel. Ich würde lieber hierbleiben. Es wird mich ablenken."

Im Restaurant war in der Vorweihnachtszeit viel los. Obwohl das Wetter draußen noch mild war, trugen die Leute Mäntel und versuchten, in eine winterliche Stimmung zu kommen. Livia überlegte laut, ob es wohl jemals in New Orleans schneite.

„Sicher", sagte Marcel. „Das letzte Mal an Heiligabend 2004, davor im Jahr 1989. Es passiert nicht oft, aber manchmal haben wir Glück. Dieses Jahr müssten wir wieder dran sein, Es hat irgendetwas mit Wetterphänomenen und der Erderwärmung zu tun, keine Ahnung. Ich weiß es nicht genau, aber ja, du bekommst vielleicht ein weißes Weihnachten, wenn du Glück hast. Rechne aber nicht damit, dass es allzu viel schneit."

Livia träumte davon, ein weißes Weihnachten mit Nox in seinem Haus zu verbringen, als Moriko sie anstieß. „Einer deiner reichen Freunde ist gekommen."

Livia sah, wie Odelle Griffongy mit geradem Rücken an einem der Tische saß und stöhnte innerlich. Die Frau war ihr ein wenig unheimlich, wie sie zugeben musste. Sie ging zu ihr hinüber. „Hey, Odelle."

Odelle blinzelte sie an, als hätte sie sich gerade erst daran erinnert, dass Livia hier arbeitete. „Oh, hallo. Äh …"

„Livia."

„Natürlich. Hallo, Livia."

Ein kleines Lächeln umspielte Odelles Lippen und Livia war nicht sicher, ob Odelle sie verspottete oder nicht. Sie beschloss, nicht gleich das Schlechteste zu vermuten. „Was kann ich dir bringen?"

Odelle musterte sie. „Ein Eiweißomelett mit Spinat, bitte." Sie lächelte wieder und Livia wurde klar, dass Odelle versuchte, einen Scherz zu machen.

Sie lächelte zögernd zurück. „Natürlich."

„Und deine Gesellschaft, wenn das möglich ist. Nur für ein paar Minuten."

Livias Augenbrauen schossen hoch und sie sah sich um. „Nun, äh …"

„Wenn du nicht kannst, ist es okay."

Livia warf Marcel einen Blick zu. „Ich schätze, ich kann eine Pause machen, aber ich muss erst meinem Chef Bescheid sagen."

„Nur zu."

Livia sprach mit Marcel, der überrascht wirkte, aber mit den Schultern zuckte. „Okay. Langsam werden die Gäste ohnehin weniger."

„Es dauert höchstens zehn Minuten."

Livia setzte sich zu Odelle und fühlte sich merkwürdig fehl am Platz. Die blonde Frau lächelte sie an, aber ihre Augen wanderten suchend über Livias Gesicht. Endlich sprach sie. „Nox ist sehr angetan von dir."

Livia nickte. „Und ich von ihm", sagte sie vorsichtig und hatte keine Ahnung, worauf Odelle hinauswollte. War sie im Begriff, Livia davor zu warnen, ihren Freund auszunutzen? Nicht, dass sie das vorgehabt hätte.

Odelle zerpflückte ihr Omelett. „Nox ist mir sehr wichtig. Du hast vielleicht bemerkt, dass ich nicht leicht Freunde finde. Ich habe die Neigung, meine Meinung offen zu sagen. Ich habe schon oft zu hören bekommen, dass ich kein Taktgefühl habe, also vergib mir, wenn ich mich unangemessen äußere."

„Sicher."

„Ich mag es, ihn glücklich zu sehen. Er verdient es."

Livia hob die Hände. „Odelle, ich bin nicht an seinem Geld interessiert."

„Aber er hat Geld."

„Es ist seins, nicht meins."

Odelle nickte. „Ich halte dich nicht für geldgierig. Du scheinst ihn wirklich gern zu haben."

Livia hob ihr Kinn. „Ich liebe ihn, Odelle."

„Ich glaube dir. Was ich sagen wollte, war Folgendes: Sei vorsichtig, welchen seiner Freunde du vertraust. Sie sind nicht immer so, wie sie zu sein scheinen."

„Zum Beispiel ... Roan?"

Odelle lächelte. „Roan ist weder mit Vernunft noch mit genug Schlauheit gesegnet, um anderen etwas vorzumachen. Nein, ich meine ... Amber Duplas."

Livia waren ihre Worte unangenehm. „Sie war sehr freundlich zu mir, Odelle."

„Und ich bin sicher, sie meinte es ernst. Aber sie hat auch Roan hinter meinem Rücken gefickt."

Livia war geschockt. „Odelle, es tut mir so leid ..."

„Schon in Ordnung. Ich bin nicht naiv. Ich weiß, wie Roan ist. Ich weiß, wie Amber ist. Ich werde Roan heiraten, wusstest du das?"

Livia schüttelte den Kopf. „Ich ... Odelle, bist du sicher, dass du das tun solltest?"

Odelle lächelte. „Du siehst alles schwarz und weiß, hm? Ich heirate Roan, denn trotz seiner Affären – ja, es gab mehrere – braucht er mich. Und ich brauche ihn. Du hast vielleicht schon gesehen, dass ich in sozialen Situationen nicht gut bin. Er ist mein Anker, und ich bin seiner. Und ich habe ihm ein Ultimatum gestellt. Er muss die anderen Frauen loswerden. Glaube ich, dass er mir für immer treu sein wird? Nein, natürlich nicht. Aber er versucht es zumindest. Für mich. Ehrlich gesagt in erster Linie für mein Geld, aber auch für mich."

„Warum erzählst du mir das alles, Odelle?" Livia war verlegen.

Odelle lächelte. „Weil ich dich mag. Das empfinde ich nicht oft gegenüber anderen Frauen, aber du, Livia, wirkst aufrichtig. Trotz deines relativ bescheidenen Hintergrunds ..." Sie hielt inne und hob die Hände. „Das war taktlos. Ich meine, trotz der sozialen Unterschiede zwischen uns ... das ist nicht besser ..."

Livia kicherte plötzlich. „Schon okay, Odelle, ich verstehe, was du sagen willst."

„Tut mir leid. Aber was ich meine, ist ... Du scheinst gar keine verborgene Agenda zu haben. Das finde ich erfrischend."

„Okay. Hör zu, ich muss jetzt wirklich wieder an die Arbeit, aber ..." Livia zog den Notizblock aus ihrer Schürze und kritzelte ihre Handynummer darauf. Dann reichte sie den Zettel Odelle. „Wenn du reden möchtest."

„Danke, Livia."

„Pass auf dich auf, Odelle."

Livia berichtete Nox von Odelles Besuch und er schien erfreut darüber zu sein. „Trotz ihres Verhaltens hat sie ein gutes Herz."

„Das glaube ich inzwischen auch." Livia hatte beschlossen, ihm nicht von Odelles Warnung bezüglich Amber zu erzählen. Nox wirkte erschöpft und angespannt, und sie streichelte sein Gesicht. „Hat die Polizei schon weitere Informationen?"

Nox schüttelte den Kopf. „Sie wissen nur, dass Pia auf die gleiche Weise wie Ariel getötet worden ist. Ich war bei Pias Eltern. Sie sind völlig am Boden."

„Gott, die Armen."

Nox hielt ihre Hand an sein Gesicht. „Wenn ich daran denke, wie du alleine durch die Straßen gelaufen bist ..."

Livia runzelte die Stirn. „Nox ... Ich werde mich nicht davon abhalten lassen, mein Leben zu leben, verstehst du? Ich will es nicht in einem Elfenbeinturm verbringen. Ich habe meine Arbeit und das College."

„Jeder, den du liebst. Das hat der Killer geschrieben."

„Bist du sicher, dass er dich damit meint?"

„Warum sollte er Pia sonst auf Ariels Grab legen? Nein, tut mir leid, Liv, bis er erwischt wird, bekommst du Personenschutz."

Livia war genervt. „Wie wäre es, wenn du mit mir darüber redest, anstatt es mir zu verkünden, Nox? Ich will nicht die ganze Zeit irgend-einen riesigen Kerl neben mir haben. Ich kann auf mich selbst aufpas-sen." Sie schob ihren Stuhl zurück, trug ihren Teller zum Spülbecken und wusch ihn ab. Sie spürte, wie Nox' Arme um ihre Taille glitten, aber sie war zu wütend, um einzulenken.

„Tut mir leid", murmelte er in ihre Haare. „Ich habe nur Angst davor, dich zu verlieren."

Sie drehte sich in seinen Armen um. „Das verstehe ich, aber schreibe mir niemals vor, wie ich mein Leben zu führen habe, okay? Sonst wird es nicht mit uns funktionieren."

Er nickte, aber seine Augen waren traurig. „Ich weiß. Verzeih mir." Er beugte seinen Kopf und strich mit seinen Lippen über ihren Mund. Trotz allem reagierte Liv auf seine Berührung und erwiderte den Kuss. Sie konnte einfach nicht genug von ihm bekommen – von seinem Geschmack, seinem Geruch, seinem harten Körper und seinem schönen Gesicht. Sie strich ihm die Locken aus der Stirn.

„Bring mich ins Bett, Renaud, und zeige mir, wie leid es dir tut."

Nox' Handy klingelte und beide seufzten. „Kannst du ein paar Minuten warten? Es könnte Pias Fall betreffen."

„Dann geh ran", sagte sie und ließ ihn los. Sie räumte die Reste ihres Abendessens weg, während er den Anruf entgegennahm, und war wieder einmal froh, dass Nox nicht jede Menge Personal hatte. Es würde ihre intimen Abendessen schwierig machen. Sie hörte zu, als er sprach.

„Danke, Detective ... Sind Sie sicher, dass ich keine offizielle Aussage machen soll? Ich bin bereit, alles zu tun, um zu helfen. Ich würde gerne die Beerdigung bezahlen, aber ich möchte der Familie nichts aufdrängen ... ja ... ja, natürlich."

Er legte auf und rieb sich seufzend die Augen. Livia konnte die Anstrengung auf seinem Gesicht sehen. Sie ging zu ihm und zog ihn in ihre Arme. „Es tut mir so leid, Baby."

Er hielt sie fest und vergrub sein Gesicht an ihrem Nacken. Sie konnte seine Tränen spüren. „Versprich mir nur eines, Livia ... verlasse mich niemals."

„Ich verspreche es", flüsterte sie und wusste, dass ihre Worte die Wahrheit waren.

KAPITEL SECHZEHN

Livia machte sich in den nächsten Tagen zunehmend Sorgen um Nox und obwohl er ihr sagte, dass er mit Dr. Feldstein gute Fortschritte machte, sah er erschöpft und müde aus. Livia tröstete ihn so gut es ging und verbrachte ihre ganze Freizeit mit ihm. Sie redeten, liebten sich und waren stets zusammen.

Bald jedoch fühlte sie sich nicht mehr in der Lage, ihn allein zu trösten, und fragte ihn, ob er wollte, dass Amber ihn besuchte.

„Amber ist nicht in der Stadt."

Livia war überrascht. „Wirklich?"

„Ja, warum?"

Sie zuckte mit den Schultern. „Es ist nur so, dass du mir nichts davon gesagt hast."

„Habe ich das nicht?" Nox lächelte sie an. Sein Gesichtsausdruck war ein wenig verwirrt.

„Nein, ich denke nicht." Livia schob es beiseite, fragte sich aber, warum Nox so genau wusste, wo Amber war, und warum es sie so störte.

Nox musterte sie. „Sie wollte weg, weil Pias Mord schlechte Erinnerungen in ihr hervorgerufen hat, Süße. Sonst nichts. Ich dachte, du magst Amber?"

„Das tue ich auch", beruhigte sie ihn, aber etwas fühlte sich seltsam für sie an. Warum sollte Amber ihren besten Freund zu einem solchen Zeitpunkt verlassen? Und wenn die Erinnerungen an die Ermordung ihrer Schwester sie quälten, würde sie nicht in der Nähe der Menschen sein wollen, denen sie am nächsten stand? Livia spürte, wie ihre Haut vor Unbehagen kribbelte. Was wusste sie wirklich über diese Leute und wie sie dachten?

„Alles in Ordnung?"

Sie nickte. „Ich bin ziemlich müde, aber ich muss noch üben. Stört es dich, wenn ich das Studio deiner Mutter benutze?"

„Es ist jetzt dein Studio, Baby. Möchtest du etwas Zeit für dich haben?"

„Wenn es dir nichts ausmacht", erwiderte sie lächelnd, um den Schlag abzumildern. „Sonst werde ich von deinem wunderschönen Körper abgelenkt. Ich verspreche, es später wiedergutzumachen."

Nox grinste, wobei sein ganzes Gesicht aufleuchtete, und Liv spürte, wie heißes Verlangen sie durchströmte. „Ich werde dich an dein Versprechen erinnern."

Am Klavier ging sie ihre Komposition immer wieder durch und konzentrierte sich auf die feineren Details. Sie fragte sich, ob ihr Werk überhaupt noch als Jazz durchging, so langsam und fast klassisch war es in seiner Melodie. Charvi hatte ihr versichert, dass es immer noch in ihrem Lieblingsgenre verwurzelt war.

„So klingt New Orleans Jazz", hatte sie Livia bei ihrem letzten Treffen gesagt. „Langsam, sinnlich, laissez-faire. Es ist voller Verlangen und doch zufrieden, als ob es sagt: Ja, du willst diesen Mann, aber einfach still neben ihm zu sitzen ist schon genug."

Und es stimmte. Livia liebte es einfach, mit Nox zusammen zu sein, selbst wenn sie auf seiner Couch ein Nickerchen machten oder zusammen lasen, während sein Kopf auf ihrem Bauch ruhte. Einfach nur mit Nox den Moment zu genießen fühlte sich so natürlich an.

Vielleicht ist das der Grund, warum ich so nervös bin, sagte sie sich. Es ist alles ein bisschen zu gut, um wahr zu sein.

Sie bewegte ihre Finger immer wieder über die Tasten, und als sie nach ein oder zwei Stunden hörte, wie sich die Tür zum Musikzimmer öffnete, lächelte sie vor sich hin. Sie hatte ihre Augen geschlossen und übte die Akkorde, als sie spürte, wie seine Finger ihr Haar von ihrer Schulter zogen und seine Lippen über ihren Nacken strichen. Sie spielte weiter, als er langsam ihr Kleid aufknöpfte, die Haut ihres Rückens streichelte und dann seine Lippen darüber wandern ließ. Livia zitterte wohlig und Nox stieß ein tiefes, sexy Lachen aus.

„Spiel weiter, meine Schöne."

Livia kicherte leise, als er sie hochhob, unter sie glitt und sie auf seinen Schoß setzte, bevor er ihr Kleid von ihren Schultern löste. Sie schaffte es, die Melodie weiter zu spielen, während er sie bis zur Hüfte auszog. Als sie sich an seinem Unterleib rieb, spürte sie, wie sein Schwanz sich lang und hart gegen ihre Pobacken presste. Nox knabberte an ihrem Ohrläppchen, während er ihre nackten Brüste streichelte. „Willst du mich in dir haben?"

Sie nickte und drehte ihren Kopf, um seinen Mund zu küssen. Nox schloss leise den Klavierdeckel und setzte sie auf das Instrument, um den Rest ihrer Kleidung zu entfernen. Livia küsste ihn, während er sich ebenfalls auszog.

Dann ließ er sich auf dem Klavierhocker nieder und hob sie wieder auf seinen Schoß. Livia nahm seinen Schwanz in die Hand, bewunderte seine dicke, heiße Länge und führte ihn dann in sich ein. Sie stöhnte leise, als er sie füllte. Die beiden bewegten sich im gleichen Rhythmus, ihre Augen waren fest aufeinander gerichtet und ihre Münder küssten sich hungrig.

„Gott, ich liebe dich", knurrte Nox, als ihr Liebesspiel intensiver wurde. Er legte sie auf den Boden und begann hart zuzustoßen, während sie ihre Beine um ihn schlang. Die Empfindungen, die er durch ihren Körper sandte, waren berauschend, und sie vergaß all ihre früheren Bedenken und gab sich ihm völlig hin.

Nox, der wusste, dass er ihren Körper beherrschte, lächelte zu ihr herunter, als er sie zum Orgasmus trieb. „Du und ich für immer, Livvy. Versprich es mir."

„Ich verspreche es, Gott, ja. Ich verspreche es... Nox ..." Sie wölbte ihren Rücken und spürte, wie er seinen Höhepunkt erreichte, als sie vor Ekstase keuchte, während er dickes, cremiges Sperma tief in sie pumpte. Danach lagen sie erschöpft auf dem Boden. Livia schnappte nach Luft, lachte und sagte ihm, wie sehr sie ihn liebte.

Nox überschüttete sie mit Küssen und brachte sie zum Kichern, als er auf ihren Bauch blies und ihre Seiten kitzelte. Livia kreischte lachend und wand sich, um ihm zu entkommen. Sie drehte sich um – und keuchte, als sie etwas entdeckte. Eine Gestalt am Fenster der Villa.

Jemand beobachtete sie.

KAPITEL SIEBZEHN

Bei Livias panischem Schrei zuckte Nox zusammen, packte seine Hose und schob seine Beine hinein, bevor er geradewegs zur Tür rannte. Livia folgte ihm durch den langen Flur des Hauses, aber sie blieb stehen, als er rief: „Bleib im Haus, Baby. Ruf die Polizei!"

Adrenalin flutete ihre Adern, als sie ihr Handy ergriff und anrief, während sie die Tatsache verfluchte, dass Nox ein Sicherheitsteam auf seinem Anwesen ablehnte. Sie erreichte die Rettungsdienststelle, wo man ihr versicherte, dass jemand unterwegs sei.

„Bleiben Sie ruhig, Ma'am, und legen Sie nicht auf. Ist Ihr Partner zurück?"

„Nein ..." Livia versuchte, das Zittern aus ihrer Stimme herauszuhalten. „Er ist immer noch da draußen." Sie ging zur Tür, spähte in die Nacht hinaus und zitterte vor Entsetzen und Kälte. Sie hatte es gerade noch geschafft, Nox' Hemd zu fassen zu bekommen, um sich zu bedecken. Nox selbst konnte sie weder sehen noch hören. „Nox!"

„Bleib im Haus!" Seine Stimme war weit weg, aber sie fühlte Erleichterung darüber, dass er in Hörweite war.

„Er sucht immer noch nach der Person, die uns beobachtet hat", sagte sie der Frau am anderen Ende der Leitung. „Bitte beeilen Sie sich."

„Das tun wir. Bleiben Sie einfach ruhig."

Ein Schuss durchdrang die Nacht, und Livia schrie auf und ließ das Handy fallen. „Nox!" Ihr Entsetzen ließ Tränen über ihr Gesicht strömen, als sie hinausrannte, ohne sich um ihre eigene Sicherheit zu kümmern, so lange sie ihn nur erreichte. Sie hörte Schreie und einen weiteren Schuss. Livia rannte auf das Geräusch zu und rief seinen Namen. Endlich kam er in Sicht.

Nox sah sie mit einem seltsamen Ausdruck in seinen Augen an, und Livia blieb stehen. „Baby?"

„Ich habe dir gesagt, du sollst im Haus bleiben", sagte er leise und zu ihrem Entsetzen tropfte von seinem Haaransatz Blut über sein perfektes Gesicht. Nox Renaud griff nach ihr, als seine Knie unter ihm nachgaben und er zu Boden stürzte.

Livia wusste nicht, wie sie es geschafft hatte, mit dem Schreien aufzuhören. Ein paar Minuten nachdem die Polizei erschienen war, beobachtete sie, wie Nox bewusstlos in einen Krankenwagen geladen wurde. Eine Polizistin wickelte eine Decke um sie und als sie im Krankenhaus ankamen, gab ihr eine freundliche Krankenschwester etwas zum Anziehen. Nox wurde direkt in die Notaufnahme gebracht und es dauerte nicht lange, bis der Arzt zu Livia kam.

„Mr. Renaud wurde in den Kopf geschossen, aber glücklicherweise ist es eine relativ unkomplizierte Wunde. Ich sage relativ, weil offensichtlich jeder Kopfschuss seine Komplikationen hat. Ermutigend ist auf jeden Fall, dass die Kugel zwar ein Stück des Schädelknochens abgesplittert hat, aber nicht in das Gehirn eingedrungen ist. Wir werden ihn operieren und nachsehen, wie viel Schaden angerichtet wurde. Ich bringe Sie auf den neuesten Stand, sobald wir mehr wissen."

„Doktor? Wird er es gut überstehen?"

„Wir tun, was wir können. Verlieren Sie nicht die Hoffnung."

Die Polizistin bei Livia dankte dem Arzt. Als sie allein waren, befragte sie Livia genauer darüber, was geschehen war, und Livia erzählte es ihr.

„Konnten Sie herausfinden, ob der Eindringling männlich oder weiblich war?"

„Ich habe die Gestalt nur den Bruchteil einer Sekunde gesehen, bevor sie vom Fenster weggetreten ist." Livia war ruhig, denn sie wusste, dass die Polizei diese Fragen stellen musste. Trotzdem machte sie sich schreckliche Sorgen um Nox. „Nox ist ihr gefolgt und ich habe die Polizei gerufen. Das Nächste, woran ich mich erinnere, ist, dass Nox blutend auf dem Boden lag." Ihre Stimme brach, als der Schock sie mit voller Wucht traf. „Oh Gott ... oh Gott ..."

Sie ließ ihren Kopf in ihre Hände sinken und begann zu weinen. Die Polizistin rieb ihr den Rücken und kurz darauf hörte Livia eine vertraute Stimme, als sich jemand neben sie setzte und sie in seine Arme zog.

„Shh, es ist okay." Sandor hielt sie fest, als sie sich an ihn lehnte. Sie weinte, bis keine Tränen mehr kamen, und schaute dann auf. Sandor wirkte geschockt, versuchte aber, sie anzulächeln. Er reichte ihr ein Taschentuch und streichelte ihren Rücken. „Er wird es überleben."

„Darauf kannst du wetten", bekräftigte Amber entschlossen, als sie in den Raum trat und der Polizistin zuwinkte. „Hallo. Ich bin Amber Duplas."

„Ich weiß, wer Sie sind, Ms. Duplas. Danke, dass Sie gekommen sind."

„Sie haben sie angerufen?" Livia wischte sich überrascht die Augen ab.

Der Polizistin nickte. „Sie waren in keinem guten Zustand, und wir kennen Mr. Renauds Kontakte. Wir dachten, es wäre das Beste, seine Freunde anzurufen."

„Danke. Das war sehr freundlich von Ihnen."

„Ich werde Sie jetzt verlassen, aber ich komme später zurück, um Ihnen weitere Fragen zu stellen."

„Natürlich."

Als sie mit Sandor und Amber allein war, erzählte sie ihnen, was passiert war. „Jemand hat auf ihn geschossen", sagte sie ungläubig. „Jemand hat auf Nox geschossen."

Amber legte ihren Arm um sie. „Hör zu, die Ärzte sagen, dass er es überstehen wird ... höchstwahrscheinlich."

„Das haben sie dir gesagt?"

Amber lächelte. „Ich stehe Nox sehr nahe. Wir haben nur noch einander – es gibt keine anderen lebenden Verwandten."

„Ich verstehe." Liv spürte eine Welle der Erschöpfung in sich aufsteigen und Sandor schien es zu bemerken.

„Livvy, die Operation kann Stunden dauern. Wir können die Krankenschwester bitten, ein Bett für dich bereitzumachen, damit du dich ausruhen kannst."

„Danke, San, aber ich kann jetzt nicht schlafen. Ich brauche nur einen Kaffee."

Amber stand auf. „Ich besorge dir einen."

Sandor ließ seinen Arm auf Livias Schultern. „Lehne dich wenigstens an mich und versuche, dich etwas zu entspannen."

Nach ein paar Stunden kam der Arzt zurück. Er lächelte und Livia spürte, wie Hoffnung in ihr aufkeimte. „Mr. Renaud geht es gut. Die Kugel ist nicht in die Gehirnhöhle gelangt. Wie wir vermutet haben, hat er nur Schaden am Schädelknochen genommen, als die Kugel daran abgeprallt ist. Er hatte unglaubliches Glück. Er hat etwas Haut und Haare verloren, aber wir konnten die Wunde schließen, so dass keine weiteren Operationen erforderlich sind. Wir müssen nun darauf warten, dass er aus der Narkose erwacht. Er könnte eine Gehirnerschütterung haben – tatsächlich ist das sehr wahrscheinlich, also behalten wir ihn für ein paar Tage hier."

Livia spürte die Tränen über ihr Gesicht fließen. „Danke, Doktor, vielen Dank."

Er tätschelte ihre Hand. „Ruhen Sie sich aus. In ungefähr einer Stunde können Sie ihn sehen."

Als Livia wieder mit Sandor allein war, brach sie zusammen und schluchzte in einer Mischung aus Erleichterung und Entsetzen. Sandor hielt sie fest und ließ sie sich ausweinen, bevor sie schließlich in seinen Armen einschlief.

. . .

Eine Stunde später erwachte Livia. Ihre Augen waren geschwollen und tränenschwer, als sie versuchte, Sandor anzulächeln. „Ich weiß, dass ich wie ein Sumpfmonster aussehe, aber ich muss zu Nox."

„Der Arzt sagte, wir können zu ihm, sobald du wach bist."

Livia erhob sich und ging fast in die Knie. Sandor fing sie gerade noch rechtzeitig auf und sie lehnte sich gegen seinen festen Körper. „Liv, hast du etwas gegessen?"

„Nicht seit gestern Abend."

„Wir müssen dir etwas zu essen besorgen."

„Ich will ihn zuerst sehen."

Sandor sah unglücklich, aber resigniert aus. „Dann komm, halte dich an mir fest."

Als Livia Nox sah, kamen die Tränen wieder. Sein Kopf war bandagiert, und Livia konnte getrocknetes Blut und die Anfänge eines riesigen Blutergusses – rot, lila, schwarz und blau – auf der rechten Seite seines Kopfes erkennen. „Mein Gott."

„Denk daran, was der Arzt gesagt hat. Es sieht schlimmer aus, als es ist."

Livia beugte sich über ihren Liebhaber und küsste seine Lippen, froh darüber, dass sie warm waren. „Ich liebe dich so sehr", flüsterte sie und lächelte, als Nox seine Augen öffnete und sich auf sie konzentrierte.

„Hey, meine Schöne." Er sah einige Momente mit einem Lächeln zu ihr auf, dann schlossen sich seine Augen und er schlief wieder ein.

Livia seufzte erleichtert und lehnte ihre Stirn sanft an seine. „Gott sei Dank, Nox."

Sandor rieb ihr den Rücken. „Komm, setz dich hin, bevor du umfällst, Liv. Ich hole dir etwas Warmes zu essen."

Später in der Nacht schlief Nox immer noch. Livia strich seine Locken aus seinem blassen Gesicht und seufzte. Sie hatte Sandor und Amber weggeschickt und war erschöpft. Sie stand auf, beugte sich über Nox und küsste seine kalten Lippen. „Ich werde einen Kaffee trinken gehen, Baby. Ich bin gleich wieder da.“

Sie suchte einen Automaten, aber der auf Nox' Etage war außer Betrieb, also stieg sie die Treppe hinunter und hoffte, dass die Bewegung sie wieder wachmachen würde. Jetzt, da sie wusste, dass Nox außer Gefahr war, war das Adrenalin verschwunden, und ihr Körper fühlte sich schwer und lustlos an. Wer zur Hölle würde auf ihren geliebten Nox schießen? Wer hatte sie beobachtet? Sie bekam eine Gänsehaut bei dem Gedanken daran. Wie war der Abend voller Sinnlichkeit und Liebe zu etwas so Furchtbarem geworden?

Livia stieß die Tür zum unteren Stockwerk auf und trat in den Korridor. Es war still und sie konnte sehen, dass dort gerade eine Art Umbau durchgeführt wurde. Niemand war in der Nähe. Zu ihrer Erleichterung funktionierten die Automaten und sie kaufte sich schnell einen starken schwarzen Kaffee und einen Power-Riegel. Dann holte sie sich frisches kaltes Wasser aus dem Getränkespender und trank den Plastikbecher aus.

Eine Brise wehte kühl gegen ihren Rücken und sie hörte eine Tür zuschlagen. Sie drehte sich um und der Atem stockte in ihrer Kehle, als sie eine Gestalt im Schatten am Ende des Korridors sah, die sie beobachtete. Livia atmete zitternd ein. „Tut mir leid, wenn ich nicht hier unten sein sollte, aber der Kaffeeautomat oben ist ...“

Sie verstummte, als die Gestalt des Mannes wortlos auf sie zukam. Dann sah sie es. Das Messer in seiner Hand.

Jesus, nein ...

Sie ließ den heißen Kaffee fallen, drehte sich um und rannte los. Der Eindringling war zwischen ihr und der Treppe, also rannte sie tiefer in die Gänge und suchte nach einem anderen Ausgang. Sie hörte seinen Atem hinter sich, als er sie verfolgte. Livia riss jede Tür auf, die sie finden konnte, bis sie eine verschlossene Tür erreichte und wusste, dass ihre Glückssträhne vorbei war.

Im nächsten Augenblick spürte sie, wie er ihre Schultern packte und sie zu sich zerrte. Livia schrie, trat und kämpfte, fest entschlossen, sich zur Wehr zu setzen, bis sie entweder entkam oder er sie tötete.

Er war stark, zu stark, und als seine Faust ihre Schläfe traf, fiel

Livia in dem Wissen, dass sie nichts mehr tun konnte, benommen und verängstigt zu Boden.

Auf dem Rücken liegend spürte sie, wie ihr Angreifer ihr Shirt nach oben schob und ihren Bauch freilegte. Das Aufblitzen der Klinge war das Letzte, was sie sah, bevor sie ohnmächtig wurde.

KAPITEL ACHTZEHN

„Livia? Livvy, wach auf."

Sie konnte Sandors Stimme hören und war verwirrt. Warum sagte er, sie solle aufwachen? War sie nicht tot? Ihre Ermordung war überraschend schmerzlos gewesen, das musste sie zugeben, aber jetzt platzte ihr fast der Kopf vor Schmerzen. Sie öffnete ihre Augen. Weißes Licht blendete sie.

„Au", sagte sie und hörte Sandors erleichtertes Lachen.

„Hallo, Kleine. Du hast uns Angst gemacht."

„Livia? Ich bin Dr. Ford. Wir haben Sie bewusstlos auf dem Boden gefunden. Was ist geschehen, meine Liebe?"

Livia blinzelte, griff sofort nach unten und fuhr mit der Hand über ihren Bauch. Es gab keine Stichwunden. Sie streckte die Hand aus und berührte ihre Schläfe. Blut. „Er hat mich gejagt und geschlagen. Ich denke, er wollte mich töten ... warum hat er es nicht getan?"

Sie sah, wie der Arzt und Sandor einen skeptischen Blick wechselten, und fühlte sich wie eine Idiotin. Sie stemmte sich in eine sitzende Position hoch. „Wer ist bei Nox? Wenn jemand versucht hat, mich zu töten, dann ist er auch in Gefahr."

„Amber ist bei ihm, Liebes. Der Arzt wird sich um deinen Kopf kümmern und die Polizei will mit dir reden, okay?"

„Sicher." Livia fühlte sich nicht ernst genommen. „Vielleicht werden sie mir glauben." Sie konnte nicht verhindern, dass sie schnippisch klang. Der Arzt sagte nichts, aber Sandor lächelte.

„Es ist nicht so, dass wir dir nicht glauben. Als ich dich unten fand, sah es so aus, als wärst du gefallen und hättest dir den Kopf angeschlagen. Es gab keine Anzeichen eines Kampfes. Bist du sicher, dass du nicht nur in Panik geraten bist? Du bist sehr müde, und es war eine lange Nacht."

Wenn er es so formulierte ... Hatte sie sich alles nur eingebildet? Livia schloss die Augen und spürte, wie sich alles um sie herum drehte. Der Arzt reinigte ihre Kopfwunde. „Sie muss nicht einmal genäht werden."

Livia dankte ihm. Als sie und Sandor allein waren, spürte sie Tränen in ihren Augen. „Ich weiß nicht, was ich denken soll, San. Ich war mir so sicher ... Er hatte ein Messer. Ich habe es gesehen."

Sandor setzte sich zu ihr und legte seinen Arm um sie. „Warum warst du da unten?"

„Kaffee. Der Automat auf dieser Etage funktioniert nicht. Hey, ich erinnere mich, dass ich den Kaffeebecher fallen gelassen habe, als ich gejagt wurde." Sie sah ihn hoffnungsvoll an, aber er schüttelte den Kopf.

„Wir haben keinen verschütteten Kaffee gesehen."

Verdammt. Wurde sie verrückt? „Ich will zu Nox."

„Natürlich."

Livia ging auf wackligen Beinen in Nox' Zimmer. Als sie die Tür aufstieß und sah, wie Amber seine Stirn streichelte, durchfuhr sie Eifersucht. Er war wach und als er sie sah, lächelte er so süß, dass ihr Herz sich zusammenzog.

„Hey. Man hat mir gesagt, dass du hingefallen bist."

Livia lächelte ihn vorsichtig an und warf einen Blick auf Amber, die den Stuhl am Krankenbett räumte. „Wir geben euch Privatsphäre", sagte sie, zog Sandor aus dem Raum und schloss die Tür hinter sich. Livia beugte sich vor und küsste Nox' Mund.

„Du hast mir solche Angst gemacht, Baby."

„Es tut mir leid, mein Engel. Bist du wirklich hingefallen?

Livia zögerte und wusste nicht, was sie sagen sollte. Schließlich nickte sie. Sie hatten jetzt Wichtigeres zu besprechen. „Es geht mir gut ... aber, Nox, erinnerst du dich daran, was passiert ist, bevor du angeschossen wurdest?"

Sie konnte nicht anders, als den Verband an seinem Kopf zu berühren. Er fing ihre Hand ein und drückte sie an sein Gesicht. „Ja. Wir haben uns geliebt und irgendein Perverser hat uns beobachtet. Als ich draußen war, hörte ich etwas und ging darauf zu. Ich habe ... etwas gesehen – eine Gestalt – und bin ihr nachgegangen." Er seufzte und schloss die Augen, als sie sein Gesicht streichelte. „Als du gerufen hast, habe ich gesehen, wie sich die Gestalt dem Klang deiner Stimme zugewandt hat. Ich hatte Angst, dass der Typ dich angreift. Ich habe ihn fast eingeholt, dann hat er ... oder sie? ... auf mich geschossen. Ich erinnere mich, dass ich nicht wusste, ob ich tot oder lebendig war – ich wollte dich nur ein letztes Mal sehen, also bin ich zu dir zurückgekommen."

Er öffnete die Augen und begegnete ihrem Blick. „Schatz, ich war benommen und hatte eine Gehirnerschütterung, aber in dem Moment bevor ich ohnmächtig wurde ... sah ich jemanden hinter dir. Gott ..." Sein Gesichtsausdruck war schuldbewusst und Livias Kehle verengte sich.

„Er ist uns hierher gefolgt", sagte sie leise, „und hat mich angegriffen. Ich bin nicht hingefallen. San und der Arzt glauben mir nicht. Wer zum Teufel ist hinter uns her, Nox?"

Nox schüttelte grimmig den Kopf und griff nach ihr. Sie kroch zu ihm ins Bett und er schlang seine Arme um sie. „Ich weiß es nicht, Liebling, aber ich kann dir eines versprechen: Er kommt uns nie wieder zu nahe." Er küsste ihre Stirn. „Ich weiß, dass du die Vorstellung hasst, aber gleich morgen früh organisiere ich ein Sicherheitsteam für uns. Einverstanden?"

Livia konnte ihm nicht widersprechen. „Also gut. Was auch immer du für richtig hältst."

Nox küsste ihre Stirn. „Tut dir der Kopf weh?"

Sie schüttelte ihn vorsichtig und lächelte. „Bestimmt nicht so weh wie dir deiner."

„Sie haben mir Morphium gegeben."

Livia grinste. „Wow, das klingt aufregend."

Nox lachte. „Ehrlich gesagt bin ich völlig fertig. Ich könnte ein paar Stunden Schlaf gebrauchen und du wohl auch."

Livia schlief bei Nox im Bett trotz der missbilligenden Blicke der Krankenschwestern, die hereinkamen, um seine Vitalfunktionen zu überprüfen. Als sie erwachten, war es Abend. Livia küsste zärtlich seinen Mund.

„Gott sei Dank geht es dir gut, Nox. Ich weiß nicht, was ich sonst getan hätte."

Er streichelte ihr Gesicht. „Jetzt weißt du, wie ich mich fühle. Was auch immer passiert, wir schaffen das, Liv. Ich will mein Happy End mit dir haben."

Sie hörten laute Stimmen draußen auf dem Flur. Nox und Livia sahen sich an, als Roan und Odelle, die beide wütend und verängstigt wirkten, hereinkamen. Odelle seufzte erleichtert. „Meine Güte."

Roan, der mitgenommen aussah, umklammerte die Hand seines Freundes. „Jesus, Nox, als sie in den Nachrichten sagten, dass du ange-schossen worden bist ..."

„Es ist in den Nachrichten?"

Odelle nickte. „So haben wir es herausgefunden."

Livia stand auf. „Es tut mir leid, das ist meine Schuld. Ich hätte euch anrufen sollen." Sie wankte und Odelle trat vor, um sie zu stützen.

„Nein, Amber und Sandor hätten uns anrufen sollen. Du hattest hier genug zu tun ... was ist mit deinem Kopf passiert? Sie haben nicht erwähnt, dass du verletzt bist."

„Das ist im Krankenhaus passiert. Ich werde es euch später erzäh-len." Livia warf einen Blick auf Roan, der verzweifelt aussah. „Geht es ihm gut?" Sie senkte die Stimme und Odelle schüttelte den Kopf.

„Nein. Hör zu, wir müssen mit dir reden, und ich ... lass mich einfach einen Moment mit Nox verbringen, dann trinken wir Kaffee und essen etwas Warmes. Du siehst aus, als könntest du das gebrauchen."

Livia nickte und drehte sich um, um Nox zu küssen. „Ich werde dir einen Moment mit deinen Freunden geben, Schatz. Ich bin gleich wieder da."

Sie sah, wie Nox Odelle umarmte. Livia war erstaunt, die andere Frau weinen zu hören. Odelle war die meiste Zeit so emotionslos, dass es ein Schock war. Livia wurde klar, wie viel Nox Odelle bedeutete, und es erwärmte sie noch mehr für die andere Frau.

Und Roan ... etwas stimmte nicht mit ihm und er wirkte am Rande eines Nervenzusammenbruchs. Er war offenbar mehr als entsetzt darüber, dass sein Freund angeschossen worden war.

Livia ging auf die Damentoilette, um sich frisch zu machen, und putzte sich die Zähne. Sie fühlte sich schmutzig. Die Kleidung, die sie bekommen hatte, war mit getrocknetem Blut befleckt. Ein Bluterguss bildete sich über ihrer Schläfe und sie konnte den Umriss von Finger-knöcheln an der Wunde sehen. Sie knirschte mit den Zähnen. Sie hatte weder halluziniert noch sich eingebildet, dass der Eindringling hinter ihr her war.

Warum hatte er sie nicht getötet? Sie zog ihr Shirt hoch und unter-suchte ihren Bauch. Nichts, nicht einmal ein Kratzer. Sie wollte es gerade wieder fallen lassen, als ihr etwas ins Auge fiel. Ein kleiner Schnitt an der Innenseite ihres Bauchnabels. Getrocknetes Blut. Was zum Teufel war das? War es eine Warnung oder hatte der Mann sie langsam aufschlitzen wollen, war aber unterbrochen worden? Viel-leicht von Sandor auf der Suche nach ihr? Ein Schauer lief ihr über den Rücken und ihr Atem beschleunigte sich, als ihr klar wurde, dass sie tot sein könnte, wenn Sandor nicht nach ihr gesucht hätte. Sie würde in einer Blutpfütze ausgeweidet auf dem Boden liegen, bis Nox fragte, wo sie war. Der Angreifer hatte Nox in den Kopf geschossen und dann sie überfallen – also warum hatte er den Job nicht beendet? Sie war völlig hilflos gewesen.

Jeder, den du liebst ... Die Warnung von Pias Fundort fiel ihr wieder ein. An wen war die Botschaft gerichtet gewesen? An Nox?

Aber warum? Was zur Hölle hatte diesen Rachefeldzug zwanzig Jahre nach dem Tod seiner Familie und seiner Freundin ausgelöst?

Livia starrte in den Spiegel. Was ging hier vor? Und warum war sie sich so sicher – so überwältigend sicher –, dass Amber etwas damit zu tun hatte? Amber und Roan ... beide wussten mehr, als sie zugaben. Wollte Amber Rache für Ariels Tod, jetzt wo Nox endlich mit der Vergangenheit abgeschlossen und sich in eine andere Frau verliebt hatte? Oder wollte sie Nox einfach für sich haben?

Was war mit Roan? Er sah aus wie ein gebrochener Mann. Sie konnte nicht glauben, dass er sie verfolgt und angegriffen hatte ... aber andererseits war Roan ein leidenschaftlicher Mann. Hätte er gezögert, sie schnell und brutal zu töten, egal, wer kam? Das glaubte sie einfach nicht.

Livia schüttelte sich. „Es könnte auch irgendein Psychopath gewesen sein, der Pia getötet hat, und ein Einbrecher, der Nox' Haus auskundschaften wollte, um ihn auszurauben ...“ Sie sprach die Worte laut aus, um sich zu beruhigen, aber ihr versagte die Stimme. Nein, es war etwas Heimtückischeres. Sie wusste es einfach.

Sie sprang auf, als die Toilettentür hinter ihr zuschlug, und drehte sich um. Niemand. Was bedeutete, dass jemand sie beobachtet hatte. Sie ging zur Tür und schaute hinaus. Wer auch immer es gewesen war, war schon weg. Livia knirschte mit den Zähnen, aber als sie nach unten sah, entdeckte sie etwas. Ein langes rotes Haar auf dem Linoleumboden. Amber.

Livia ging zurück in Nox' Zimmer und hörte ihn in einem liebevollen, zärtlichen Ton sprechen. „Es ist okay, Odelle, mir geht es gut. Ich werde in ein paar Tagen hier rauskommen.“

„Ich kann es nicht ertragen, dass dir oder Livia etwas passiert. Du bist meine Familie.“

Livia war unglaublich gerührt. Wer hätte gedacht, dass sie der Eiskönigin so viel bedeuteten? Sie klopfte leise an die Tür, steckte ihren Kopf hinein und lächelte die beiden an. Roan war verschwunden. „Ich hoffe, ich störe nicht.“

„Überhaupt nicht, Baby.“

Odelle kam zu ihr und umarmte sie, und Livia erwiderte die Umarmung. „Wir sind okay, Odelle, wirklich."

Odelle schniefte und Livia bemerkte, dass sie wieder weinte. Die andere Frau zog sich schließlich zurück und wischte sich die Augen ab. „Es tut mir leid."

„Mach dir keine Sorgen." Livia lächelte sie an, ging dann zu Nox und nahm seine Hand.

Odelle sammelte sich. „Hört zu, ich kann sofort telefonieren und Security engagieren – hier, zu Hause, im Restaurant und in deinem Büro, Nox."

Nox nickte. „Das wäre wunderbar. Danke, Odie."

Odelle griff direkt nach ihrem Handy und trat in den Flur hinaus. Livia stupste Nox an. „Odie?"

Er grinste. „Ich bin der Einzige, der sie so nennen darf. Aber nur zu besonderen Anlässen."

„Zum Beispiel, wenn dir in den Kopf geschossen wird?"

„Zum Beispiel." Sie lachten beide und die Anspannung wurde durch den Scherz aufgehoben. Nox küsste sie. „Übrigens mag ich dein neues Outfit."

Livia verdrehte die Augen. „Ich bin schmutzig."

„Hör zu, Baby, ich werde Sandor bitten, dich nach Hause zu bringen. Iss etwas, dusche und schlaf dich aus. Ich gehe nirgendwohin."

Es klang verlockend und nach einer Weile stimmte Livia zu. „Solange jemand bei dir ist."

„Ich denke nicht, dass Odelle weggeht."

„Wo ist Roan?"

Nox schüttelte den Kopf. „Er hat eine Entschuldigung gemurmelt und ist gegangen. Odelle ist wegen irgendetwas wütend auf ihn."

Sie saßen eine Weile schweigend da und hielten sich an den Händen. Livia räusperte sich. „Nox ... Ich habe das Gefühl, dass wer auch immer hinter all dem steckt ... uns nahesteht. Dir nahesteht."

„Das denke ich auch."

Sie musterte ihn. „Verdächtigst du ... Roan?"

Nox seufzte. „Ich hasse es, das zu sagen, aber ich wüsste nicht, wer sonst ein Motiv haben sollte. Er trinkt zu viel, ist pleite ..."

„Heiratet er nicht Odelle?"

Nox' Mund bildete eine gerade Linie. „Ja. Und er sollte sich glücklich deswegen schätzen. Aber das garantiert ihm kein Geld. Odelles Vater wird es nicht zulassen."

Livia sah ihn schief an. „Odelles Vater weiß, dass wir im 21. Jahrhundert leben, oder?"

„Ich meine nicht, dass er der Heirat nicht zustimmen wird, aber Odelle ist eine Erbin. Sie hat kein eigenes Geld – alles ist in Treuhandfonds gebunden und ihr Vater kann ihr jederzeit den Zugriff darauf verwehren."

„Warum heiratet Odelle Roan überhaupt?"

Nox schenkte ihr ein seltsames, halb trauriges Lächeln. „Weil sie ihn liebt."

„Nox, würde Roan auf dich schießen?"

„Ich kann dir nur sagen, dass Roan ein hervorragender Schütze ist. Wenn er es war, dann hat er nicht vorgehabt, mich zu töten." Nox sah aus, als würde ihm bei den Worten übel werden. „Wenn ich hier rauskomme, Liebling ... dann müssen wir über viele Dinge reden. Deine Sicherheit ist von größter Bedeutung. Unsere Zukunft auch. Odelle hat mir gesagt, dass die Presse deinen Namen hat. Die Journalisten werden dich am College und im Restaurant verfolgen."

„Damit komme ich klar."

Nox musterte sie. „Du hast keine Ahnung, wie sie sind. Verdammte Aasgeier. Sie werden all deine Geheimnisse ausgraben."

Livia zuckte mit den Schultern. „Ich habe keine Leichen im Keller."

„Dann muss ich dich warnen", sagte Nox und sein hübsches Gesicht war ernst. „Sie werden sich etwas ausdenken, nur für dich. Die Dinge werden wirklich verrückt werden."

Odelle bedankte sich beim Portier, der ihr die Tür öffnete, als sie in ihr Apartmentgebäude ging. Er rief sie zurück. „Mr. Saintmarc wartet oben auf Sie."

Odelle nickte mit teilnahmslosem Gesicht. „Danke, Glen."

Sie fuhr mit dem Aufzug zu ihrem Penthouse und trat hinaus in das Atrium. Roan war gegen die Wand gelehnt. Er sah sie verzweifelt an, und Odelles Plan, ihn wegzuschicken, löste sich in Luft auf. Sie hatte ihn noch nie so trostlos gesehen. Sie kauerte sich neben ihn. „Was ist, Roan? Was ist los?"

Roan begann zu schluchzen, als er die Worte aussprach. „Sie werden sagen, dass ich es war, Odelle ... sie werden sagen, dass ich es war ... dieses Mädchen, Pia ... Ich war in der Nacht, als sie getötet wurde, bei ihr ... und sie werden sagen, dass ich es war ..."

KAPITEL NEUNZEHN

Die polizeilichen Ermittlungen förderten nichts zutage und als Weihnachten näherkam und es schließlich kalt wurde, verbarrikadierten sich Livia und Nox in seinem Haus. Livia ging nur zur Arbeit oder zum College und Nox zu geschäftlichen Treffen, die er nicht von zu Hause aus erledigen konnte. Keiner von ihnen sagte es, aber die selbstgewählte Isolation schien ihrer Beziehung ein neues Element eröffnet zu haben, eine neue Intimität – eine Nähe, von der sie nicht einmal gewusst hatten, dass sie ihnen fehlte.

Natürlich fanden ihre sexuellen Abenteuer jetzt nur noch im Schlafzimmer statt. Odelle hatte eine kleine Armee von Personenschützern für Nox und Livia angeheuert, und die beiden waren selbst ein wenig verblüfft darüber, wie sehr ihr Leben dadurch eingeschränkt war.

„Ich kann sie nicht wegschicken. Odelle würde mich umbringen ... und ich würde ungern mehr als einmal im Jahr beinahe ermordet werden." Nox grinste Livia an, die lachte.

„Es nervt, nicht wahr? Ich wurde neulich fast ermordet, als ich mir Kaffee holen wollte."

„Wie lästig."

„Und wie."

Sie scherzten so miteinander, seit Odelle ihnen von Roan erzählt hatte. Er hatte mit Pia geschlafen und war in der Nacht, als sie getötet wurde, bei ihr gewesen. Odelle hatte ihn überredet, zur Polizei zu gehen. Er wurde verhört und wegen Mordverdachts angeklagt. Odelle hatte zwei Millionen Dollar Kaution bezahlt und Roan stand nun bis zum Prozessbeginn in ihrer Wohnung unter Hausarrest.

Weder Nox noch Livia konnten diese Wendung der Ereignisse glauben. Schlimmer noch, als Roan nach der Nacht gefragt wurde, in der Nox und Livia angegriffen worden waren, konnte er kein Alibi liefern. Die Polizei, die unbedingt einen Schuldigen für Pias Ermordung finden wollte, betrachtete Nox' Ablehnung von Roans Businessplan als hinreichendes Motiv.

„Die Polizei hat kaum Beweise", verkündete Roans Anwalt William Corcoran ihnen, als sie sich in Nox' und Sandors Büros trafen, „aber im Moment ist Roan der Einzige mit einem Motiv, und wir wissen, dass er mit dem Mädchen zusammen war. Ich habe gehört, dass Sie ihn rund um die Uhr bewachen lassen, Ms. Griffongy."

Odelle, die blass und müde aussah, nickte. „Er geht nirgendwohin, Mr. Corcoran. Er will seine Unschuld beweisen."

Livia nahm Odelles Hand und drückte sie. „Wir sind für dich da, Odelle." Sie konnte sich nicht dazu durchringen zu sagen, dass sie auch für Roan da waren – sie konnte sich durchaus vorstellen, dass er Nox und Pia wehtun würde, um sie davon abzuhalten, Odelle von seiner Affäre zu erzählen. Odelle sah erschüttert aus, und Livias Herz öffnete sich für sie.

„Wir haben uns noch nie richtig unterhalten, oder?", sagte sie mit leiser Stimme zu Odelle, als Nox und Sandor mit dem Anwalt sprachen. „Wir sollten das tun. Bald."

Odelle nickte. „Ich komme morgen Mittag in deinem Restaurant vorbei, wenn das okay ist."

„Sicher."

Am nächsten Tag machten Moriko und Marcel Livia Vorwürfe und sie konnte es ihnen nicht verdenken. Sie hatte sie aus dem Krankenhaus angerufen, aber sich nicht von ihnen besuchen lassen. Sie sagte ihnen, dass Nox schon zu viele Besucher gehabt habe, aber wenn sie ehrlich war, wollte sie einfach nicht, dass Moriko und Marcel noch mehr auf den Radar des Mörders kamen, als sie es durch die Verbindung zu ihr schon waren. Pia war nicht einmal ein Teil des inneren Zirkels gewesen und jetzt war sie tot. Niemand war sicher.

Moriko warf einen Blick auf die Schnittverletzung an Livias Kopf und verzog ihren Mund zu einer wütenden Linie. „Und das hast du auch nicht erwähnt."

„Ich bin im Krankenhaus in einer Wasserlache ausgerutscht. Keine große Sache." Sie hatte ihnen nichts von dem Angriff erzählt.

Marcel schüttelte den Kopf. „Das ist ernst, Liv. Ich will nicht, dass du verletzt wirst."

Livia nickte in Richtung der beiden riesigen Bodyguards, die im Restaurant saßen. „Es ist in Ordnung. Diese beiden sind immer bei mir – leider."

Sie stellte ihre Tasche nach hinten und ging in die Küche, um sich die Hände zu waschen. Sie fühlte sich müde und ausgelaugt, aber zumindest tat sie wieder etwas Vertrautes. Nox hatte gezögert, sie zur Arbeit gehen zu lassen, konnte sie aber nicht davon abbringen. „Ich habe Verpflichtungen, Baby."

Jetzt band sie sich ihre Schürze um und ging nach vorn. Im Restaurant war es ruhig, da die Mittagszeit noch in weiter Ferne war. Moriko und Livia polierten Weingläser und unterhielten sich, während sie die Tische vorbereiteten.

„Ich habe Neuigkeiten", sagte Moriko grinsend und Livias Augenbrauen schossen hoch. Sie warf Marcel einen Blick zu, woraufhin Moriko die Augen verdrehte.

„Hörst du endlich damit auf? Ich mag Marcel, aber ich arbeite für ihn. Nein, es ist nicht Marcel, aber ich habe jemanden kennengelernt."

„Wen?"

„Ich bin noch nicht bereit, das zu verraten. Aber ich gebe die Wohnung auf. Ich dachte, du solltest es wissen."

„Du ziehst mit diesem Kerl zusammen?" Livia war schockiert, aber Moriko warf ihrer Freundin einen trotzigen Blick zu. Livia grinste verlegen. Ja, sie hatte wirklich kein Recht, sich zu empören. „Es tut mir leid. Wo wohnt er?"

Moriko erzählte es ihr, und Livia pfiff anerkennend. Es war ein luxuriöses Apartmentgebäude in der Stadt, ein oder zwei Häuserblocks von Odelles Penthouse entfernt. „Sehr schön."

„Es hat einen dieser altmodischen Aufzüge, die man in französischen Filmen sieht. Schmiedeeisern und mit schicken Verzierungen." Moriko klang so stolz, dass Livia nicht anders konnte, als zu kichern.

„Nicht übel."

„Das kannst du laut sagen. Hey, vielleicht sollten wir Soireen veranstalten, so wie du mit all deinen neuen tollen Freunden."

Livia grinste. „Ach, sei still. Ich freue mich für dich. Wann können wir deinen Prinzen mit dem schicken Aufzug kennenlernen?"

„Haha. Hoffentlich bald."

„Verrate mir zumindest seinen Vornamen."

„Nein."

„Spielverderberin."

Odelle erschien kurz nach ein Uhr mittags und Livia machte eine Pause. Sie setzten sich zwei Tische von Livias Leibwächtern entfernt hin. Odelle sah amüsiert aus. „Es muss seltsam für dich sein, sie um dich herum zu haben."

Livia nickte. „Ja, aber glaube nicht, dass ich nicht dankbar bin, Odelle."

„Du kannst mich Odie nennen, wenn du willst."

Livia lächelte sie an. „Du warst mir und Nox eine wahre Freundin, Odie."

Die andere Frau errötete ein wenig. „Ich bin nicht gut darin, Freunde zu finden", sagte sie, „besonders Freundinnen. Frauen trauen mir aus irgendeinem Grund nicht. Ich weiß nicht, warum. Es ist nicht so, als würde ich mit ihren Männern schlafen. Im Gegensatz zu Amber."

Livia seufzte. „Ich habe sie beobachtet und mich daran erinnert, was du gesagt hast. Aber sie hat nichts falsch gemacht – jedenfalls glaube ich das nicht. Nox ist nichts aufgefallen, und ich zögere, etwas Negatives über sie zu sagen. Sie stehen einander so nahe."

„Ich verstehe. Hör zu, vielleicht bin ich voreingenommen. Ich habe die Frau nie gemocht und jetzt, wo ich weiß, dass sie mit Roan geschlafen hat ..."

„Hat?"

Odelle lächelte. „Sobald sie erfuhr, dass ich es herausgefunden hatte, ließ sie ihn fallen. Amber hat keine Verwendung für Männer, nachdem ihre Frau oder Freundin sie erwischt hat." Sie sah Livia an. „Macht dich das betroffen?"

Livia nickte. „Ich wollte glauben, dass sie eine von den Guten ist. Ich dachte, sie wäre es."

„Livvy, das musst du selbst wissen. Halte ich Amber für bösartig? Nicht, was Nox angeht, und fairerweise muss ich zugeben, dass sie dich zu mögen scheint."

„Wenn wir Amber und Roan ausschließen, wer sonst könnte einen Groll gegen Nox hegen?" Allein die Worte zu sagen, ließ Livia erzittern.

„Ich weiß es ehrlich nicht. Wir wissen beide, dass Sandor durch und durch anständig ist."

„Er ist wie ein großer Teddybär."

Odelle lächelte. „Das ist er. Er ist wirklich einer von den Guten. Wenn ich mich nur in ihn verliebt hätte."

Livia gluckste. „Ich würde dafür bezahlen, das zu sehen. Also, sonst noch jemand?"

„Da ist jemand. Eine Ex-Freundin von Nox. Nun, nicht wirklich eine Freundin, sondern eine Affäre. Zumindest für Nox. Janine Dupois. Hat Nox sie erwähnt?"

Livia schüttelte den Kopf. „Nein, aber wir haben nie wirklich über Expartner geredet, also mache ich ihm keine Vorwürfe deswegen. Wer ist sie?"

„Eine Mode-Redakteurin aus der örtlichen High-Society. Ich habe gehört, dass sie nach New York gezogen ist, aber den Fehler gemacht hat, in die dortige bessere Gesellschaft einzudringen, ohne sich ausreichend anzupassen."

Livia verdrehte die Augen, und Odelle lachte. „So funktioniert es nun mal, fürchte ich."

„Wenn Nox und ich langfristig zusammen sind – und ich hoffe es –, muss ich aber nicht so werden wie ..."

„Wie ich?" Odelle lächelte und Livia drückte ihre Hand.

„Du weißt, was ich meine. Ich suche nicht das Rampenlicht der Klatschpresse. Ich weiß nichts über diese Welt."

Odelle musterte sie. „Weißt du, Nox ist ein ziemlich bodenständiger Typ. Er hätte sich nicht in jemanden verliebt, der ihm in diesem Punkt unähnlich ist. Das hätte er gar nicht gekonnt. Hab keine Angst, dass du nicht zu uns passt, Livvy."

Als Livia nach Hause kam, fühlte sie sich optimistischer als seit Wochen. Nox kehrte kurz nach ihr zurück und sie begrüßte ihn an der Tür und küsste ihn zärtlich. „Ich habe dich vermisst."

Sie nahm seine Hand und führte ihn sofort die Treppe hinauf. Nox grinste. „Nun, wenn du mich so vermisst hast ..."

Im Schlafzimmer löste Livia seine Krawatte und küsste seine Brust, während sie sein Hemd aufknöpfte. Nox öffnete langsam ihr Kleid und seine Fingerspitzen wanderten über ihren Rücken. Als sie sein Hemd beiseiteschob, fand ihre Zunge seine Brustwarze, während ihre Finger seine Hose öffneten und hineingriffen. Sein Schwanz war schon hart, als sie ihn befreite, und sie kicherte, als sie seinen scharfen Atemzug hörte. Sie drückte ihn auf das Bett und zog ihm die Hose ganz aus.

„Leg dich einfach zurück, Baby. Ich habe das Kommando." Sie streifte ihr Kleid ab und Nox pfiff anerkennend. Livia grinste, doch dann kniete sie sich zwischen seine Beine und nahm ihn in den Mund. Sie zeichnete die Venen entlang des seidigen, dicken Schafts nach, kostete die salzigen Lusttropfen und bewegte dann ihre Zunge über die empfindliche Spitze, um Nox verrückt zu machen. Sie hörte sein langes Stöhnen der Begierde, als sie an ihm saugte, ihn schmeckte und reizte, und als er kurz davorstand zu kommen und versuchte sich loszureißen, schüttelte sie den Kopf. Er kam in ihrem Mund und stöhnte dabei ihren Namen wieder und wieder.

Livia schluckte seinen Samen hinunter und lachte, als er sie auf den Boden zerrte und anfing, sie leidenschaftlich zu küssen, als wäre das Tier in ihm entfesselt worden. Er saugte an ihren Brustwarzen, bis sie steinhart waren und sie sich unter ihm wand. Sie war so erregt, dass sie dachte, sie würde ohnmächtig werden. Dann, als er ihren Körper hinunterwanderte, sie leckte, kostete und in ihre Brüste und ihren Bauch biss, stöhnte sie, während sein Mund ihr Geschlecht fand. „Gott, Nox ...“

Er verwöhnte sie, bis sie ihn anflehte, sie zu ficken. Dann stieß er seinen diamantharten Schwanz in sie, presste ihre Knie an ihre Brust und schlug seine Hüften gegen ihre. Livia schrie vor Vergnügen, ohne sich darum zu kümmern, ob jeder Wachmann im Herrenhaus sie hören konnte. Sie verlor sich in einem berauschenden Delirium, küsste Nox und sagte ihm immer wieder, wie sehr sie ihn liebte.

Schließlich kletterten sie erschöpft aufs Bett und hielten einander fest umschlungen. Sie küssten sich, plauderten leise und genossen die gemeinsame Zeit.

„Odelle hat mich Livvy genannt und ich darf sie Odie nennen“, sagte Livia mit großen Augen und brachte Nox zum Lachen.

„Sie hat mir gesagt, dass sie dich mag. Du bist ehrlich – das gefällt ihr.“

„Du stehst ihr viel näher, als ich zuerst dachte“, sagte Liv nachdenklich. „Wir – das heißt wir beide – sollten wohl mehr Zeit damit verbringen, einander kennenzulernen, wenn wir nicht gerade bis zur Besinnungslosigkeit Sex haben.“

Nox lachte. „Solange wir das ebenfalls weiterhin tun können ...“

„Auf jeden Fall. Also ...“

„Also, was willst du wissen?“

„Mehr über Ariel, wenn es nicht zu schmerzhaft ist.“

Nox war eine Weile still und nickte dann. „Okay.“

Livia streichelte sein Gesicht. „Wenn du dafür bereit bist, Baby.“

„Es ist in Ordnung, Livvy, ich werde nicht zusammenbrechen. Der Psychiater, bei dem ich war, hat mir sehr geholfen.“ Er hielt einen

Moment inne und holte tief Luft. „Okay. Wir haben uns kennengelernt, als wir Kinder waren und Ariels und Ambers Familie hierhergezogen ist. Ihre Eltern waren nette Leute, wohlhabend wie wir, und Ambers Vater war ein Geschäftspartner meines Vaters. Ariel und ich verstanden uns sofort. Du weißt, dass sie und Amber Zwillinge waren, oder? Aber nicht eineiig. Ariel hatte dunkelbraune Haare und dunkle Augen, so wie du. Sie dachte immer, sie sei nicht so hübsch wie ihre Schwester, was lächerlich war."

Livia erinnerte sich an die Fotos von Ariel. „Sie war bezaubernd. Ich weiß, dass du mir erzählt hast, wie sie gestorben ist ... Vielleicht würde es helfen, darüber zu reden, was in den Tagen vor ihrem Tod passiert ist."

Nox sah sie lange an und nickte dann. „Okay, lass uns reden."

KAPITEL ZWANZIG

Vor zwanzig Jahren …

Ariel fixierte Nox mit einem entschlossenen Blick und versuchte, nicht zu kichern. „Ich habe lange und gründlich darüber nachgedacht, und ich glaube, ich kenne das perfekte Abschlussball-Outfit für uns beide."

Nox grinste sie an. Er kannte das humorvolle Blitzen in ihren Augen nur zu gut. „Ach ja?"

Ariel stand auf und sprang auf dem Teppichboden schnell zur Seite und dann wieder zurück. Nox brach in Gelächter aus. „Was zum Teufel soll das heißen?"

„Ich gebe dir einen Hinweis", sagte sie atemlos und bewegte ihre Arme und Beine, als würde sie rennen.

„Das ist verrückt, Ms. Duplas – und ich habe keine Ahnung, was hier vorgeht."

„Stell dir Baggy-Hosen vor." Ariel ging in ihrem Zimmer auf und ab und ruderte wild mit den Armen. „Vielleicht, wenn ich singe ..."

Sie sang immer wieder „oh-uh", während sie sich bewegte, blieb dann abrupt stehen und rief: „Stopp!"

Endlich verstand Nox, worauf sie anspielte. „MC Hammer!" Er

lachte, als Ariel jubelte. Dann brach sie neben ihm auf dem Bett zusammen und schnappte nach Luft.

„Was denkst du? Wir gehen beide in Hammer-Hosen dorthin. Zur Hölle mit dem Patriarchat. Warum soll ich ein Kleid tragen?"

„Du könntest alles tragen und wärst immer noch die Königin des Balls."

Ariel würgte laut und Nox lachte. „Du kannst wirklich keine Komplimente annehmen, Ari, weißt du das?"

„Du kennst mich, Noxxy. Ich überlasse das Debütantinnen-Zeug Amber. Das ist ihr Ding."

Nox hörte einen harten Unterton in ihrer Stimme. „Was?"

Ariel zuckte mit den Schultern. „Nichts. Wir haben gerade eine unserer Auszeiten. Wir kommen im Moment nicht besonders gut miteinander klar."

„Warum?"

Ariel zögerte, dann zuckte sie mit den Schultern. „Ich habe meine Gründe."

Nox wickelte eine ihrer langen Haarsträhnen um seine Finger. „Willst du darüber reden?"

„Nicht wirklich. Also, jetzt da du weißt, was ich für den Abschlussball geplant habe ..."

Nox grinste. „Denkst du, ich kenne dich nicht? Du willst, dass ich in Hammer-Hosen dort auftauche, während du in einem perfekten Kleid wie eine ätherische Göttin aussiehst. Ich erinnere mich nur zu gut an den Abschlussball der Junior-Highschool. Du dich auch?"

„Das war witzig."

„Für dich. Meine Mutter hat wochenlang an meinem Seemannskostüm genäht."

Ariel kicherte. „Du bist so leichtgläubig, Mr. Renaud." Sie beugte ihren Kopf und küsste ihn. „Nun, ernsthaft ... willst du mein Kleid sehen? Ich frage, weil ... es einen komplizierten Verschluss hat und du vielleicht üben musst, es mir auszuziehen."

Nox' Lächeln wurde breiter. Wie viele andere Paare auch hatten sie geplant, in der Abschlussballnacht zum ersten Mal miteinander zu schlafen ... obwohl sie praktisch schon alles andere gemacht hatten.

Keiner von ihnen wollte länger warten. „Weißt du, das ist eine gute Idee."

Ariel schickte ihn aus dem Zimmer, während sie sich umzog, und als sie fertig war, rief sie ihn zurück.

Nox stieß die Tür auf und ihm stockte der Atem in seiner Kehle. Der hellgraue Chiffon war wundervoll über ihren Körper drapiert, umschloss ihre Kurven und betonte perfekt ihre rosige, zarte Haut.

„Wow." Nox ging zu ihr und umfasste ihr Gesicht. „Du siehst absolut hinreißend aus."

Ariel errötete, lachte aber. „Das ist die richtige Antwort. Du darfst mich jetzt küssen."

Der Kuss dauerte so lange, dass Ariel ihn lachend wegschieben musste. „Noch ein Tag, Nox, und diesem Kuss wird viel mehr folgen."

Nox nickte. „Dann verschwinde ich besser, bevor du es mir noch schwerer machst."

„Kannst du überhaupt noch gehen?"

Er grinste, als sie seine Leistengegend drückte. „Verdammt, du bist unmöglich."

„Ich weiß." Sie stellte sich auf die Zehenspitzen, um ihn zu küssen. „Bis morgen, Nox Renaud."

Am Abend des Abschlussballs machten Ariel und Amber sich getrennt fertig – jede in ihrem eigenen Zimmer, ohne miteinander zu kommunizieren. Als Ariel mit ihrem Makeup fertig war und in das graue Kleid schlüpfte, überlegte sie, ob sie zu ihrer Schwester gehen und versuchen sollte, die seltsame Kluft zu überbrücken, die sich in letzter Zeit zwischen ihnen aufgetan hatte. Sie hatte Nox gestern darüber angelogen, was diese Kluft verursacht hatte – es war Nox selbst. Ariel wusste, dass Amber in ihn verliebt war, und konnte ihrer Schwester – oder Nox – deswegen keine Vorwürfe machen. Nox war einfach zu liebenswert. Amber wusste, dass sie nie mit ihm zusammen sein würde, und versuchte nicht einmal, ihn ihrer Schwester wegzunehmen, aber ... ihre Art, damit umzugehen, war, sich von ihnen beiden fernzuhalten.

Ariel klopfte vorsichtig an die Tür ihrer Schwester. „Amber?"

„Ich bin noch beim Umziehen." Ihre Stimme klang hart und definitiv nicht einladend. Ariel seufzte.

„Verstanden ... Ich gehe zum Rauchen nach draußen. Lenke Mom ab, wenn sie nach mir sucht, okay?"

„Okay."

Ariel trat in den schwülen Louisiana-Abend hinaus. Sofort trat Schweiß auf ihre Haut und sie fluchte und hoffte, dass ihr Kleid keine Flecken bekommen würde – das hatte der Chiffonstoff nicht verdient. Nicht, dass es Nox stören würde. Sie lächelte sanft und nahm eine Zigarette aus der Packung. Ihre Mutter wusste wahrscheinlich, dass sie rauchte, aber in ihrer Familie wurde nicht über solche Dinge geredet.

Sie ging um das Haupthaus herum, bis sie außer Sichtweite war und den Ort erreichte, wo sie immer heimlich rauchte. Versteckt von den Bäumen, die mit spanischem Moos überwuchert waren, atmete sie die Nachtluft ein. Das Bayou roch heute besonders übel und der Gestank von Fäulnis erfüllte die Nacht. Ariel schnippte ihre Kippe auf den Boden und trat sie mit ihrer Schuhspitze aus.

Das Erste, was sie bemerkte, war ein stechender Schmerz in ihrem Nacken, dann lähmende Atemlosigkeit, als das, was ihr injiziert worden war, ihre Venen überschwemmte. Sie hatte kaum Zeit zu begreifen, dass jemand sie gepackt hatte, bevor alles in Dunkelheit versank und sie ohnmächtig wurde.

Kalt. Sie lag auf dem Rücken und was auch immer sich darunter befand – es war kalt. Sie zitterte trotz der Hitze der Nacht und öffnete dann die Augen. Ihr war schwindelig, ihre Sicht waren verschwommen und ihre Brust fühlte sich schwer an. Als sie sich konzentrierte, sah sie ihn ... sie nahm jedenfalls an, dass es ein Mann war. Er saß rittlings auf ihren Beinen und war so still, dass es ihr Angst machte, so als hätte er darauf gewartet, dass sie aufwachte. Ariel sah sich um und spürte eine Welle der Panik in sich aufsteigen. Sie waren auf einem Friedhof.

„Was zur Hölle geht hier vor?" Ihre Stimme zitterte, als die Gestalt mit der schwarzen Kapuze sie direkt anblickte. Sie konnte keine Gesichtszüge erkennen, und das Schweigen des Fremden versetzte sie noch mehr in Panik. „Bitte ... was auch immer du willst ...“ Sie verstummte, als sie das Messer in seiner Hand sah, und wusste, was geschehen würde. „Oh Gott, bitte ... bitte nicht ...“

Er hörte nicht auf sie. Noch bevor Ariel schreien konnte, legte er eine behandschuhte Hand auf ihren Mund und rammte das Messer immer wieder in ihren Bauch. Ariels Rücken wölbte sich, als sie vor Schmerzen stöhnte, während er sie ermordete. Seine Hand löste sich von ihrem Mund, als er sah, dass sie versuchte zu atmen.

„Warum?“, keuchte Ariel, als sich ihr Mörder zurücklehnte, um dabei zuzuschauen, wie sie verblutete. Eine Träne rann über ihre Wange. „Bitte sag mir warum.“

Aber er antwortete ihr nicht.

Nox stieg gerade in sein Auto, als seine Mutter ihn zurückrief. Ihr Gesicht war angespannt. „Amber ist am Telefon. Sie ist hysterisch, und ich kann nicht verstehen, was sie sagt.“ Es dauerte einige Augenblicke, bis Nox begriff, dass Amber ihr erzählt hatte, dass Ariel vermisst wurde.

Sie fanden ihre Leiche am nächsten Morgen, und Nox fuhr verstört und verzweifelt direkt zum Friedhof. Er kämpfte mit einem Polizeibeamten, der ihn nicht in ihre Nähe lassen wollte, und schließlich mussten ihm die Polizisten Handschellen anlegen, damit er sich beruhigte. „Bitte, ich muss sie sehen.“

Er war der Sohn eines der mächtigsten Männer in New Orleans, also ließen sie ihm schließlich seinen Willen – vielleicht auch, um seine Reaktion zu beobachten.

Der Anblick von Ariel, wie sie ausgeweidet und umgeben von grauem, blutgetränktem Chiffon bleich und tot auf dem Grab lag, brachte Nox auf die Knie. Etwas in ihm starb mit ihr.

Die Beerdigung war die Hölle für Nox. Er bemerkte kaum die

anderen Trauergäste, nicht einmal Amber oder Teague, als sie versuchten, ihn zu erreichen. Amber war vom Tod ihrer Schwester zerstört – sie wurde dadurch für immer verändert.

Irgendwann kehrte das Leben zur Normalität zurück, aber Nox und Amber verbrachten mehr Zeit miteinander und fühlten sich von allen isoliert. Die Polizei hatte keine Spur. Nox hatte ein wasserdichtes Alibi, und so gingen der Polizei schnell die Theorien aus. Der Fall wurde zu den Akten gelegt, sehr zur Wut der Familien Duplas und Renaud. Fast ein Jahr später ermordete Tynan Renaud seine Frau und seinen Sohn und erschoss sich anschließend, so dass Ariels Fall noch weiter in den Hintergrund gedrängt wurde.

Jetzt

Livia streichelte Nox' Gesicht, während er ihr alles erzählte. „Ich fühle mich immer noch schuldig. Als meine Familie starb, wurde Ariel von unserem Bekanntenkreis, der Presse und der Polizei fast vergessen." Er seufzte und lehnte seine Stirn gegen ihre. „Ich schwor mir, dass ich das niemals zulassen würde, und doch wurde ich von dem, was mein Vater getan hat, völlig zerstört ... Es war fast so, als hätte ich mich mit der Erklärung der Polizei abgefunden, dass junge, schöne Frauen nun einmal häufig die Ziele von Mördern sind."

Livia küsste seine Augenlider. „Leider scheint das die Wahrheit zu sein. Wir Frauen müssen immer vorsichtig sein. Immer heißt es, geh nicht nachts allein raus, weil ein Mann dich vergewaltigen oder töten könnte. Ziehe dich nicht allzu freizügig an, sagt man uns, als wären wir diejenigen, die dafür verantwortlich sind, wenn Männer vergewaltigen und morden. Es ist krank und widerlich, aber wir leben nun einmal in so einer Welt."

Nox schüttelte den Kopf. „Mein Gott. Was für eine Art zu leben."

„Und doch ist das die Normalität für jede Frau auf dem Planeten." Sie seufzte und dachte über den schrecklichen Angriff auf sie nach. Daran, dass sie dem Tod nahe gewesen war.

„Kann ich mich für alle Männer der Welt entschuldigen?"

Livia lachte. „Nein, das kannst du nicht. Du bist einer der Guten,

Nox, vergiss das nicht. Lade nicht die Verantwortung anderer auf deine Schultern. Versprich mir einfach, dass wir unsere Söhne so großziehen, dass sie Frauen nicht nur als Lustobjekte wahrnehmen."

Nox küsste ihre Fingerspitzen. „Versprochen. Du machst also schon Pläne für unsere zukünftigen Söhne?"

Livia errötete. „Ich plane nichts, nur ... falls es passiert ...."

„Gott, ich hoffe es." Er presste seine Lippen auf ihre und zog sie an sich. „Ich möchte jede Menge Kinder mit dir, Livia. Aber du bist noch jung und hast deine Karriere vor dir."

„Kellnerin? Ja, ich werde mich darauf konzentrieren."

Nox lachte. „Ich meinte deine Musikkarriere."

„Oh, das. Nox, ich liebe Musik. Sie ist meine Leidenschaft. Aber ich habe mir nie eine große Musikkarriere ausgemalt. Ich möchte gut genug sein, um zu unterrichten, so wie Charvi. Das würde ich lieben. Vielleicht hier und da ein paar kleine Konzerte, aber was eine richtige Karriere als Musikerin angeht – ich denke, das ist ein Wunschtraum."

„Du willst also nicht berühmt sein?"

„Guter Gott, nein. Kannst du dir das vorstellen? Überall die Presse ... Warte. Ja, du kannst dir das vorstellen. Meine Güte, ich rede albernes Zeug. Es tut mir leid."

Nox lachte. „Schon in Ordnung. Sobald die Journalisten mitbekommen, dass wir zusammen sind, musst du dich auch mit ihnen herumschlagen."

Livia stöhnte und rollte sich auf ihn. „Wir sollten uns im Moment keine Sorgen deswegen machen. Ich hoffe, dass wir es so lange wie möglich herauszögern können. Okay?"

„Versprochen."

Nox konnte nicht ahnen, wie schnell dieses Versprechen gebrochen werden würde.

KAPITEL EINUNDZWANZIG

Bei der Arbeit am nächsten Tag war das Restaurant so gut besucht, dass Livia und Moriko keine Zeit hatten, um Luft zu holen, geschweige denn, sich zu unterhalten. Livia hatte Nox gegenüber erwähnt, dass sie Moriko öfter sehen wollte. „Seit ich ausgezogen bin, habe ich das Gefühl, dass wir uns entfremdet haben, und ich hasse das. Morry ist meine beste Freundin, verstehst du?"

Das sagte sie auch Moriko, als sie endlich vom Abendpersonal abgelöst wurden. Moriko bat Livia mit einem Grinsen, in ihre neue Wohnung mitzukommen, damit sie ein wenig damit angeben konnte. Diskret von Livias Leibwächter beschattet, gingen sie zu Morikos neuem Zuhause und fuhren mit dem schmiedeeisernen, altmodischen Aufzug in den siebten Stock.

„Schick", sagte Livia mit einem Augenzwinkern zu Moriko, die grinste.

„Neidisch? Nicht, dass da das sein musst, schließlich wohnst du in einem verdammten Herrenhaus."

„Ha. Hör uns zu, wir lassen uns beide von reichen Männern finanzieren. Was ist nur aus unserem Feminismus geworden?" Livia setzte sich auf eine große dunkelblaue Couch. „Gott, das ist himmlisch."

Moriko lachte. „Ich weiß. Apropos finanzieren – ich zahle Lucas Miete."

„Er heißt also Lucas? Erzähl mir mehr, Mädchen. Du hast diesen Lucas zu lange geheim gehalten."

Moriko reichte Livia eine Flasche Bier und setzte sich neben sie. „Nun, wenn ich dich öfter sehen würde ..."

Livia zuckte zusammen. „Ich weiß, es tut mir leid. Ich habe immer geschworen, dass ich nie eine jener Frauen werden würde, die ihre Freundinnen im Stich lassen, sobald sie sich verlieben, aber genau das tue ich anscheinend. Verzeih mir, Morry. Ich werde es in Zukunft besser machen."

„Wie läuft es auf dem Bayou?"

Livia erzählte Moriko von ihrem Leben mit Nox und davon, wie nah sie einander inzwischen standen. Ihre Freundin hörte mit gerunzelter Stirn zu. „Bist du sicher, dass ihr beide nicht langsam co-abhängig werdet?"

Livia fühlte sich getroffen. „Wie meinst du das?"

Moriko seufzte. „Ich meine, wie lange kennt ihr euch eigentlich? Nicht einmal zwei Monate, oder? Du bist bei ihm eingezogen – weniger als einen Tag nachdem du ihm einen Vortrag darüber gehalten hast, dass du eine unabhängige Frau bist, möchte ich hinzufügen – und jetzt bist du praktisch in seinem Haus eingesperrt. In dem Haus, wo dein Freund angeschossen wurde, um Himmels willen ..." Moriko hielt inne und holte zitternd Atem. Livia hatte sie noch nie so aufgeregt gesehen.

„Morry? Was soll das? Ich meine, ich ..."

„Nein, lass mich ausreden. Ich habe Angst, Liv, schreckliche Angst. Ich habe das Gefühl, dass dir etwas Schlimmes passieren wird und du vielleicht stirbst. Dass es gefährlich ist, in Nox' Nähe zu sein. Irgendetwas – oder irgendjemand – könnte dich verletzen, sein Freundeskreis würde eng zusammenrücken und wir würden nie erfahren, was passiert ist."

Livia war einen langen Moment still. „Ich weiß, dass die Sache mit Pia entsetzlich ist, und ja, wir wurden angegriffen, aber ..."

„Seine Freundin wurde ermordet und seine Familie getötet. Jesus.

Der Tod folgt ihm, Livia. Hör zu, ich mag Nox wirklich ... ich glaube nur nicht, dass er gut für dich ist."

Livia spürte, wie sich ihre Augen mit Tränen füllten. Morikos Segen für ihre Beziehung war ihr wichtig und sie hatte nicht mit so etwas gerechnet. „Na und? Willst du, dass ich ihn verlasse?"

„Ja."

„Soll das ein Scherz sein?" Livia blinzelte verblüfft angesichts der plötzlichen Veränderung der Atmosphäre zwischen ihnen. Als sie ihre Freundin genauer anschaute, konnte sie die Anspannung auf ihrem Gesicht und die dunklen Ringe unter ihren Augen sehen. „Morry, ist sonst noch etwas? Geht es dir gut?"

„Nein, mir geht es nicht gut", schrie Moriko plötzlich und Livia zuckte zusammen. „Himmel, jedes Mal, wenn ich einen Anruf bekomme, denke ich, dass die Polizei mir sagen will, dass du tot bist."

„Hey, du übertreibst maßlos."

„Nein, das tue ich nicht. Jemand hat deinen Freund angeschossen, dich in einem verdammten Krankenhaus angegriffen und ein junges Mädchen abgeschlachtet, um Nox eine Botschaft zu senden. Jeder, den du liebst? Jesus. Liv ..."

Moriko zitterte, aber sie wich zurück, als Livia versuchte, sie zu umarmen. „Ich hatte keine Ahnung, dass du so empfindest."

„Du bist meine Familie", entgegnete Moriko wütend. „Du bist wie eine Schwester für mich und ich habe Angst, Liv."

Diesmal ließ sie sich von Livia umarmen. „Es ist in Ordnung, Morry, wirklich. Sieh dir den riesigen Kerl an, der vor der Tür wartet. Jason ist sehr nett und beschützt mich."

„Siehst du nicht, wie verrückt es ist, dass du einen Bodyguard hast?" Morry meint es todernst, dachte Livia bestürzt.

„Hör zu, ich verstehe, was du sagst. Aber das ist nur solange, bis sie den Täter fassen, Morry. Nox ist ein mächtiger Mann. Er wird immer irgendwelche Spinner anziehen." Selbst in Livias Ohren klang es wie eine schwache Beschreibung dessen, was sie durchmachten.

Moriko sah sie lange mit kalten Augen an, dann stand sie auf und ging in ihr Schlafzimmer. Livia hörte, wie sie sich darin bewegte, dann tauchte sie wieder auf und hielt eine prallgefüllte Mappe in der Hand. Sie warf sie Livia zu. „Nur ein Spinner, hm?"

Livia fing die Mappe auf, wobei überall Papiere verstreut wurden. Sie rutschte auf den Teppich, um sie zu ordnen. Alte Polizeiberichte, Zeitungsausschnitte … Livia sah Fotos eines jungen Nox in einem exquisiten Anzug, wie er von seiner Mutter getröstet wurde, während ein Gerichtsmediziner und sein Team Ariels Leiche vom Friedhof bargen. Die Fotos von der Beerdigung, die die Sensationsgier der Presse in dieser höchst privaten Zeit dokumentierten, waren erschütternd und widerlich. Alle Fotos wurden von Artikeln begleitet, die den jungen Mann verurteilten, noch bevor Ariels Leiche oder das Blut auf dem Grabstein erkaltet waren.

Spätere Aufnahmen zeigten Nox allein bei einer Trauerfeier, wo er vor den Särgen seiner Mutter und seines Bruders stand. Der Ausdruck in seinen Augen war herzzerreißend und Livia konnte das Schluchzen nicht unterdrücken, das ihr entkam. Moriko versuchte nicht, sie zu trösten. Erneut hatte sich die Presse auf Nox, den einzigen Überlebenden, gestürzt. War er der Komplize seines Vaters gewesen? Er war nun schließlich der Alleinerbe …

„Moriko, wenn du irgendeine dieser Lügen über Nox glaubst … Dann sehe ich nicht, wie wir weiterhin Freundinnen sein können."

Sie schaute auf und sah, dass Morikos Augen weich wurden. „Natürlich nicht. Die Presse war schon immer Abschaum. Ich will die Reporter umbringen für das, was sie diesem armen Jungen angetan haben. Aber, Liv, du musst es begreifen … Die Dunkelheit folgt Nox. Er könnte keinen passenderen Namen haben, hm?"

„Ich kann ihn nicht verlassen. Ich liebe ihn so sehr. Er ist wirklich ein guter Mann. Was für eine Frau wäre ich, wenn ich ihn jetzt verlassen würde?"

„Eine Frau, die am Leben bleibt." Die Kälte war zurück in Morikos Stimme.

Livia schloss die Augen und rieb sich über das Gesicht. Zu sagen, dass sie sich fühlte, als wäre ihr inneres Gleichgewicht zerstört worden, wäre eine Untertreibung gewesen. Moriko war immer die

Mutige von ihnen gewesen und jetzt sagte sie Livia, dass sie abhauen und um ihr Leben laufen sollte.

Nein. Livia stand auf und presste dabei die Mappe an sich. „Kann ich das eine Weile behalten?"

„Sicher."

Lange herrschte Schweigen, dann seufzte Livia. „Ich sollte jetzt besser gehen."

„Okay."

Moriko folgte ihr nicht zur Tür und Livia spürte, wie ihr Herz sich zusammenzog, als sie sich zu ihrer Freundin umdrehte. „Bis bald?"

Moriko nickte steif. „Pass auf dich auf."

Livia schaffte es zurück in Nox' Limousine, bevor sie in Tränen ausbrach.

Nox hatte tatsächlich Erfolg dabei, alles zu verdrängen, wenn auch nicht aus dem besten Grund. Sandor war an diesem Morgen zu ihm gekommen und sagte zwei Worte, die ihn aufhorchen ließen.

„Feindliche Übernahme."

Nox sah scharf auf, als Sandor in den Raum kam. „Was hast du gesagt?"

„Du hast mich gehört, Nox." Sandor setzte sich schwerfällig hin. „Ich kann nicht glauben, dass wir das nicht vorhergesehen haben."

„Whoa, Moment. Worüber redest du?"

„Ich rede von Roderick LeFevre und seinen Leuten."

„Und? Sie haben nur dreißig Prozent Anteil an der Firma."

„Nicht mehr. Anscheinend hat Rod stillschweigend fast alle Anteile aufgekauft, die du und ich nicht besitzen."

„Was zum Teufel soll das?" Adrenalin schoss durch Nox' Adern. „Woher weißt du das?"

Sandor lächelte freudlos. „Einer hat sich Rod widersetzt. Zeke Manners. Zeke rief mich an und sagte mir, Rod habe ihm das Dreifache des Marktpreises geboten. Zeke hat ihm geantwortet, er solle tot umfallen." Er seufzte. „Ich gebe mir selbst die Schuld. Wenn ich dich nicht dazu aufgefordert hätte, Investoren ins Unternehmen zu lassen, hätten wir immer noch allein die Kontrolle."

„Warte." Nox sah entgeistert aus. „Haben wir das etwa nicht mehr?"

„Rechne nach, Nox. Wir haben einundfünfzig Prozent abgegeben." Sandor seufzte und beugte sich vor. „Was Rod auch plant, wir haben dank Zekes Aktien immer noch eine Mehrheit. Es bedeutet nur, dass wir Rod aufgrund unserer Vereinbarung als Partner einbeziehen müssen. Das ist nicht das Ende der Welt."

Als Nox an diesem Abend nach Hause kam, hörte er Livia Klavier spielen und ging zum Musikzimmer. Er stand in der Tür und beobachtete, wie ihre Finger sich leicht über die Tasten bewegten und ihr Körper sich zur Melodie wiegte. Er ging zu ihr und beugte sich vor, um die weiche Haut ihrer Schulter zu küssen.

„Hör nicht auf", sagte er, als sie leicht zusammenzuckte, also spielte Livia weiter, während er sich neben sie setzte. Er legte seine Arme um ihre Taille und vergrub sein Gesicht in ihren Haaren. Zur Hölle mit der Arbeit und dem ganzen anderen Mist, dachte er. Das ist alles, was ich will, diese Frau. Sie und ich – wir beide. Das ist alles, was zählt.

„Verreise an Weihnachten mit mir", murmelte er. „Wir werden irgendwohin gehen, wo uns niemand finden und uns nichts stören kann. Du und ich und ein Blockhaus in den Bergen. Eine weiße Weihnacht."

Seine Lippen waren an ihrem Ohr, dann wanderten sie ihren Hals hinunter und er spürte, wie sie zitterte. Sie hörte auf zu spielen und drehte sich um, um ihn zu küssen. „Das klingt perfekt. Einfach perfekt."

„Ich habe es satt, dass sich alle in unsere Beziehung, unser Leben und unsere Arbeit einmischen. Alles, was ich will, bist du, Livia ... für alle Zeit."

Sie schlang ihre Arme um seinen Hals. „Und ich dich. Nur dich."

Er küsste sie innig und ließ all die Liebe, die er für sie empfand, in den Kuss einfließen, der sie beide atemlos zurückließ. „Ich liebe dich", flüsterte Livia und strich mit ihren Lippen über seinen Mund. Nox stand lächelnd auf und zog sie auf die Füße.

„Komm mit." Er führte sie in sein Arbeitszimmer und zu dem riesigen Globus, den er dort aufbewahrte. „Wähle irgendeinen Ort auf der Welt aus. Irgendwo. Ich weiß, du wirst mir nicht allzu oft erlauben, dich zu verwöhnen ..."

„Es sei denn, du willst Steinway-Flügel für mein College kaufen", unterbrach sie ihn lächelnd und Nox neigte seinen Kopf mit einem Grinsen.

„Touché, aber bitte, lass mich das tun. Lass mich dir ein romantisches, fantastisches Weihnachten schenken. Es ist unser erstes gemeinsames. Lass es mein Geschenk an dich sein."

Livia betrachtete ihn lange und lächelte dann. „Ich schätze, es wäre verrückt von mir, abzulehnen. Okay, Nox Renaud, ich bin dabei ... unter zwei Bedingungen."

Das Grinsen auf ihrem Gesicht sagte ihm. dass sie scherzte. „Nur zu."

„Erste Bedingung ... Nächstes Jahr verreisen wir auf meine Kosten."

„Solange du versprichst, dass es ein nächstes Jahr geben wird, und ein Jahr danach, und danach, und so weiter."

Sie küsste ihn zärtlich. „Gott, ja, das verspreche ich."

Seine Arme strafften sich um sie und er blickte auf ihr hübsches Gesicht. „Und die zweite Bedingung?" Er drückte seine Erektion absichtlich gegen sie und ließ sie glücklich seufzen.

„Dass du mich niemals dazu zwingst, mir dieses verdammte Lied von Mariah Carey anzuhören."

Nox lachte. „Welches? We belong together?"

„Ha, nein, das liebe ich. Und wir gehören tatsächlich zusammen."

Nox küsste sie wieder. „Ja, das tun wir. Jetzt suche einen Ort für unseren Urlaub aus."

Livia drehte den Globus sanft. „Was ist mit dir? Wo willst du Weihnachten verbringen?"

„Alles, was ich zu Weihnachten will, bist du", zitierte Nox mit einem unschuldigen Augenaufschlag Mariah Careys Hit-Song und lachte, als sie ihm auf den Arm schlug. „Au, das tut weh. Bereit?"

„Okay", sagte Livia, schloss ihre Augen und drehte den Globus. „Wo auch immer mein Finger landet."

„Einverstanden."

Sie ließ den Globus ein paar Mal rotieren, bevor sie ihren Finger dagegen drückte.

„Das ist die Mitte des Pazifischen Ozeans, dreh weiter."

„Verdammt." Sie wiederholte den Prozess, aber bevor sie ihre Augen öffnen konnte, um zu sehen, wo sie dieses Mal gelandet war, drehte Nox sie um und wirbelte den Globus herum. „Ich habe nicht gesehen, wo ich gelandet bin", beschwerte sie sich bei ihm, aber er lächelte nur.

„Ich weiß ... es ist eine Überraschung bis zum Tag der Abreise. Kannst du dir im Restaurant freinehmen?"

Sie nickte. „Marcel schließt fünf Tage über Weihnachten, aber er wird mich an Silvester brauchen."

„Okay. Ich werde den Jahreswechsel mit euch feiern." Sie gingen Hand in Hand in die Küche und Nox machte den Kühlschrank auf. „Pasta?"

„Klingt gut." Livia setzte sich auf einen Stuhl und sah zu, wie er ihr Essen zubereitete. „Also ... wirst du mir wirklich nicht verraten, wohin wir gehen?"

„Solange ich es geheim halten kann. Wir werden meinen Privatjet nehmen ... ja, das werden wir, nur dieses eine Mal." Er warf ihr einen strengen Blick zu. „Ich weiß, die Umwelt und so weiter, aber es wird das letzte Mal sein. Ich verkaufe ihn danach, also erlaube mir dieses letzte Abenteuer mit meinem Spielzeug."

Livia grinste. „Ich spiele gerne mit dir."

„Stets zu deinen Diensten."

„Willst du ihn wirklich verkaufen?" Livia war beeindruckt.

Nox grinste reumütig. „Du hattest Erfolg damit, mir ein schlechtes Gewissen deswegen zu machen, Enviro-Woman."

Livia schnaubte vor Lachen. „Das ist der langweiligste Superhelden-Name aller Zeiten."

„Nicht wahr?" Nox gab Zwiebeln und Knoblauch in eine Pfanne und hackte Kräuter.

„Wo hast du gelernt zu kochen, Renaud?" Livia versuchte, ein Stück Parmesankäse zu stibitzen, und grinste, als Nox ihre Hand wegstieß.

„Von meiner Mutter. Sie war Italienerin, weißt du?"

„Hast du viel Zeit in Italien verbracht?"

Nox nickte, als er die Tomaten sachkundig häutete. „Lange Sommerurlaube. Die Hitze ist intensiver und trockener als hier. Dad besaß Olivenhaine und Weinberge, in denen wir stundenlang Trauben ernteten. Wir wohnten in rustikalen Villen und tranken zu jeder Mahlzeit Wein. Das einfache Leben war himmlisch."

Livia zupfte sanft an einer seiner Locken. „Du hörst dich an, als ob du zurückgehen willst."

„Ich war nicht mehr da, seit meine Eltern gestorben sind. Ich habe darauf gewartet, dass du mitkommst. Wir können dort die Sommer verbringen, uns lieben und in den Hügeln der Toskana spazieren gehen. Florenz ist wunderschön. Oder wir können dabei zusehen, wie unsere Kinder dort herumtoben und spielen." Er blieb stehen und lachte leise. „Klingt es nicht surreal für dich, dass wir uns erst so kurz kennen und trotzdem schon von Kindern und der Zukunft sprechen?"

Livia schaffte es, sich ein Stück Käse zu sichern. Sie steckte es in ihren Mund und grinste. „Ich denke, das passiert in allen Beziehungen. Im Moment kann ich mir nicht vorstellen, so etwas mit jemand anderem zu tun."

Er küsste sie, so dass seine Lippen über ihre strichen. „Ich auch nicht."

Sie aßen zusammen und nahmen dann ein langes Bad in der Wanne. Livia lehnte sich an seine Brust, während er Muster in den Seifenschaum auf ihrem Körper zeichnete. „Nox?"

„Ja, Baby?"

„Denkst du, wir sind co-abhängig?"

Nox sah finster drein. „Nein. Was zum Teufel soll das heißen?"

„Es ist nur etwas, das Moriko gesagt hat."

Nox war eine Weile still. „Sie mag mich nicht."

„Doch." Livia setzte sich auf und drehte sich zu ihm um. „Sie mag dich, sie denkt nur ... nach allem, was vorgefallen ist ... Gott, ich weiß es nicht."

Er umfasste ihr Gesicht mit seiner Hand. „Das macht dir wirklich Sorgen, hm?"

Sie nickte. „Wir sind nicht im Guten auseinandergegangen, aber ich weiß nicht, wie ich es wieder in Ordnung bringen soll. Sie möchte, dass ich mit dir Schluss mache, und das werde ich ganz sicher nicht tun."

„Hat sie das wirklich gesagt?" Nox wich ein wenig zurück und wirkte verletzt.

Livia nickte und sah ihn traurig an. „Sie hat Angst, dass mich jemand wegen unserer Beziehung umbringen könnte."

Nox seufzte. „Nun, ich kann es ihr nicht verdenken. Das ist etwas, mit dem ich jeden Tag ringe. Ich darf dir das alles nicht aufbürden ..."

Livia schüttelte den Kopf. „Glaube bloß nicht, dass du dafür verantwortlich bist. Ich wünschte nur, wir wüssten, wer der Angreifer war und warum das passiert ist. Nox ... Ich denke, wir sollten selbst Nachforschungen anstellen. Es ist nur ein Gefühl und ich weiß nicht, woher es kommt, aber ich habe den Eindruck, dass es Aspekte an Ariels Mord und dem Tod deiner Familie gibt, die direkt vor uns liegen, und doch können wir sie nicht sehen. Alle sagten, sie könnten nicht glauben, dass dein Vater sich gegen seine Familie wenden würde ... nun, das glaube ich auch nicht. Obwohl ich ihn nie getroffen habe, kann jemand, der einen Mann wie dich großgezogen hat, nicht schlecht sein."

Nox' Augen wurden weich. „Ich liebe dich dafür, dass du das sagst."

„Aber denkst du auch so?"

Langsam nickte er. „Ja. Das habe ich immer getan, ich hatte nur nie jemanden, der hinter mir stand. Ich hatte dich nicht. Ich glaube, wir waren dazu bestimmt, uns zu treffen, Livvy, nicht nur, weil wir uns verliebt haben, sondern weil wir dazu ausersehen sind, uns gegenseitig zu heilen. Verdammt", fügte er grinsend hinzu, „das war kitschig. Vielleicht sind wir tatsächlich co-abhängig."

Livia lachte und küsste ihn. „Ja, lass es uns nicht übertreiben. Alles, was ich sage, ist ... Lass uns proaktiv sein und alles – und jeden, der dahinterstecken könnte – unter die Lupe nehmen. Denn eines ist sicher ..."

„Was?"

Ihr Lächeln verblasste, aber sie sah ihn fest an. „Es ist jemand, den wir kennen."

Mit sinkendem Herzen nickte Nox. „Ich weiß. Ich weiß, dass es so ist."

KAPITEL ZWEIUNDZWANZIG

Zwei Tage bevor sie an den geheimen Ort fliegen sollten, wohin Nox Livia zu Weihnachten einlud, musste diese bei ihrem Semesterkonzert auftreten. Sie saß umgeben von ihren Kommilitonen in der Garderobe, wo sie sich fertig machten, und ihr war schlecht. Charvi hatte entschieden, dass Livia die Show mit ihrer neuen Komposition beenden sollte, und schlimmer noch, jeder ihrer Freunde würde dabei sein, um zuzusehen ... außer Moriko.

„Ich muss arbeiten", hatte Moriko sich telefonisch bei ihr entschuldigt. „Marcel und ich wollten beide kommen, aber einer von uns muss hierbleiben. Er hat gewonnen. Tut mir leid, Livvy."

Livia hatte ihr versichert, dass es in Ordnung sei, aber sie wusste, dass Moriko sich freiwillig gemeldet hatte, im Restaurant zu bleiben. Die Dinge waren nicht mehr dieselben, seit sie sich zuletzt gesehen hatten.

Livia atmete tief ein und hörte die Musik aus dem Konzertsaal, die durch Lautsprecher in die Garderobe geleitet wurde. Als ein Student nach dem anderen aufgerufen wurde, leerte sich der Raum, bis Liv allein war. Da sie auf dem Campus waren, hatte sie Jason gebeten, draußen zu warten. Sie wollte nicht auch noch die zusätzliche

Aufmerksamkeit eines Bodyguards auf sich haben. Sie musste frei atmen können, um sich auf ihren Auftritt vorzubereiten.

In dem kleinen Badezimmer spritzte sie sich Wasser ins Gesicht und sah im Spiegel, wie bleich sie war – sie hatte die Nacht zuvor nicht gut geschlafen. Livia rieb über ihre Wangen, um etwas Farbe in sie zu bekommen, und hörte, wie die Tür der Garderobe aufging. Sie erwartete, dass einer der Bühnenarbeiter sie rufen würde, und war überrascht, als es still blieb. Schließlich ging sie zurück in den Raum.

Eine Hand presste sich auf ihr Gesicht, ein Arm schlang sich um ihre Taille und sie wurde auf den Boden geworfen. Da Livia keine Zeit zum Schreien hatte, trat sie ihren Angreifer. Nicht schon wieder, auf keinen Fall. Aber dieses Mal war er viel stärker, drückte seinen Unterarm gegen ihren Hals und nahm ihr die Luftzufuhr.

Entsetzt spürte Livia, wie er ihr Kleid hochschob und an ihrem Höschen zerrte. Oh Gott, bitte nicht ...

Sie trat wieder zu und ihr war schwindelig durch den Sauerstoffmangel, aber sie wollte ihn unbedingt von sich fernhalten. Er rammte seine geballte Faust in ihren Bauch und sie keuchte und krümmte sich vor Schmerzen. Dann zerriss er ihr Höschen und zwang ihre Beine auseinander.

„Nein, bitte, bitte nicht ...“ Ihre Stimme war gebrochen und kaum ein Flüstern, trotz der Tatsache, dass sie in ihrem Kopf schrie. Sie spürte, wie er sie berührte, aber zu ihrer großen Erleichterung versuchte er nicht, sie zu vergewaltigen, sondern onanierte. Er grunzte und sie stöhnte entsetzt, als sie fühlen konnte, wie sein Sperma ihre Haut bedeckte. Dann war ein Messer in seiner Hand und drückte sich gegen ihre Kehle.

„Wenn du jemandem davon erzählst, werde ich alle töten. Nox, Amber, Sandor und deine hübsche kleine asiatische Freundin. Ich werde zu dir zurückkommen, Livia, vergiss das nicht. Das nächste Mal, wenn du mich siehst, wird das hier“, er hielt das Messer hoch, „so tief in dir vergraben sein wie damals in dieser Hure Ariel.“

Dann war er weg. Der ganze Angriff hatte weniger als drei Minuten gedauert. Livia lag einige Sekunden geschockt da, bevor sie sich aufrichtete und ihre Kleidung zurecht zog. Sie fühlte sich wie betäubt, als sie sich wieder auf den Stuhl setzte und den Rock ihres Kleides glattstrich. Sie konnte nicht einmal weinen.

Es klopfte an der Tür und Jim, einer der Bühnenarbeiter, steckte seinen Kopf hinein und strahlte sie an. „Hey, Livvy, in zwei Minuten bist du dran."

„Danke, Jim."

Er bemerkte nicht, dass ihre Stimme schwach und brüchig war. Livia blinzelte ein paar Mal und bewegte sich dann wie auf Autopilot durch die Korridore. Ihre Ohren rauschten, ihr Körper zitterte und ihr war kälter als je zuvor in ihrem Leben. Sie hörte es kaum, als sie angekündigt wurde und begleitet von Applaus und dem Jubel ihrer Freunde die Bühne betrat.

Instinktiv durchsuchten ihre Augen den Raum, bis sie Nox sah – sie wünschte sich sofort, sie hätte es nicht getan. Sie wollte schreien, weinen und in seine Arme laufen. Er lächelte und jubelte ihr zu, doch als sie still dastand, sah sie, wie sich sein Gesichtsausdruck in Besorgnis verwandelte. Das Publikum hatte aufgehört zu applaudieren und fragte sich murmelnd, was vor sich ging.

Nox wollte aufstehen, aber Livia schüttelte den Kopf und setzte sich ans Klavier. Sie schloss die Augen und atmete tief durch. Dann begann sie zu spielen. Ihre Finger bewegten sich über die Tasten in einer langsameren Version ihrer Komposition, die all ihren Schrecken, ihre Angst und ihren Schmerz enthielt. Sie hatte kein Bewusstsein für das Publikum oder irgendjemand anderen, während sie spielte. Sie wollte nur einen Menschen erreichen und ihn wissen lassen, wie sehr sie ihn liebte und brauchte.

Livia spielte fast eine Stunde lang und bewältigte mühelos das ganze Stück. Ihre Finger und ihr Rücken schmerzten, als sie fertig war und still dasaß.

Das Publikum brach in tosenden Applaus aus, der Livia aus ihren Träumereien riss. Zitternd stand sie auf, ging zum Mikrofon an der Vorderseite der Bühne, öffnete den Mund, um etwas zu sagen ... und wurde ohnmächtig.

KAPITEL DREIUNDZWANZIG

Nox sah zu Livia hinüber, als sie über den Atlantik nach Europa flogen. Sie hatte seit dem Angriff bei dem Konzert kaum ein Wort gesagt. Nachdem sie zusammengebrochen war, war er der Erste gewesen, der über die Sitze geklettert war, um zu ihr zu gelangen. Charvi, Amber und Sandor hatten geschockt zugeschaut, wie er Livia von der Bühne in die Garderobe getragen hatte. Sie war in seinen Armen erwacht und hatte geschrien, als sie sah, wo sie waren. Er hatte sich umgesehen und Anzeichen eines Kampfes, ihr zerrissenes Höschen und ihre Tränen gesehen und gewusst, was passiert war.

Im Krankenhaus wurde sie untersucht, obwohl sie den Ärzten sagte, dass ihr Angreifer nicht in sie eingedrungen war. „Es war trotzdem ein schwerer sexueller Übergriff, Ms. Chatelaine. Wir kümmern uns um Sie."

Nox bestand darauf, dass sie die Untersuchung zuließ, und dann kam die Polizei. Eine freundliche Polizistin nahm ihre Aussage auf. „Die Untersuchung hat gezeigt, dass er auf Sie ejakuliert hat, so leid es mir auch tut, das zu sagen, also müssen wir Sie um eine DNA-Probe bitten. Und Mr. Renaud auch."

„Natürlich", sagte Nox ruhig, „wenn es hilft."

Livia wollte nicht über Nacht im Krankenhaus bleiben. Nox

brachte sie nach Hause, legte sie aufs Bett und ließ sich neben ihr nieder. Er streichelte ihr Gesicht. „Wenn du willst, dass ich heute Nacht woanders schlafe", sagte er sanft, „bin ich nicht beleidigt. Was auch immer du brauchst, Baby, sag es einfach."

Livia sah ihn an. „Bitte halte mich fest, Nox. Mir ist so kalt."

Sofort schlang er seine Arme um sie. Keiner von ihnen schlief. „Willst du, dass ich unsere Urlaubspläne storniere? Wir können etwas anderes machen."

„Nein", sagte sie schnell, „ich möchte weit weg. Ganz weit weg, Nox."

„Ist Europa weit genug weg?"

Sie lächelte halb. „Europa, hm?" Er fühlte, wie sich ihr Körper entspannte. „Ja, das ist perfekt."

Er presste seine Lippen auf ihre Stirn. „Willst du, dass ich dir sage, wohin genau wir fliegen?"

„Nein, das soll eine Überraschung bleiben."

Er musterte ihr Gesicht. Ihre Augen wirkten immer noch verängstigt. „Es tut mir so leid, dass dir das passiert ist, Baby. Ich würde alles tun, um die Zeit zurückzudrehen und es zu verhindern. Ich schwöre, an dem Tag, an dem wir herausfinden, wer es war ..."

Livia schüttelte den Kopf. „Bitte nicht. Lass dich nicht auf sein Niveau herab."

Sie hatte ihm noch nicht alles erzählt, was sie der Polizei gesagt hatte. „Was verschweigst du mir? Was hat er zu dir gesagt?"

Livia zögerte einen langen Moment. „Dass er mich töten wird, wenn er mich das nächste Mal sieht. Wie Ariel."

„Jesus." Nox schloss die Augen und holte tief Luft. „Du wirst Jason künftig immer bei dir haben und die Spätschicht im Restaurant nicht mehr übernehmen. Liv, bitte ... denk darüber nach, dir längere Zeit freizunehmen. Wir könnten in Europa bleiben, so lange es dauert, das Arschloch zu fassen. Ich will, dass du in Sicherheit bist."

„Ich werde meinen Job im Restaurant kündigen. Marcel kann nichts mit mir anfangen, wenn ich mich jedes Mal, wenn ein Fremder kommt, panisch benehme. Ich denke, er rechnet ohnehin damit. Aber

erst nach Neujahr. Ich will ihn nicht in der geschäftigen Vorweihnachtszeit im Stich lassen."

Nox' Mund bildete eine dünne Linie. „Einverstanden – wenn du
zusätzlichen Schutzmaßnahmen zustimmst. Ich werde dafür sorgen,
dass Marcel für mögliche Umsatzeinbußen entschädigt wird und
Wachen im Restaurant postieren. Niemand wird dir Schaden zufügen
können. Aber danach ... ich weiß, es ist viel verlangt, aber ich will
einfach nur, dass du in Sicherheit bist."

Livia versuchte zu lächeln. „Dabei wollte ich immer eine unabhängige Frau sein ..."

„Momentan ist das Wichtigste, dass dir nichts passiert und du am
Leben bleibst. Wenn wir diesen Kerl erwischt haben, kannst du die ganze
Welt haben. Bis dahin wäre es ziemlich unklug, so exponiert zu sein."

Jetzt, zwei Tage später, waren sie endlich auf dem Weg nach Europa.
Livia sah gesünder aus, zumindest etwas, aber sie war stiller als sonst.
Er setzte sich neben sie und nahm ihre Hand. Sie drehte sich um und
lächelte ihn an. „Hey."

Er beugte sich vor, um sie zu küssen, und spürte, wie sich ihre
Lippen auf seinen bewegten. „Ich liebe dich."

Sie vergrub ihre Finger in seinen Locken. „Lass uns diesen Urlaub
nutzen, um die Schrecken der Vergangenheit zu vergessen und uns
ganz auf uns beide zu konzentrieren. Auf Romantik und Liebe."

Nox sah etwas überrascht aus. „Schatz, wenn du dich im Moment
mit Sex unwohl fühlst, müssen wir das nicht tun."

Sie küsste ihn leidenschaftlich. „Nox Renaud, du fickst mich in
diesem Urlaub besser ordentlich, denn das ist, was ich mit dir tun will."

Er lachte verblüfft. „Nun, dann haben wir eine Abmachung." Wenn
sie das wollte – oder dachte, dass sie es wollen könnte –, warum sollte
er widersprechen? Aber Nox wusste, wenn sie in Panik geraten sollte,
würde er für sie da sein, was auch immer sie von ihm brauchte.
Verdammt, wenn sie einfach nur wütend werden und sich an jemandem
abreagieren wollte, würde er es ihr nicht verdenken können.

. . .

Er konnte sie davon ablenken, noch mehr zu grübeln, als sie Europa erreichten. Sie flogen über Frankreich und Deutschland, bevor er endlich nachgab und ihr den Zielort verriet. „Wien. Oder eher eine kleine Skihütte direkt davor. Ich dachte, du würdest das musikalische Erbe der Stadt lieben."

Livia sah begeistert aus. „Im Ernst? Mein Gott, Nox, du hättest nicht besser wählen können."

„Eigentlich hast du Wien ausgewählt. Erinnerst du dich?"

Livia blinzelte ihn an. „Bist du sicher?"

„Ich schwöre es. Dein Finger ist auf Österreich gelandet ... beziehungsweise in der Nähe."

Livia musste über seinen schelmischen Gesichtsausdruck kichern. „Was bedeutet in der Nähe? Wo war mein Finger wirklich?"

Nox zuckte mit den Schultern. „Irgendwo in Kaschmir."

Livia lachte und setzte sich auf seinen Schoß. „Du bist verdammt verschlagen." Sie kicherte, als er ihre Schultern küsste. „Verrückter Junge."

Nox grinste sie an. „Ich bin also dein Junge? Und du?"

„Ich bin dein Mädchen. Für immer."

Die abgelegene Skihütte auf halber Höhe eines Berges war bereits warm bei ihrer Ankunft. Livia trat mit offenem Mund ein. „Das ist großartig, Nox. Einfach wunderschön." Sie schlüpfte schnell aus ihrem Mantel, denn ein Feuer brannte im Kamin. Livia grinste Nox an. „Hast du deine Weihnachtselfen vor unserer Ankunft herbeordert?"

„So ähnlich." Er lachte und streckte seine Hand aus. „Komm mit. Ich habe noch mehr Überraschungen für dich."

In der Küche zeigte er ihr den Kühlschrank, der mit allen möglichen Speisen gefüllt und bereit für das Weihnachtsfest war. „Und wir haben eine Speisekammer voller Köstlichkeiten aus Zucker, Butter und chemischen Zusatzstoffen", sagte Nox gespielt ernst, um Livia zum Lachen zu bringen.

Sie grinste. „Gut gemacht."

„Und jetzt das Schlafzimmer." Er führte sie den Flur entlang und stieß eine Tür auf, hinter der sich ein ganz in Weiß gehaltenes Zimmer mit einem riesigen Bett in der Mitte und einem Panoramafenster mit Blick auf die Berge verbarg. „Vom Wohnzimmer aus kann man nachts die erleuchtete Stadt sehen."

„Das ist himmlisch", schwärmte Livia und nickte dann zu einer Schachtel auf dem Bett. „Was ist das?"

Nox grinste etwas verlegen. „Ich war nach allem, was passiert ist, nicht sicher, ob es angemessen ist, aber ich denke, du wirst es genießen. Mach auf."

Livia zog den Deckel der Schachtel und eine Schicht Seidenpapier beiseite. Dann fing sie an zu lachen. „Oh, sexy."

In der Schachtel befand sich ein geschmeidiges Ledergeschirr mit cremefarbenen braunen Riemen, die sich auf ihrer blassen Haut überkreuzen und ihren Körper umschließen würden. Eine Reitgerte, Dildos, Gleitmittel und samtene Fesseln befanden sich ebenfalls unter den vielen Sexspielzeugen, die Nox besorgt hatte.

Er grinste. „Ich war einkaufen."

„Das sehe ich." Livia nahm das Ledergeschirr und hielt es an ihren Körper. Sie konnte sehen, dass es perfekt passen würde. „Himmel, Nox, schon allein der Anblick dieser Sachen macht mich geil."

Nox lachte. „Kannst du dir vorstellen, wie es war, das alles zu kaufen? Ich habe es natürlich online gemacht, weil ich …"

„Feigling." Sie lachten beide und Nox wickelte eine ihrer Haarsträhnen um seinen Finger und zog sie zu sich.

„In der Stadt gibt es einen sehr bekannten und gut sortierten Erotikladen. Einer der besten in Europa. Ich dachte, wenn wir noch etwas brauchen …"

Livia schlang ihre Arme um seinen Hals und fühlte sich zum ersten Mal seit langer Zeit absolut glücklich. Hier konnte sie so tun, als ob zu Hause nichts Schlimmes passiert wäre und der Rest der Welt nur eine Illusion war. „Nox Renaud, du machst mich so glücklich." Sie presste ihre Lippen auf seine. „Nun, lass uns duschen und etwas essen, dann planen wir unseren Urlaub. Willst du, dass ich heute Abend dieses wunderschöne Geschenk anprobiere?"

Nox grinste. „Eigentlich dachte ich, wir warten damit bis zum Weihnachtsabend."

„Da das morgen ist, bin ich damit einverstanden. Also nur normaler Sex heute Abend?"

„Oh, verdammt", sagte er und verdrehte die Augen, „wenn es sein muss." Er kitzelte sie, bis ihr vor Lachen die Tränen kamen. Dann nahmen sie ein langes Bad zusammen.

Livia schamponierte Nox' dunkle Locken, die in letzter Zeit noch wilder geworden waren, und betrachtete sein hübsches Gesicht. „Weißt du, man sieht uns als Paar gar nicht an, dass zwölf Jahre zwischen uns liegen. Du wirkst so viel jünger, als du tatsächlich bist."

Nox verzog das Gesicht, und sie lachte, bevor sie ihm Wasser über den Kopf goss.

Er seufzte. „Weißt du, niemand hat das für mich getan, seit ich ein Kind war. Meine Mutter hat immer für mich gesungen, während sie mir die Haare gewaschen hat."

„Das ist süß. Jedes Mal, wenn ich Fotos von ihr sehe, kann ich dich in ihren Gesichtszügen erkennen. Deinem Vater siehst du weniger ähnlich."

„Ja, das haben immer alle gesagt."

Sie genossen ein kleines Abendessen und setzten sich an das große Panoramafenster mit Blick auf die erleuchtete Stadt. „Es ist so friedlich hier und so gemütlich."

„Solange es keine Lawine gibt", sagte Nox grinsend und sie war sofort alarmiert. „Entspann dich, ich mache nur Witze." Er nahm ihre Hand. „Ich liebe dich, Livia Chatelaine."

Sie strahlte ihn an. „Ich liebe dich auch, reicher Junge."

Er lachte. „Weißt du, wenn du mich heiraten würdest, wäre es auch dein Geld."

Livia erstarrte. „Was?"

Nox grinste halb. „Denk darüber nach."

Livia schluckte schwer. „Ich würde dich nicht für dein Geld heiraten, Nox."

„Das weiß ich doch."

Es war lange still. „Nox ... es sind erst drei Monate."

„Deshalb stelle ich die Frage noch nicht", sagte er leichthin, aber sie konnte die Tiefe seiner Gefühle in seinen Augen sehen. „Aber täusche dich nicht, ich werde um deine Hand anhalten. Du bist die Liebe meines Lebens, Livia Chatelaine."

Tränen rannen aus ihren Augen. „Und du meine, Nox Renaud."

Er hob ihre linke Hand und küsste ihren Ringfinger. „Eines Tages. Schon bald."

Später, nachdem sie sich geliebt hatten, lag Nox mit dem Kopf auf ihrem Bauch, während seine Hände unter ihren Hüften waren. Livia hatte ihre Finger in sein Haar vergraben und strich mit ihrem Daumen sanft über sein Gesicht.

„Du bist so schön", sagte sie grinsend und er zog eine Grimasse und pustete in ihren Bauchnabel. Livia kicherte. Auf allen Vieren kletterte er auf dem Bett nach oben, bis ihre Gesichter gleichauf waren. Er biss zärtlich in ihre Unterlippe und küsste sie dann. Sie zog ihn auf sich, so dass sein ganzes Gewicht auf ihr war, und seufzte glücklich.

„Was denkst du?", fragte er und küsste ihren Hals und ihre Schultern.

„Ich denke, ich wünschte, ich könnte die letzten zwanzig Jahre für dich auslöschen und das hier für immer andauern lassen."

„Nun ..." Er rollte sich zur Seite. „Ich kann die letzten zwanzig Jahre nicht auslöschen, aber ich kann dir versprechen, dass es für immer so sein wird wie jetzt." Er grinste sie an und fuhr mit seiner Hand über ihren Körper, wobei er seine langen Finger über ihrem Bauch spreizte. Livia seufzte vor Glück und sah, wie sein Gesicht ernst wurde.

„Was ist?"

Er schaute weg. „Ich wünschte ... Ich wünschte, meine Familie hätte dich kennenlernen können. Meine Mutter, Teague ... sogar mein Vater. Liv, ich habe nachgedacht und kann nicht glauben, dass er meine Mutter und meinen Bruder getötet hat. Ich will, dass der Fall neu aufgerollt wird. Ich kannte meinen Vater. Das hat er unmöglich getan.

Ich glaube, er wurde ebenfalls ermordet und jemand hat versucht, ihn wie den Täter aussehen zu lassen."

Liv setzte sich auf und nickte angespornt von dem, was er sagte. „Gut. Nox, ich bin froh, dass du so denkst, weil ich es auch so sehe. Lass uns die Wahrheit herausfinden. Etwas sagt mir, dass es mit dem zusammenhängt, was gerade passiert."

„Er war ein guter Mann", sagte Nox leise und Livia nickte.

Sie presste ihren Mund auf seinen. „Das bist du auch. Der allerbeste."

Nox schüttelte den Kopf. „Nein, ich mache viel zu oft Fehler ..."

Sie ließ ihn nicht ausreden. „Jeder macht Fehler. Jeder hat seine Dämonen. Du bist nicht perfekt. Ich auch nicht. Das ist niemand. Aber du und ich zusammen, nun, wir haben definitiv Potenzial."

Sie setzte sich rittlings auf ihn und er grinste sie an.

„Oh, bist du jetzt der Boss?"

Sie lachte. „Ich bin jetzt dein Häuptling. Du darfst mich Häuptling Immer Einsatzbereit nennen."

„Ein schöner indianischer Name."

„Ich danke dir."

„Häuptling?"

„Ja?"

„Ich denke, das ist meine Friedenspfeife, die du da in der Hand hältst."

„Ach ja?"

„Oh ja ..."

Es war später Abend, als das Seniorenheim Sandor kontaktierte, um ihm zu sagen, dass sein Vater gestorben war. Sandor hörte schweigend zu und bedankte sich bei der Krankenschwester. „Ich werde die Beerdigung arrangieren", sagte er so stoisch wie immer, aber als er auflegte, spürte er eine Veränderung in sich. Verdammt, Dad, hättest du nicht bis nach Weihnachten warten können?

Er fühlte sich sofort schlecht. Er hatte gewusst, dass sein Vater nicht mehr lange durchhalten würde, aber es war dennoch ein Schock. Seine letzte verbleibende Familie. Scheiße.

Sein Handy klingelte erneut und er sah, dass Odelle anrief. „Hi,

Odie, was ist los?"

„Es geht um Roan. Die Polizei hat mich gerade angerufen, weil Nox und Livia nicht in der Stadt sind. Das Sperma, das Livvys Angreifer hinterlassen hat, und Roans DNA stimmen überein. Zur Hölle mit diesem Mann, Sandor. Es tut mir leid, dich damit zu belästigen, aber ich wusste nicht, was ich tun soll."

„Es ist okay, Odie. Wo ist Roan jetzt?"

„Ich weiß es nicht. Er war den ganzen Tag weg. Fast hätte ich Amber angerufen, um zu fragen, ob er bei ihr ist, aber dann dachte ich, ich würde sie nur wieder anbrüllen, also ..."

„Ich verstehe. Wir können uns treffen und reden. Bist du zu Hause?"

„Ja."

„Ich komme zu dir und wir überlegen uns, was zu tun ist."

Er legte auf und seufzte, da er überhaupt nicht überrascht darüber war, dass Roans DNA auf Livia gefunden worden war. Er fragte sich, wie er ihr und Nox die Neuigkeiten mitteilen sollte, aber er wollte ihren Urlaub nicht unterbrechen. Stattdessen rief er Amber an und erreichte ihre Mailbox. „Wenn du weißt, wo Roan ist, Amber, sag es mir jetzt. Das alles ist schon viel zu weit gegangen. Ruf mich zurück."

KAPITEL VIERUNDZWANZIG

Am Weihnachtsmorgen briet Nox Rühreier zum Frühstück und nippte an seinem Kaffee, während er in die verschneite Landschaft blickte. Er hörte, wie die Dusche lief, und ein paar Minuten später tauchte Livia mit feuchten Haaren in einem dünnen weißen Morgenmantel auf. Nox lächelte sie an.

„Mein Gott, was für ein schöner Anblick. Frohe Weihnachten, Baby."

Sie stellte sich auf die Zehenspitzen, um seinen Mund zu küssen. „Frohe Weihnachten, schöner Mann."

„Hast du Hunger?"

„Und wie."

Sie frühstückten und als sie sich die Zähne putzten, sah er sie vor sich hin grinsen. „Was bedeutet dieses freche Lächeln?"

Sie wandte sich zu ihm. „Willst du dein Weihnachtsgeschenk jetzt schon öffnen?" Sie nickte zum Gürtel ihres Morgenmantels und grinste noch breiter. Er hakte einen Finger ein und zog daran, so dass ihr Mantel sich öffnete.

Darunter trug sie das Ledergeschirr, das er ihr gekauft hatte. Die Riemen kreuzten sich über ihren Brüsten und ihrem Bauch, bevor sie zwischen ihren Beinen verschwanden. Nox spürte, wie sein Schwanz sofort hart wurde.

„Mein Gott ...“ Seine Stimme zitterte und Livia ließ den Morgenmantel von ihren Schultern gleiten, um dann seine Hand zu ergreifen. „Lass uns spielen, Baby.“

Als er ihr ins Schlafzimmer folgte, bewunderte er ihre perfekt gerundeten Pobacken, die Grübchen dort und die zarte, makellose Haut. Sein Schwanz drückte sich schmerzhaft gegen seine Leinenhose und Livia umfasste ihn mit ihrer Hand. „Ist das alles für mich?“ Sie sah unter ihren langen Wimpern zu ihm auf und ihr Mund öffnete sich leicht. Nox gab ein Knurren von sich.

„Jeder Zentimeter. Ich werde dich so hart ficken, mein hübsches Mädchen.“

Livia kicherte, als er sie in seine Arme nahm und auf das Bett legte. Er zog eine Spur von Küssen von ihrem Hals zu ihren Brüsten, saugte an jeder Brustwarze, bis sie steinhart war, und erkundete dann ihren Bauchnabel mit seiner Zunge. Livia wand sich unter ihm mit offensichtlicher Lust und als seine Zunge endlich ihre Klitoris fand, sah Nox, wie ihr Geschlecht anschwoll und bereit war, von ihm auf jede erdenkliche Weise gefickt zu werden. Er fühlte sich wie der mächtigste Mann der Welt. Um ihr Vergnügen zu verlängern, brachte er sie nur fast zum Orgasmus und trat dann zurück, um sich auszuziehen.

Livia beobachtete ihn mit Begierde in ihren Augen und einem kleinen Lächeln auf ihren Lippen. Nox zog sich langsam aus, dann griff er in die Schachtel und schob einen Penisring um die Basis seines bereits erigierten Schafts. „Willst du das?“, sagte er zu ihr, während er die Wurzel packte, und sie nickte.

„Ich will dich schmecken.“

Nox grinste. „Bald, meine Schöne. Zuerst ... lass mich dich fesseln und sehen, wie dir die Gerte gefällt.“

Livia stöhnte leise. Sie war unheimlich erregt und spreizte ihre Beine, damit er sehen konnte, wie sehr sie ihn wollte. „Ich begehre dich so sehr.“

Nox lächelte. „Erinnerst du dich an unser erstes Date? Als wir über Vorfreude gesprochen haben? Gut ...“

Er fixierte ihre Hände und Füße an den Bettpfosten. Dann griff er nach einer Tube mit Gleitmittel und rieb etwas davon auf ihr Geschlecht. „Kannst du das Kribbeln fühlen?"

Livia nickte. „Himmel, das fühlt sich so gut an."

Er nahm die Reitgerte aus der Schachtel. „Sollen wir es versuchen? Wo würde es dir gefallen?"

„Brüste und Bauch", sagte sie atemlos und schrie vor Schmerz und Erregung, als er die Gerte auf ihren Bauch sausen ließ und ein roter Striemen zurückblieb.

„Magst du das?"

„Mehr, bitte, Baby, mehr ..." Ihr Rücken wölbte sich, als er sie wieder schlug und die Gerte ein Kreuz auf ihre weiche Haut zeichnete. Es erregte ihn ebenso, aber er hielt sich zurück, obwohl sein Schwanz pulsierte und sich danach sehnte, in ihr zu sein. Er schnappte sich einen Dildo, verteilte Gleitmittel darauf und tauchte ihn in ihr Zentrum, bis sie keuchte. Er küsste sie leidenschaftlich, während er sie mit dem Dildo fickte. Dann, als er nicht mehr länger warten konnte, rammte er seinen Schwanz tief in sie und hob ihre Hüften mit seinen starken Armen an, während er sie zur Ekstase brachte.

„Gehörst du mir?", fragte er und blickte ihr in die Augen. Livia nickte. Ihr Gesicht war entzückend rot.

„Für alle Zeit", keuchte sie und schrie auf, als sie kam und ihr Körper zitterte. Nox vergrub sein Gesicht an ihrem Nacken, als er dickes, cremiges Sperma tief in ihren Bauch pumpte.

„Gott, ich liebe dich, Livia ... so sehr, so sehr ..."

Sie sanken atemlos und zufrieden auf die Matratze und Nox befreite sie von ihren Fesseln. „Wow", hauchte Livia, „das ist definitiv eine besondere Art, Weihnachten zu feiern."

Nox lachte. „Das ist wahrscheinlich ziemlich zahm verglichen mit dem, was wir tun könnten."

„Wir haben viel Zeit." Livia rollte sich auf die Seite, legte ein Bein über seinen Körper und kuschelte sich an seine Brust. Sie lagen in wohlwollendem Schweigen nebeneinander, während sie wieder zu Atem kamen und sich hin und wieder sanft küssten. Nox blickte auf sie hinab.

„Ich kann mir mein Leben nicht mehr ohne dich vorstellen, Liv. Es würde einfach keinen Sinn ergeben."

„Ich empfinde genauso. Seltsam, wenn man an die Zufälle denkt, die uns hierhergebracht haben. Ich frage mich, was wäre, wenn du dich nicht dafür entschieden hättest, deine Halloween-Party von Marcel ausrichten zu lassen. Oder wenn ich nach Seattle anstatt nach New Orleans gezogen wäre."

Nox sah überrascht aus. „Du hast Seattle noch nie zuvor erwähnt."

Livia lächelte. „Es war die andere Option. Moriko und ich hatten noch eine Zimmergenossin, Juno, und sie stammte aus Washington. Du würdest sie und ihre Familie mögen. Es war ein Kopf-an-Kopf-Rennen zwischen Seattle und New Orleans. Schließlich hat New Orleans gewonnen."

„Warum?"

Livia lachte leise. „Es war weiter weg von meinem Vater."

„Ich verstehe." Seine Arme schlossen sich um sie. „Du redest nicht viel über ihn."

„Es gibt nicht viel zu sagen. Er ist ein Arschloch, das sich nie um mich oder Mom gekümmert hat, und sobald ich ihm entkommen konnte, tat ich es. Ich hatte mehrere Jobs gleichzeitig, um das Grundstudium bezahlen zu können, aber glaub mir, es war jede verlorene Stunde Schlaf wert."

Nox strich mit den Händen über ihr Gesicht. „Habe ich dir jemals gesagt, dass du meine Heldin bist?"

Liv grinste. „Hey, meine Geschichte ist nicht ungewöhnlich. So viele Menschen haben keinen Zugang zum College, obwohl sie viel Potenzial haben. Wir hatten ein paar Leute in unserer Klasse, die – und ich übertreibe nicht – Weltklasse-Musiker hätten werden können. Sie mussten ihr Studium abbrechen, weil sie sich nicht einmal mehr etwas zu essen leisten konnten, auch wenn sie zwei oder drei Jobs hatten. Es war tragisch."

Eine Idee entstand in Nox' Kopf. „Weißt du ... wir könnten etwas dagegen unternehmen."

Liv grinste ihn an. „Dein Blick sagt mir, dass du die Welt retten willst. Erzähle mir mehr."

„Eine gemeinnützige Stiftung – in deinem Namen – um Studenten mit musikalischem Talent zu unterstützen, die selbst keine Möglichkeit haben, ihre Ausbildung zu finanzieren."

Nox sah, wie sich Livs Augen mit Tränen füllten. „Nox ... ich bin sprachlos. Können wir das schaffen?"

„Mit deiner Hilfe? Bestimmt. Vielleicht können wir Charvi und einige Professoren aus der Musikabteilung dazu bringen, uns zu helfen. Wäre das in deinem Interesse?"

„Auf jeden Fall! Aber ich habe einen Vorschlag."

„Und der wäre?"

Sie berührte sein Gesicht. „Wir sollten es im Namen deiner Mutter tun. Wie klingt Gabriella-Renaud-Stiftung?"

Nox spürte, wie seine Kehle sich verengte. „Sie hätte das geliebt. Und ich liebe dich für diesen Vorschlag."

Livia lächelte und küsste ihn sanft. „Aber zuerst müssen wir uns um die Probleme zu Hause kümmern, Nox. Dann können wir uns angenehmeren Dingen widmen."

„Das sehe ich auch so."

Liv setzte sich auf. „Wir sollten anfangen, einen Plan zu machen, wie wir damit umgehen."

Nox lachte und zog sie wieder in seine Arme. „Nach unserem Urlaub", sagte er fest. „Bis dahin ... ist unsere Zweisamkeit alles, was zählt."

Roan Saintmarc vergrub seinen Kopf in seinen Händen. Er hatte gehört, wie Odelle den Anruf, der seine Verdammnis war, entgegennahm, und wusste, dass die Polizei ihn bald verhaften würde, weil er angeblich Livia angegriffen und Pia getötet hatte. Er war ein toter Mann. Er verließ Odelles Penthouse mit leeren Händen.

Dann hob er so viel Geld von seinem Girokonto ab, wie er konnte, und nachdem er hin und her überlegt hatte, ging er zu Nox' Herrenhaus und brach in den Keller ein. Er wusste, dass Nox und Livia weg waren und das Haus leer stand. Er wusste auch, dass er in Nox' Weinkeller unterkommen konnte, wo er wenigstens Essen, Trinken und Obdach hatte. Es dauerte nicht lange, bis er darin eingebrochen war. Er und Nox hatten den versteckten Eingang im Garten gefunden, als sie

Kinder waren. Er hatte sein Handy in der Stadt weggeworfen und mit seiner Kreditkarte ein Busticket gekauft, um die Polizei von seiner Spur abzubringen. Hoffentlich würden sie denken, dass er schon lange weg war.

Im Weinkeller warf er seine Tasche auf den Boden. Meine Güte, er hatte vergessen, wie verdammt kalt es hier unten im Winter war. Kalt und dunkel ... er griff nach einer weiteren Taschenlampe, aber gerade als er sie anmachen wollte, hörte er Schritte hinter sich. Als er herumwirbelte, nahm er die Gestalt eines anderen Menschen wahr, kurz bevor etwas Schweres seinen Kopf traf und alles um ihn herum schwarz wurde.

KAPITEL FÜNFUNDZWANZIG

In der letzten Nacht ihres Urlaubs – ihres glückseligen, entspannten, sinnlichen Urlaubs – nahmen Nox und Livia ein Bad in der riesigen Wanne. Das Fenster bot einen Ausblick auf die verschneite Winterlandschaft und sie hatten ein paar Kerzen angezündet, um den Raum noch romantischer zu machen. Livia wusste nicht, wie dieser Urlaub, dieser Ort, dieser Mann überhaupt noch romantischer sein könnten, aber die Kerzen waren eine nette Geste. Sie küsste Nox' Schläfe. „Können wir für immer hierbleiben?"

Nox lachte. „Das wäre schön, nicht wahr? Aber ich denke, irgendwann würde dir langweilig werden. Außerdem ist es gut, einen Ort zu haben, wo wir dem Stress entfliehen können. Einen sicheren Zufluchtsort, wenn es gerade schlecht läuft."

Livia streichelte seinen Oberkörper, während er seinen Kopf auf ihre Brüste legte. „Apropos ..."

„Ja?"

„Morgen geht es zurück in die reale Welt."

Nox stöhnte gequält.

Livia lachte. „Aber wir haben jetzt ein Ziel, Baby. Wir werden endlich mit der Vergangenheit abschließen, so schmerzhaft es auch sein mag. Ich bin bei dir."

Nox schlang seine Finger durch ihre. „Ohne dich könnte ich es nicht."

„Weißt du, was mich überrascht?"

„Was?"

„Dass keiner deiner Freunde es jemals vorgeschlagen hat – den Fall noch einmal aufzurollen und zu sehen, ob es eine Verbindung zwischen Ariels Ermordung und dem, was mit deiner Familie passiert ist, gibt. Wenn es so ist, stehst du im Zentrum davon. Wie kommt es, dass Sandor, Roan oder Amber nie zu dir gesagt haben: Komm, lass uns herausfinden, was hier wirklich los ist?" Sie seufzte und lehnte ihren Kopf gegen seinen. „Vielleicht dachten sie, sie würden dich beschützen."

„Könnte sein."

„Es ist schade, dass Sandors Vater kein Licht auf das werfen konnte, was mit deinem Vater los war. Ich weiß, dass sie sich nahestanden."

Nox sah überrascht aus. „Sie waren Geschäftspartner, aber ich würde nicht sagen, dass sie sich nahestanden. Dad hatte einen seltsamen Beschützerinstinkt, was Sandor betraf, so als wollte er ihn vor den Dingen bewahren, die Sandors Vater tat. Was für Dinge das waren, weiß ich nicht."

„Das klingt kompliziert."

„Nun, deshalb haben wir alles so lange ruhen lassen. Zu viele Fragen, nicht genug Antworten."

„War Sandors Vater ein böser Mann? Ich meine, ist er ein böser Mann?"

Nox dachte nach. „Er ist niemand, mit dem ich gerne Zeit verbringen würde."

„In Sandors Fall ist der Apfel wohl weit vom Stamm gefallen."

Nox nickte. „Sehr weit. Sandor ist einer der besten Männer, die ich kenne."

Sie lächelte liebevoll, zog ihn zu sich zurück, küsste seinen Kopf und strich mit ihren Händen über seine Brust.

„Du magst jeden."

Er lachte. „Ja." Er drehte sich zu ihr um.

„Dich mag ich am liebsten." Er zog sie zu sich und während seine
eine Hand das feuchte Haar von ihrem Nacken schob, schlüpfte die
andere zwischen ihre Beine. Sie seufzte bei der Berührung, als er sein
Gesicht an ihrem Nacken vergrub. Er zog den Stöpsel und während das
Wasser abfloss, liebten sie sich eng umschlungen, bis sie beide
erschöpft, lachend und mit erhitzten Körpern in der leeren Wanne
lagen.

Später, als Livia schlief, dachte Nox darüber nach, was sie gesagt hatte.
Ja, es würde kompliziert werden. Damals, als seine Familie gestorben
war, war DNA-Profiling keine große Sache gewesen, aber jetzt fragte
er sich, ob es irgendwie helfen würde. Konnte er seine Familie exhu-
mieren und die Skelette testen lassen? Was würde das beweisen? Gott,
es war so verwirrend, aber er wusste einfach, dass etwas an dem akzep-
tierten Tathergang nicht stimmte. Erst jetzt hatte er den Mut gefunden
anzuerkennen, dass er nicht glaubte, dass sein Vater seine Mutter und
seinen Bruder getötet hatte. So etwas hätte der Mann, bei dem er
aufgewachsen war, nicht getan. Nicht einmal eine Psychose war glaub-
haft. Tynan Renaud war kein Mann gewesen, der deprimiert war – er
hatte immer für jedes Problem eine Lösung gefunden. Nein. Er hätte
Gabriella nicht getötet ... Nox' Mutter war Tynans große Liebe gewesen, so wie Livia Nox' große Liebe war. Einen schrecklichen Moment
stellte er sich vor, wie er Livia in den Bauch schoss und beobachtete,
wie sie einen langsamen, qualvollen Tod starb.

„Gott, hör auf", murmelte er vor sich hin und rieb sich die Augen,
um das Bild zu vertreiben. Er musste sich auf den Anfang konzentrieren. Sein Vater, seine Mutter und sein Bruder waren erschossen
worden. Wer hätte seine Familie töten wollen? Jesus, er wusste, warum
die Polizei ihn stundenlang verhört hatte. Er erinnerte sich noch immer
an die unaufhörlichen Fragen.

Wen hast du dafür angeheuert, Nox?

Wolltest du dein Erbe so sehr?

Warum hast du es getan?

Es dämmerte ihm, dass selbst die Polizei Tynan Renaud nicht als

Mörder betrachtet hatte. Warum hatten sie nicht daran festgehalten, selbst nachdem Nox' Unschuld festgestanden hatte?

Jemand musste sie veranlasst haben, umzudenken. Ein Schock durchfuhr ihn. Gott, ja. Das musste es sein. Jemand hatte die Polizei bestochen. Es wäre nicht das erste Mal gewesen. Aber warum?

Er konnte Sandor zu seiner Erleichterung ausschließen. Sandor mochte inzwischen wegen seiner eigenen harten Arbeit reich sein, aber es war unmöglich, dass er sich damals die Summe hätte leisten können, die die Polizei erwarten würde. Was Roan, Amber und Odelle übrigließ. Odelle schloss er sofort aus – die Frau mochte ein wenig sonderbar sein, aber sie liebte Nox und seine Familie wirklich.

Er zuckte zusammen, als er an Amber und Roan dachte. Sie hatten sicherlich das Geld und den Einfluss ... aber warum sollten sie ...

Gott. Hatte Amber ihn für Ariels Tod verantwortlich gemacht und deswegen seine Familie getötet? Er schüttelte den Kopf. Auf keinen Fall hätte Amber dieses Geheimnis zwanzig Jahre lang bewahren können. Aber der Gedanke ließ ihn nicht los.

„Nox?"

Livia schaute schläfrig vom Bett auf, und er ging zu ihr und legte sich neben sie. Sie streichelte sein Gesicht. „Bist du in Ordnung?"

„Ja. Ich denke nur darüber nach, was wir vorhaben."

Livia lächelte verführerisch. „Sex?"

Nox lachte leise. „Ich meinte eigentlich unser kleines Detektivabenteuer, aber ich mag deine Idee fast lieber."

Er bewegte sich über sie, als sie sich auf den Rücken rollte und ihre Beine um ihn schlang. „Wir werden alles wieder in Ordnung bringen", sagte sie leise. „Das verspreche ich dir."

Und Nox glaubte ihr.

KAPITEL SECHSUNDZWANZIG

Marcel begrüßte sie mit einer herzlichen Umarmung, aber Livia bemerkte die Anspannung in seinen Augen. „Alles okay?"

Marcel schüttelte den Kopf. „Liv, ich will dich nicht noch mehr belasten, aber ... hast du Moriko gesehen oder von ihr gehört? Sie ist gestern Abend nicht hier erschienen. Das sieht ihr gar nicht ähnlich. Ich habe versucht, sie anzurufen, aber sie geht nicht ran."

Livia sah Nox mit erschrockenen Augen an. Nox nickte Marcel zu. „Wir werden zu ihr fahren."

Im Taxi hielt Livia Nox' Hand fest umklammert. „Bitte mach, dass es ihr gut geht", betete sie flüsternd, während sie vergeblich versuchte, ihre Freundin telefonisch zu erreichen. Im Fahrstuhl zu Morikos Wohnung wurde sie fast wütend.

„Warum zum Teufel antwortet sie nicht?"

Während sie sprach, tropfte etwas auf ihre Schulter. Etwas Flüssiges. Sie starrten beide darauf. Blut. Es war von oben herabgefallen. Sie sahen sich um, während sie sich Morikos Etage näherten, und mit zunehmendem Entsetzen stellten sie fest, dass der Boden mit Blut bedeckt war, das definitiv aus Morikos Wohnung kam.

„Nein, nein, nein ..." Livia kämpfte mit den Aufzugtüren und riss sie schließlich auf. Nox versuchte, sie aufzuhalten, denn sein Instinkt sagte ihm, was sie finden würden, aber seine ausgestreckte Hand bekam sie nicht zu fassen. Er blieb in der Nähe, als sie durch die Wohnungstür ihrer Freundin rannte. Ihnen bot sich ein entsetzlicher Anblick. Moriko, die schöne, süße Moriko, lehnte an einer Wand, aufgeschlitzt von einem Messer, das immer noch aus ihrem Körper ragte. Ihre Kleidung war blutgetränkt, ihre Augen waren geschlossen und ihr Gesicht war bleich.

„Oh mein Gott, bitte nicht ...“ Livia sank auf die Knie und kroch zu ihrer toten Freundin. Sie wünschte mit jeder Faser, sie würde noch leben, wusste aber, dass sie tot war. Abgeschlachtet. Erstochen. Livia stieß ein qualvolles Heulen aus, das Nox niemals vergessen würde. Sie zog Morikos Leiche an sich und flehte sie an, zu atmen und bitte, bitte zu ihr zurückzukommen. Livia klammerte sich an sie und kümmerte sich nicht darum, dass Morikos Blut ihre Kleidung durchnässte, während sie herzzerreißend schluchzte. Nox rief mit zitternder, leiser Stimme den Notarzt, aber die Unmengen Blut machten mehr als deutlich, dass ihr niemand mehr helfen konnte. Moriko war tot. Ermordet.

Alles, was Livia sehen oder riechen konnte, war Blut, selbst nachdem Nox sie im Hotel unter die Dusche gestellt hatte. Er hatte gesagt, das Herrenhaus sei jetzt zu gefährlich, und sie hatte stumm genickt, ohne wirklich etwas aufzunehmen. Sie fühlte sich losgelöst von allem und jedem, sogar von Nox. Moriko war tot.

Jetzt lag sie in einem fremden Bett und hörte zu, wie Nox und die Polizei im Nebenzimmer miteinander sprachen. Sie versuchte, ihre Stimmen zu ignorieren, wollte aber auch wissen, was zur Hölle los war.

Es klopfte. Odelle kam herein und schloss die Tür hinter sich. Sie sagte nichts, sondern setzte sich auf die Bettkante und ergriff Livias Hand.

Lange Zeit sagte keine von ihnen ein Wort. Dann sprach Livia mit zitternder Stimme. „Moriko ist tot.“

„Ich weiß. Es tut mir leid, Livvy.“

„Er hat sie getötet, weil Nox und ich zusammen sind.“

Odelle schüttelte den Kopf. „Wer auch immer sie getötet hat, hat es getan, weil er ein Psychopath ist, Liv. Es ist nicht deine Schuld."

Livia schloss die Augen und schluchzte. „Warum passiert das alles?"

„Ich wünschte, ich könnte es dir sagen." Odelle streichelte ungelenk Livias Haare. „Roan wird gesucht."

„Glaubst du wirklich, dass er dahintersteckt?"

Odelle sah so traurig aus, dass Livia sich aufsetzte und sie umarmte. „Ich hätte es nie für möglich gehalten, aber jetzt ... Ich weiß es einfach nicht. Ich glaube immer noch, dass Amber mehr weiß, als sie zugibt, aber vielleicht bin ich nur voreingenommen. Hast du sie in letzter Zeit gesehen?"

„Nicht seit der Vorweihnachtszeit."

Odelle seufzte und ließ Livia los. „Nun, ich schätze, die Polizei wird sie ebenfalls befragen wollen."

„Nox hat gesagt, dass sie die Stadt verlassen hat."

„Das kann ich mir vorstellen. Sie hat sich seltsam benommen, seit sie mit Roan Schluss gemacht hat."

Livia musterte ihre Freundin. „Odie ... hat Roan möglicherweise Amber etwas angetan? Oder umgekehrt?"

„Ich weiß es nicht. Ich hatte das Gefühl, dass ihre Beziehung rein sexuell war. Roan hält nicht viel von tiefen Beziehungen."

„Außer mit dir."

Odelle lächelte halb. „Ich denke, du hast recht. Er vertraut sich mir an und teilt seine Träume und Hoffnungen mit mir."

„Ich möchte wirklich glauben, dass Roan nicht der Mörder ist, Odelle. Um deinetwillen, um seinetwillen und um unseretwillen."

Odelle nickte traurig. „Ich auch, Livvy, ich auch."

Aber eine Woche später, als Livia Morikos Beerdigung arrangierte, kam die Polizei mit vernichtenden Nachrichten zurück. Roans Sperma war auf Morikos Leiche gefunden worden. Ein landesweiter Haftbefehl wurde ausgestellt.

Nox, Livia, Sandor, Odelle und Amber trafen sich in einer kleinen

Bar im French Quarter. Alle sahen erschüttert aus, aber Livia konnte nicht anders, als Amber zu mustern, die am Rande von etwas zu sein schien. Hysterie? Trauer? Ihre roten Haare waren fettig und ungepflegt und ihre Fingernägel waren völlig abgekaut.

„Was ist los, Amber?", fragte Livia sanft, aber Amber ignorierte sie.

Nox fixierte seine langjährige Freundin mit seinem Blick. „Bist du high? Mein Gott, Amber, zu so einem Zeitpunkt?"

Sie schüttelte den Kopf, aber jetzt, da Nox es erwähnt hatte, konnten alle sehen, dass Amber nicht nüchtern war. Odelle verdrehte die Augen und sprach stattdessen mit Livia. „Wie geht es dir, Livvy?"

Livia zuckte mit den Schultern. „Ich sehe sie immer noch da liegen, Odie."

„Es ist nicht deine Schuld, Liv. Der Gerichtsmediziner sagte, sie sei seit Stunden tot gewesen."

„Ich hätte sie früher suchen sollen. Viel früher. Sie hat immer auf mich aufgepasst, und ich hätte das Gleiche für sie tun sollen." Livia lächelte durch ihre Tränen. „Einmal im College hat sie mich ange-schrien, weil ich ihr die Tür zu meinem Zimmer im Wohnheim geöffnet hatte, ohne zu überprüfen, wer davorstand. Dabei war es doch auch ihr Zimmer. Ich musste ihr versprechen, immer zu überprü-fen, wer an der Tür ist, und dass ich nicht öffne, wenn es ein Fremder ist." Ihr Gesicht wurde betrübt. „Was für eine Freundin bin ich, dass ..."

„... du zu beschäftigt damit warst, Nox in diversen europäischen Städten zu ficken", sagte Amber plötzlich giftig. „Arme, kleine Livvy, die ihre Beine für den nächstbesten Milliardär breitmacht ..."

Es war Odelle, die Amber so schnell und hart ins Gesicht schlug, dass alle zusammenzuckten. Amber wankte zurück und stürzte sich auf Odelle, die beiseite ging, so dass Amber zu Boden fiel. Sandor half Amber auf, während Nox zwischen die beiden Frauen trat. Livia war zu geschockt, um sich zu bewegen.

„Amber, geh nach Hause und werde nüchtern. Und rede nie wieder so mit Livia." Nox war wütend.

Amber zischte ihn an: „Denkst du, dass dieses kleine Miststück meine Schwester ersetzen kann? Meine Schwester, die dich liebte? Die dich verehrte?"

„Hau ab!", rief Nox und Amber stolzierte davon.

Sandor sprang auf. „Ich werde sie nach Hause bringen, Nox."

Alle anderen Gäste starrten sie an, manche fotografierten sogar. Nox legte seine Arme um Livia. „Es ist okay, Liebling. Sie ist weg."

„Was zum Teufel war das?", fragte Livia ungläubig. Nox schüttelte den Kopf und hielt sie fest.

„Ich weiß es nicht, Baby."

„Heute ist Ambers Geburtstag", sagte Odelle leise und Nox stöhnte.

„Oh Gott, das hatte ich vergessen. Es ist auch Ariels Geburtstag."

„Ich habe Amber noch nie so high gesehen. Normalerweise bewahrt sie die Fassung. Das war mehr als nur Marihuana."

„Sieht so aus."

Livia sagte nichts. Ambers Attacke war aus heiterem Himmel gekommen. Livia war erschüttert und lehnte sich an Nox. „Vielleicht solltest du zu ihr gehen. Ich versuche nicht, Ariel zu ersetzen."

„Das weiß ich. Amber weiß das auch. Ich entschuldige mich für sie ... sie ist nicht sie selbst."

Livia sah zu ihm auf. „Geh zu ihr. Versöhnt euch. Schau nach, ob sie Hilfe braucht."

Nox lächelte sie an und streichelte ihr Gesicht. „Das ist der Grund, warum ich dich so sehr liebe."

Nox ging am nächsten Tag zu Amber. Als sie ihm gegenübersaß, wirkte sie zerknirscht. „Ich habe das, was ich gesagt habe, nicht so gemeint", begann sie, „bitte sag Livvy, dass ich sie liebe. Ich meinte nichts davon erst. Ich war nur ... Gott, Nox, ich vermisse Ariel so sehr."

Nox nickte. „Ich auch, Amber, und das weißt du auch. Aber keiner von uns hätte es verhindern können."

Amber war still und Nox war überrascht, noch etwas anderes in ihren Augen zu sehen. „Was? Was ist los, Amber?"

Sie schüttelte den Kopf. „Ich kann nicht ... ich kann es dir nicht sagen, Nox. Es ist zu ... es ist etwas, das ich getan habe. Etwas, mit dem ich leben muss, aber ... Ich weiß nicht mehr, wie ich das schaffen soll."

Nox war jetzt wirklich besorgt. „Amber ... bitte sag mir, dass du nichts mit den Drohungen gegen Liv zu tun hast."

Amber gab ein freudloses Schnauben von sich. „Nein, Nox. Ich rede nicht von den Drohungen."

„Wovon dann?"

Sie murmelte etwas, aber Nox konnte die Worte nicht richtig verstehen. „Was? Hast du gesagt sie erschrecken?"

Amber starrte ihn mit unendlicher Trauer in ihren Augen an und stand plötzlich auf. „Ich kann nicht ... ich kann einfach nicht ... Es tut mir leid, Nox."

Erst als er später mit Livia im Bett lag, dämmerte ihm, was Amber gesagt hatte. Als er es begriff, drang ein eiskalter Pfeil durch sein Herz. Er wiederholte die Worte immer wieder im Stillen und hoffte verzweifelt, dass sie nicht das bedeuteten, was er vermutete.

„Er sollte sie nur erschrecken."

Amber redete nicht von Livia ... sie redete von Ariel.

Amber kannte Ariels Mörder.

KAPITEL SIEBENUNDZWANZIG

„Bist du sicher?" Livia sah ihn mit entsetzten Augen an. Nox hatte ihr seine Theorie beim Frühstück dargelegt und sie war fassungslos. „Du denkst, sie hat jemanden angeheuert, um ihre Schwester zu erschrecken, und er ist zu weit gegangen und hat sie getötet?"

„Genau das denke ich", sagte Nox grimmig. „Ich wusste immer, dass Amber eifersüchtig auf Ariel war, aber ich hätte nie gedacht, dass sie so etwas tun könnte."

Liv schüttelte den Kopf. „Vielleicht war es ein Streich, der schiefgegangen ist."

„Schlechte Streiche enden nicht damit, dass eine Frau erstochen wird, Livia. Wer auch immer Ariel getötet hat, hat es absichtlich getan. Er hat sie ausgeweidet ... es hat ihm Spaß gemacht."

„Also ist Amber an den Falschen geraten. Vielleicht wollte sie jemanden, der ihrer Schwester einen Schreck einjagt, hat aber stattdessen einen Psychopathen erwischt, der Ariel getötet hat und sie seitdem erpresst."

„Wow." Nox war beeindruckt.

Liv lächelte halb. „Es ist nicht schwer, Ambers Motiv zu erkennen."

„Und was ist ihr Motiv?"

„Du. Was sonst? Amber ist in dich verliebt."

„Nein."

Livia verdrehte die Augen. „Nox, wach auf. Natürlich ist sie das. Sie war es immer, aber als der Plan mit Ariel schiefging und sie starb, wusste Amber, dass sie nie mit dir zusammen sein könnte, weil es sie schuldig wirken ließe und sie sich früher oder später verraten würde. Was machst du jetzt? Gehst du zur Polizei?"

Nox seufzte. „Ich denke, ich sollte besser zuerst mit Amber reden. Wenn der Mörder derselbe Typ wie damals bei Ariel ist und sie ihn kennt, verrät sie uns seine Identität vielleicht als Gegenleistung dafür, dass wir sie nicht in die Sache hineinziehen."

„Aber was sollen wir der Polizei sagen, wenn man uns fragt, wie wir es herausgefunden haben?"

Nox' grüne Augen waren gefährlich. „Wir sagen der Polizei gar nichts. Ich werde mich selbst darum kümmern."

Livia schluckte schwer. „Nox ..."

„Niemand bedroht die Frau, die ich liebe. Niemand. Für Moriko, Pia und Ariel ... Ich werde den Täter zur Strecke bringen."

Livia empfand bei dem bedrohlichen Unterton in seiner Stimme sowohl Angst als auch Erregung. Sie beugte sich vor und presste ihre Lippen auf seine. „Ich liebe dich", flüsterte sie. „Bitte pass auf dich auf."

„Versprochen." Sein Kuss war süß und zärtlich und dauerte viel länger als erwartet, bevor sie vom Summen seines Handys unterbrochen wurden. Mit bedauerndem Blick löste er sich von ihr und schaute auf den Bildschirm.

„Es ist Detective Jones." Er nahm den Anruf entgegen und Livia sah, wie sein Gesicht sich verfinsterte.

Was jetzt?, dachte sie müde und stand auf, um zu duschen. Nox ergriff ihre Hand. „Okay, danke, Detective. Ich komme gleich." Er legte auf.

„Was ist los, Baby?"

„Amber muss warten. Heute wird meine Familie exhumiert."

· · ·

Nox bestand darauf, dabei zuzusehen, wie seine Angehörigen aus dem Familienmausoleum geholt wurden. Livia blieb bei ihm und hielt seine Hand, als sich sein entschlossener Gesichtsausdruck in Trauer verwandelte, sobald die Särge an die Oberfläche kamen. Er wandte sich ab, während der Gerichtsmediziner den Sarg seines Bruders öffnete.

Nox würgte und erbrach sich. Livia, die nicht wusste, was sie sonst tun sollte, streichelte seinen Rücken und versuchte, ihn zu trösten. „Es tut mir so leid, Baby."

Nox wischte sich den Mund ab. „Es ist in Ordnung. Ich weiß, dass wir das Richtige tun."

Die Särge seiner Familie wurden in den Wagen der Gerichtsmedizin geladen und weggebracht. Nox und Livia, die allein zurückblieben, blickten auf die leeren Gräber. „Versprich mir eines", sagte Nox. „Versprich mir, dass wir nach unserem Tod nicht so begraben werden. Lass uns beide zu Asche verbrennen und für alle Ewigkeit mit dem Wind fliegen."

„Einverstanden, Baby. Mausoleen sind ohnehin viel zu unheimlich."

Nox lächelte über ihren Versuch, ihn aufzumuntern. „Wir werden eine glückliche Familie haben."

„Das werden wir", sagte Livia fest. „Der ganze Mist, mit dem wir gerade zu tun haben, wird hinter uns liegen, und wir werden eine Menge Kinder haben und glücklich sein. Sommerurlaube in Italien, Weihnachten in Wien."

„Ich kann es kaum warten." Er spreizte seine Finger über ihrem Bauch. „Ist es falsch, dass ich gerade jetzt möchte, dass du schwanger wirst?"

„Ha", sagte sie. „Lass uns warten, bis ich nicht mehr von Psychopathen mit dem Tod bedroht werde, okay?"

Sein Lächeln verblasste und sie stupste ihn an. „Tut mir leid, schlechter Witz."

„Ich werde nicht zulassen, dass dir etwas passiert."

„Und ich werde nicht zulassen, dass dir etwas passiert", sagte sie. „Komm. Lass uns zu Detective Jones gehen."

Er beobachtete sie vom äußersten Ende des Friedhofs aus. Sie hatten keine Ahnung, dass alles, was sie taten, seinen Plan, Livia zu töten, noch besser machte. Er hatte sie fast in die Knie gezwungen ... aber was er als Nächstes tun würde, würde Nox Renaud für immer zerstören. Er musste jemanden beseitigen, der zu viel wusste – und er würde es auf spektakuläre Art und Weise tun.

Amber.

Amber war blass, aber nüchtern, als Nox sie in einem kleinen Café in der Innenstadt traf. Sie versuchte nicht einmal zu sprechen, bevor Nox sich hinsetzte und rezitierte: „Er sollte sie nur erschrecken."

Amber, die ihren Kaffee angestarrt hatte, hob den Kopf und nickte. „Es sollte ein Streich sein. Ich wusste, dass sie nach draußen gehen würde, um zu rauchen, bevor du sie abholst. Er sollte sie eine Runde um den Block mitnehmen und dann sofort zurückbringen. Ich wusste, dass etwas nicht stimmte, als er mich nicht anrief, obwohl es so abgesprochen war."

„Wer ist er, Amber?"

Sie schüttelte den Kopf. „Bitte lass mich die Geschichte fertig erzählen. Er hatte eingewilligt, es zu tun, weil ... er sauer auf dich war. Es hatte etwas mit deiner Familie zu tun, ich weiß es nicht genau. Als er Ariel nicht zurückbrachte, wusste ich es. Ich hatte immer geahnt, dass er ein bisschen seltsam war, aber nicht so gestört. Als ich sah, was er meiner Schwester angetan hatte ..." Sie bedeckte ihren Mund und unterdrückte ein Schluchzen. „Er sagte mir, wenn ich jemals jemandem davon erzähle, würde er alle wissen lassen, dass ich es geplant hatte und dass ich sie tot sehen wollte. Ich wollte nie, dass sie stirbt, Nox, das musst du mir glauben."

Nox, in dem ein Sturm aus Emotionen tobte, sah sie kalt an. „Das Traurige ist, dass ich dich geliebt habe. Dich und dein glänzendes rotes Haar und dein strahlendes Lächeln. Und du hast mich auch geliebt – solange ich so blieb, wie du mich haben wolltest. Einsam und verlassen. Solange ich um Ariel trauerte, wusstest du, dass du mich unter Kontrolle hattest. Ich habe dir Angst gemacht, das weiß ich. Als ich anfing, wieder zu leben, und aufhörte, diese Liebe zu verleugnen. Meine Liebe zu Livia. Ich wollte nicht glauben, dass du zu jenen Frauen zählst, die andere Frauen als Bedrohung betrachten. Dass du zu den Freunden zählst, die mich nur in ihrer Nähe haben wollen, um sie besser aussehen zu lassen – davon hatte ich schon genug. Verdammte Heuchler. Ich hätte nie gedacht, dass du eine von ihnen sein würdest. Aber du warst die Schlimmste von allen, weil ich dich wie eine Schwester geliebt habe, Amber."

Dann verstummte er, schwenkte sein Glas herum und sah zu, wie das Eis in dem Drink schmolz. Die Tür ging auf, und Stimmen mischten sich mit dem Prasseln von Regen auf Holzdielen. Zwei ältere Frauen in Wollmänteln versuchten, der Kälte zu entkommen.

Tränen fielen lautlos über Ambers Gesicht. Nox schüttelte den Kopf. „Du hast sie getötet. Deine eigene Schwester. Warum?"

Amber sah ihn an. Ihre Augen waren nicht wütend, nur traurig. „Ich habe dich geliebt. Ich liebe dich immer noch."

Nox versuchte, nicht die Beherrschung zu verlieren, aber seine Stimme zitterte, als er ihr die Fragen stellte, die er stellen musste. „Hattest du etwas mit den Angriffen auf Livia und mich zu tun? Hast du Pia ermordet? Was ist mit Moriko?"

„Nein, nein." Amber schien fast verzweifelt zu sein. „Das war ich nicht. Ich mag Livia wirklich und ich kann sehen, dass sie perfekt für dich ist. Gott, nein. Ich schwöre es. Aber ... ich habe etwas getan, das ich selbst nicht fassen kann."

Nox war nicht überzeugt von ihren Unschuldsbeteuerungen. „Was?"

„Roan hat ... Er hat seine gebrauchten Kondome in meinem Mülleimer liegen gelassen."

Nox gab ein angewidertes Geräusch von sich. „Was zur Hölle hat das mit dieser Sache zu tun?" Er beugte sich vor, um sie dazu zu bringen, ihn anzusehen. „Wen hast du angeheuert, um Ariel zu töten, Amber?"

Sie schloss die Augen. „Ich habe niemanden angeheuert ..."

Ein lauter Knall ertönte und für eine Sekunde erstarrten alle im Café. Ambers Augen weiteten sich, dann drang ein dünner Blutstrom aus ihrer Schläfe.

Voller Entsetzen starrte Nox auf das Einschussloch im Fenster. Dann fiel Amber mit offenen Augen tot auf den Tisch.

Panik brach aus. Leute schrien. Nox lief los und rannte auf die Straße, um nachzusehen, wo der Schütze war – und wer er war. Aber natürlich war der Mörder bereits verschwunden. Nox sank völlig benommen zu Boden und wartete auf die Ankunft der Polizei.

Livia rannte direkt in seine Arme. „Nox, Gott sei Dank bist du in Ordnung." Sie hielt ihn fest, als er sein Gesicht in ihren Haaren vergrub.

„Genug", sagte er mit gedämpfter Stimme. „Es sind mehr als genug Menschen gestorben. Wir müssen ihn finden."

„Wen, Liebling?" Livia starrte ihn mit verängstigten Augen an. „Wen?"

Nox sah innerlich gebrochen aus, als er sprach. „Roan. Wir müssen Roan finden."

KAPITEL ACHTUNDZWANZIG

Der Januar verging, während die überlebenden Freunde mit der Polizei zusammenarbeiteten, um Roan zu finden. Nox war mehr denn je überzeugt davon, dass Roan der Mörder war, und forderte die Polizei auf, jede alte DNA-Spur, die nicht zu seiner Familie gehörte, mit Roans DNA zu vergleichen.

Detective Jones stimmte zu. „Wir haben eine landesweite Suche nach Saintmarc gestartet, aber wenn er derjenige ist, der Ms. Duplas erschossen hat, ist er offensichtlich in New Orleans und wartet darauf, den Job zu beenden. Verfügen Sie über ausreichenden Schutz?"

Nox nickte. Sandor hatte sich ihrer angenommen mit den Worten: „Hört zu, im Hotel ist es nicht sicher. Zieht vorübergehend zu mir. Ich habe kein Herrenhaus, aber für einen Stalker gibt es bei mir deutlich weniger dunkle Winkel, um sich zu verstecken. Odelle, du auch. Wir müssen zusammenbleiben, bis Roan gefunden wird."

Sandors Haus war groß, aber gemütlich, und Livia fühlte sich dort sicherer als irgendwo sonst. Sie machte sich jedoch Sorgen um ihre Freunde, da sie wusste, dass einer von ihnen für so viel Leid und Tod verantwortlich war. Sie hatte Hass in ihrem Herzen für Roan Saintmarc, und obwohl sie es nicht laut auszusprechen wagte, wollte sie fast, dass er zu ihr kam, damit sie Moriko und sich selbst rächen konnte. Auch wenn es sie umbrachte.

Sie konnte jedoch fühlen, dass Odelle sie im Auge behielt, und wusste, dass sie ihr helfen würde, wenn sie zusammenbrach. Livia wollte Nox nicht noch mehr Schmerzen bereiten. Es hat ihn von allen am stärksten getroffen, dachte sie, schließlich ist Amber vor seinen Augen ermordet worden. Er sah immer noch schockiert aus, selbst ein paar Wochen später, und es war schwer zu sagen, ob Ambers Tod oder ihre Enthüllungen der Grund dafür waren.

„Was ich nicht verstehe", sagte Livia zu ihm, „ist, wie Roan es geschafft hat, sie in dem Moment zu erschießen, als sie dir von ihm erzählen wollte. Er konnte sie unmöglich abhören, dazu fehlten ihm die erforderlichen Ressourcen."

„Möglicherweise weiß er nicht, dass sie ihn gar nicht verraten hat", sagte Nox. „In diesem Fall denkt er, dass wir Bescheid wissen, und macht hoffentlich aus Verzweiflung einen Fehler."

„Oder etwas Tollkühnes, das noch jemandem das Leben kostet." Livia seufzte. „Es ist ein verdammtes Chaos ... aber was zum Teufel ist sein Motiv? Das verstehe ich einfach nicht."

„Ich habe wirklich keine Ahnung."

Livia kaute auf ihrer Unterlippe herum. „Und warum hat Amber uns von Roans weggeworfenen Kondomen erzählt? Das ergibt keinen Sinn ... Es sei denn ..."

Nox musterte sie eindringlich. „Es sei denn?"

Livia war angewidert. „Es sei denn, sie wollte uns sagen, dass jemand Roans Sperma benutzt, um den Verdacht auf ihn zu lenken. Und Amber wusste davon."

Detective Jones besuchte Livia eines Nachmittags in Nox' Büro. Nachdem sie ihren Job im Le Chat Noir aufgegeben hatte, arbeitete sie dort tagsüber an ihren College-Projekten. Zu ihrer Überraschung stellte sie fest, dass sie und Nox nicht müde wurden, einander den ganzen Tag und die ganze Nacht zu sehen.

„Das verheißt Gutes", erwiderte Nox grinsend, als sie ihm das sagte, und sie lachte. Es war eine Erleichterung zu lachen und glücklich zu sein, und sie liebten sich oft und hielten einander im Arm.

Sie sprachen auch über ihre Ideen für die Stiftung und baten Charvi, mitzumachen. Charvi – die widerwillig einen Leibwächter akzeptiert hatte – war begeistert. „Für einen reichen Kerl bist du nicht übel, Nox Renaud." Sie sah ihn mit stolzen Augen an und Livia wusste, dass ihre Anerkennung ihm die Welt bedeutete. Charvi weinte, als Nox ihr sagte, dass sie die Stiftung nach ihrer einstigen Geliebten benennen wollten, und umarmte Gabriellas Sohn.

„Ich dachte immer, du würdest mich vielleicht verachten", sagte sie ihm und wischte sich die Tränen ab, „weil ich mit deiner Mutter zusammen war, bevor sie deinen Vater getroffen hat. Aber sie liebte mich genauso aufrichtig wie Tynan auch. Sie war ein durch und durch guter Mensch."

Nox schluckte schwer und nickte. Livia lächelte beide an. „Familie wird nicht nur durch Blutsverwandtschaft definiert. Ich weiß das nur zu gut, denn ich habe meine Familie in euch gefunden."

Als Detective Jones kam, um mit ihnen zu sprechen, ging es wieder um das Thema Familie. „Etwas Seltsames ist passiert, Mr. Renaud. Als wir die DNA Ihres Vaters mit der Ihrer Freunde verglichen haben, haben wir eine Übereinstimmung gefunden. Eine verwandtschaftliche Beziehung. Leider wurde im Labor die Etikettierung durcheinandergebracht. Also brauchen wir noch eine DNA-Probe von Ihnen, um zu überprüfen, ob wir aus irgendeinem Grund einen Fehler gemacht haben."

Der Detective verstummte, und Nox und Livia wechselten einen Blick. „Was verschweigen Sie uns?"

Detective Jones holte tief Luft. „Hören Sie, wenn das Labor recht hat, dann ist einer Ihrer beiden engsten Freunde zugleich Ihr Halbbruder."

Nox' Augen weiteten sich. „Soll das ein Scherz sein?"

„Nein, Sir."

. . .

Als der Detective gegangen war, starrten Nox und Livia sich an. „Mein Bruder …"

„Das ist einfach bizarr. Ich bin mir sicher, dass sie die DNA von Teague und jemand anderem verwechselt haben."

„So muss es gewesen sein. Meine Eltern haben einander nie betrogen." Nox schüttelte entschieden den Kopf, aber Livia konnte Zweifel in seinen Augen sehen.

„Es können nur Roan oder Sandor sein, wenn überhaupt. Ich kann keine physische Ähnlichkeit zwischen euch erkennen."

„Es ist ein Fehler", sagte Sandor an der Tür, wo er offenbar ihre Unterhaltung mit angehört hatte. „Die Polizei irrt sich. Alter, so sehr ich dich auch als meinen Bruder betrachte, ist es unmöglich. Dad hatte nach meiner Geburt eine Vasektomie und Mom starb, noch bevor Teague zur Welt kam."

„Es erklärt nicht, wie es ein Halbbruder sein kann, wenn Teagues DNA verwechselt wurde. Teague war mein Bruder. Man konnte die Ähnlichkeit zwischen uns sehen." Nox seufzte. „Okay, vielleicht war mein Vater kein Killer, aber …"

„Was sagst du da?" Sandor sah überrascht aus, und Nox und Livia wechselten einen Blick.

Nox räusperte sich. „Ich war zu lange tatenlos, Sandor. Ich glaube nicht, dass mein Vater meine Mutter und Teague getötet hat. Auf keinen Fall. Jemand anderes hat sie getötet, und ich will wissen, wer."

Sandor nickte langsam und Livia musterte ihn. Verbarg sich etwas hinter seinem angespannten Gesicht oder war das nur der Schock? „Also gut. Ich denke, du musst drüber nachdenken. Es verfolgt dich schon zu lange. Ich bin immer an deiner Seite, Kumpel."

„Danke, Mann."

Sandor lächelte sie an, bevor er wieder aus dem Raum verschwand. Livia kaute auf ihrer Unterlippe herum. Unbehagen erfüllte sie – Sandors Reaktion darauf, dass sie Nachforschungen zu Nox' Familientragödie anstellen wollten, brachte sie zum Nachdenken. Sie blieb jedoch still – Nox brauchte keine weiteren Komplikationen.

„Du siehst müde aus, Baby." Nox presste seine Lippen auf ihre Stirn, und sie schlang ihre Arme um seine Taille.

„Das bin ich auch. Lass uns nach Hause gehen."

„Ich frage Sandor, ob er mitfahren will."

Livia zögerte. „Ich meinte ... unser Zuhause. Ich möchte Privatsphäre."

Nox seufzte. „Es ist nicht sicher dort, Baby. Es gibt zu viele Möglichkeiten, ins Haus zu gelangen, und glaube mir, Roan kennt sie alle."

„Können wir nicht die Eingänge sichern lassen?"

Nox zögerte. „Baby ... ich habe Angst. Schlimme Dinge sind dort passiert – mehr als einmal – und ich befürchte, dass ich für eine Sekunde die Konzentration verliere und jemand dir etwas antut. Im Ernst, bei Sandor ist es sicherer."

Weniger als eine Woche nachdem Nox diese Aussage gemacht hatte, wurde ihm klar, wie furchtbar falsch er damit gelegen hatte.

KAPITEL NEUNUNDZWANZIG

Sandor kam nicht mit ihnen nach Hause. „Ich habe Papierkram zu erledigen und danach werde ich wohl ein Mädchen treffen."

Nox grinste. „Ach ja?"

Sandor zuckte mit den Achseln. „Es ist nichts. Genießt eure Privatsphäre. Wir sehen uns später."

Auf der Heimfahrt war Livia nachdenklich. „Hmmm ..."

„Was?"

„Sandor sagte, wir sollen unsere Privatsphäre genießen. Woher weiß er, dass Odelle nicht zu Hause sein wird?"

Nox zuckte mit den Schultern. „Wahrscheinlich hat er ihre Anwesenheit vergessen. Sie neigt dazu, für sich zu bleiben – außer wenn ihr beide etwas ausheckt." Sein Handy summte. „Es ist der Detective. Hallo."

Er hörte zu und erbleichte. „Sind Sie sicher? Gott. Okay, ja, wir sind gleich da."

Er beendete den Anruf und sah Livia an. „Sie haben eine Leiche aus dem Bayou in der Nähe des Herrenhauses gezogen. Sie denken, dass es Roan sein könnte, und wollen, dass ich komme, um die Leiche zu identifizieren."

. . .

Livia wartete im Büro des Gerichtsmediziners, während Nox den Arzt begleitete. Bald war er zurück. Er schüttelte den Kopf und sah erschüttert aus. „Unmöglich zu sagen, wer es ist. Die Leiche lag zu lange im Sumpf."

Er musste nicht mehr sagen. Detective Jones folgte Nox.

„Wir werden die DNA überprüfen und sehen, wohin uns das führt."

Livia räusperte sich. „Detective Jones? Hat Sandor Carpentier eine DNA-Probe eingereicht?"

„Ich werde nachsehen, aber ich denke schon. Warum?"

„Ich bin nur neugierig."

Detective Jones lächelte sie an. „Gut, dann werde ich Sie jetzt verlassen. Danke, dass Sie hergekommen sind. Es tut mir leid, dass Sie das durchmachen müssen, Mr. Renaud."

„Ich bin immer bereit, Ihnen bei den Ermittlungen behilflich zu sein."

Im Auto atmete Nox aus und Livia sah ihn mitfühlend an. „War es schlimm?"

Nox nickte. „Die Leiche war verstümmelt und sah kaum menschlich aus. So sehr ich Roan auch verachte, ich hoffe, dass er es nicht ist. Die Leiche war schon eine ganze Weile im Sumpf."

Als sie nach Hause kamen, war Odelle da und Nox erzählte ihr sanft von der Entdeckung. Odelle nickte ruhig. „Er ist es", sagte sie, „ich weiß es einfach. Nox ... Ich denke, wir müssen anfangen, nach einem anderen Ort zu suchen, wo wir bleiben können."

Nox' Augenbrauen schossen hoch. „Warum?"

„Ich fühle mich hier nicht sicher. Fühlst du es auch, Liv?" Odelle sah sie an und Livia nickte.

„Ich weiß, was du meinst, aber ich weiß nicht, warum ich so empfinde. Vielleicht liegt es an der Verwirrung über die DNA oder daran, dass die Leiche – wenn es Roan ist – bedeutet, dass er Amber nicht getötet hat ... Aber bis wir eine Entwarnung wegen Sandors DNA bekommen ..."

Nox starrte die beiden Frauen an. „Glaubt ihr wirklich, dass Sandor etwas damit zu tun haben könnte?"

„Es ist nur ein Gefühl", sagte Odelle. „Ich habe keinen Beweis für irgendetwas, nur meinen Instinkt."

Nox wandte sich Livia zu. „Und du?"

„Bei mir ist es genauso. In letzter Zeit ist etwas an Sandor sonderbar – aber vielleicht spricht aus mir auch nur die Paranoia wegen dem, was passiert ist. Die einzigen Menschen, denen ich jetzt noch vertraue, sind in diesem Raum."

Nox seufzte und Livia konnte sehen, wie er mit der Vorstellung kämpfte, dass sein Freund vielleicht nicht der Mann war, für den er ihn hielt. Sie legte ihre Hand auf seinen Arm. „Hey, wir sagen nicht, dass Sandor etwas falsch gemacht hat. Sei einfach vorsichtig."

„Okay." Nox dachte eine Weile nach. „Wir werden ihm sagen, dass wir ausziehen, weil ... Gott, ich weiß nicht … Weil wir ihm seine Privatsphäre zurückgeben wollen oder so. Ich werde kurzfristig etwas mieten."

Am Ende war es Livia, die Sandor sagte, dass sie ausziehen würden. Er kam eines Morgens zu ihr, während Nox bei der Arbeit war. Livia packte gerade eine Tasche, als sie Schritte hinter sich hörte. Sie wirbelte herum und erschrak darüber, Sandor vor sich zu sehen. Er lächelte sie an. „Entschuldige, ich wollte dich nicht erschrecken."

Livia, deren Hand auf ihre Brust gepresst war, versuchte zu lächeln. „Es ist in Ordnung. Ich habe einfach nicht erwartet, dich zu sehen. Ich dachte, du wärst bei Nox." Ihr Herz schlug unangenehm hart gegen ihre Rippen. Sandor setzte sich ohne Einladung auf die Bettkante und nickte zu ihrer Tasche.

„Gehst du irgendwohin?"

Livia fühlte sich unbeholfen. „Hat Nox mit dir gesprochen?"

„Worüber?"

„Wir ziehen aus. Wir haben einfach das Gefühl, dass wir es dem Mörder zu einfach machen, wenn wir uns so zusammendrängen." Ihr kam ein Gedanke und sie lächelte halb. „Nox und ich wollen dich und

Odie nicht noch mehr in die Schusslinie bringen, als ihr es schon seid. Ich könnte es nicht ertragen, wenn euch beiden etwas passiert." Das ist es, trage ruhig dick auf.

Sandor berührte ihr Gesicht. „Du bist sehr süß, Livvy." Er stand auf und nahm zu Livias Überraschung und Unbehagen ihr Gesicht in seine Hände. „Jeden Tag", sagte er leise, „sehe ich mehr und mehr, warum Nox sich in dich verliebt hat. Du bist schön, innerlich und äußerlich, Livia Chatelaine. Ist es unangemessen zu sagen, dass ich wünschte, ich hätte dich vor Nox getroffen?"

Livia wollte das Kompliment abwehren, aber dann strich Sandor zärtlich und schnell mit seinen Lippen über ihre. Er ließ sofort seine Hände fallen, trat zurück und blickte sie mit übertriebenem Entsetzen an. „Tut mir leid, Liv. Das war so unpassend. Verzeih mir."

Livias Magen zog sich vor Angst zusammen. Was zur Hölle ging hier vor? „Es ist in Ordnung."

„Ich lasse dich jetzt allein. Ich werde euch alle vermissen, aber ich verstehe, warum ihr auszieht."

Als er ging, blieb sie benommen und den Tränen nahe zurück. Seltsam. Sie ließ sich schwer auf das Bett fallen und fragte sich, warum sie sich so aufgebracht fühlte. Der Kuss war völlig unpassend gewesen, aber er war nicht das, was sie erschüttert hatte. Es war der Ausdruck in Sandors Augen gewesen, während er sprach. Kalt. Tot. Es waren nicht die Augen des Mannes, für den sie ihn gehalten hatte.

Ihr Bauchgefühl schlug Alarm, als sie die Schlafzimmertür schloss und Nox anrief. Sobald er ranging, brach sie in Tränen aus und brauchte eine Minute, um sich zu beruhigen und zu sagen, was sie ihm mitteilen wollte. „Bitte, Nox. Komm und hol mich hier raus."

Sie zogen in ein Hotel, während Odelle einfach nach Hause ging. „Ich habe zusätzliche Security angeheuert", versicherte sie ihnen. „Und ich möchte nicht das fünfte Rad am Wagen sein, so sehr ich euch beide auch liebe."

Im Hotel bestellten Nox und Livia etwas beim Zimmerservice, nahmen eine lange heiße Dusche zusammen und liebten sich dann.

Livia hatte es nicht gemocht, bei Sandor Sex zu haben. Jetzt genoss sie ihre Privatsphäre und klammerte sich an Nox, während er sie langsam und zärtlich liebte. Sie streichelte seine dunklen Augenbrauen, als er sich über ihr bewegte. „Ich liebe dich so sehr, Nox."

Er grinste, als sein Tempo sich beschleunigte und sie einen kleinen Freudenschrei ausstieß. „Und ich liebe dich, schönes Mädchen."

Livia schlang ihre Beine um seine Hüften und ihre Vaginalmuskeln drückten seinen diamantharten Schwanz. Nox stöhnte. „Himmel, ja, genau so, Baby." Er schlug seine Hüften gegen ihre und Livia neigte ihr Becken, so dass sein riesiger Schwanz immer tiefer in sie eindringen konnte. „Verdammt, ich liebe es, dich zu ficken, Livia Chatelaine ... dein Körper wurde für die Liebe gemacht."

Livia grinste, dann wölbte sie bei ihrem Orgasmus ihren Rücken und presste ihren Bauch gegen seinen. „Nox?" Sie holte zitternd Luft, als sein Tempo rauer und schneller wurde. „Komm auf meinem Bauch."

Nox, der um Atem rang, kam ebenfalls zum Höhepunkt, zog sich zurück und schoss dickes, cremiges weißes Sperma auf ihren Bauch, während er ihre Klitoris berührte und sie noch einmal kommen ließ.

Während sie wieder zu Atem kamen, massierte Nox sein Sperma in ihre Haut und umkreiste ihren Bauchnabel mit seinem Finger. Livia blickte zu ihm auf. „Ich erinnere mich an unseren Weihnachtsurlaub und all die schmutzigen Dinge, die wir getan haben."

„Hast du es genossen?"

„Du weißt, dass ich das getan habe. Wenn alles vorbei ist, würde ich das gerne wiederholen und vielleicht sogar ein paar neue Sachen ausprobieren."

Nox schob seinen Finger in ihr Zentrum und bewegte ihn sanft, während sein Daumen ihre Klitoris streichelte. Livia konnte spüren, wie die Erregung in ihrem Körper wieder wuchs. „Das ist es, Livvy, leg dich einfach hin und lass mich die Arbeit machen." Nox knabberte an ihrer Brustwarze, bevor er sie in seinen Mund nahm und liebkoste. Livia vergrub ihre Finger in seinen dunklen Locken, während er an ihren Brüsten saugte, bis die Knospen steinhart waren. Dann bewegte er sich nach unten, um mit seiner Zunge ihren Bauchnabel zu ficken.

„Gott, das ist so gut."

„Du bist am Bauch sehr empfindlich."

„Oh ja." Livia seufzte, als er weiter nach unten ging, um ihre Klitoris in den Mund zu nehmen, während seine Finger über ihren Bauch rieben. Livia spreizte ihre Beine weiter und Nox' Zunge tauchte in ihr Zentrum ein. Er fing an, ihren Nabel mit dem Daumen zu ficken, und fand einen Rhythmus, der sie verrückt machte. Er brachte sie dazu, immer wieder zu kommen, bevor er seinen erigierten Schwanz erneut in sie stürzte. Livia schrie auf, als sie hart, atemlos und zitternd kam, sich an seinem Hintern festkrallte und ihn tiefer in sich drängte.

In Momenten wie diesem konnte sie so tun, als wäre alles in Ordnung und friedlich. Nox verstand es, ihren Körper vollständig zu beherrschen und sie zum Orgasmus zu führen. Gott, sie liebte diesen Mann. Sie würde alles tun und ausprobieren, was er wollte, um das animalische, wilde Verlangen zu befriedigen, das in ihnen tobte.

Sie fickten, bis sie erschöpft waren. Mit seinem Kopf auf ihren Brüsten und seinen Arme um ihren Körper schlief Nox schließlich ein, aber in Livias Kopf wirbelten mehr Fragen denn je herum.

Das alles war so verwirrend und es gab so viele Verdächtige. Aber in ihrem Herzen war Livia überzeugt davon, dass sie wusste, wer hinter all dem steckte. Morgen würde sie anfangen, mehr über den Mann herauszufinden, der versuchte, sie zu töten.

Sandor.

KAPITEL DREISSIG

Charvi Sood war überrascht, Livia nicht im Musikzimmer zu finden, sondern an einem der Computer in der College-Bibliothek. „Hey, Kleine."

„Hey, Charvi."

„Was machst du?"

Livia lächelte sie an. „Nachforschungen. Charvi, du könntest mir vielleicht helfen." Sie sah sich in der Bibliothek um und senkte die Stimme. „Was weißt du über Florian Carpentier, Sandors Vater?"

Charvi erstarrte. „Warum fragst du?"

Livia sah sie nur an und Charvi nickte schließlich. „Okay, aber nicht hier."

Sie gingen zu Charvis Büro und die ältere Frau schloss die Tür hinter sich ab. Sie bot Livia eine Tasse Kaffee an und setzte sich mit ihr auf die alte, bequeme Couch. Charvi seufzte. „Was ich dir sagen werde, habe ich noch nie jemandem erzählt, hauptsächlich aus Respekt vor Gabriellas Wünschen. Als sie starb, dachte ich darüber nach, zur Polizei zu gehen, aber die Behörden schienen so sicher zu sein, dass Tynan sie und Teague getötet hatte, dass ich Nox keine weiteren Schmerzen zufügen wollte. Das ist der wahre Grund, warum ich ihm fernblieb." Sie nippte an ihrem Kaffee und sammelte ihre Gedanken.

„Nach unserer Trennung und bevor Gabriella Tynan kennenlernte, war sie besorgt, was unsere Beziehung für meine Karriere bedeuten könnte. Kannst du dir das vorstellen? Sie hat eine Zeit lang für die Carpentiers als Beraterin gearbeitet. Eleanor Carpentier war eine liebenswerte Frau, und sie und Gabriella wurden gute Freundinnen. Eines Tages rief mich Gabriella hysterisch an. Ich ging in ihre Wohnung, die ein einziges Chaos war. Gabriella lag blutend und mit zerfetzten Kleidern da. Sie war vergewaltigt worden."

„Oh Gott." Livia wurde schlecht.

„Zuerst wollte sie mir nicht verraten, von wem. Sie sagte nur, sie könne nicht mehr in New Orleans ausgehen, aus Angst, ihn zu sehen. Irgendwann habe ich es aus ihr herausbekommen. Florian Carpentier war kein guter Mann. Er schlug Eleanor und vergewaltigte sie wohl auch, und er machte sich nicht einmal die Mühe, es zu verstecken. Ich habe versucht, Gabriella zur Polizei zu bringen, aber sie schwor, er würde sie töten, wenn sie Anzeige erstattete. Ich musste ihr Verschwiegenheit schwören und eine Weile schien es, als würde sich alles wieder normalisieren. Dann, ungefähr einen Monat später, verließ Gabriella die Stadt unerwartet und kehrte ein Jahr lang nicht zurück."

Livias Augen weiteten sich. „Sie war schwanger."

Charvi nickte. „Sie brachte das Kind zur Welt, und Florian und Eleanor zogen es als ihr eigenes auf."

„Sandor. Sandor ist Nox' Halbbruder."

Charvi nickte. „Als Eleanor starb und Florian Alzheimer bekam, übernahm Sandor mit Teague das Geschäft. Dann, als Nox am College war, starben sie alle. Im Lauf der Jahre habe ich versucht, die Gründe dafür zu finden, warum Tynan so etwas getan haben könnte, aber es gibt keine. Er liebte Gabriella, und die beiden Jungen waren sein Leben. Ich glaube wirklich, dass alle ermordet wurden."

Livia schluckte. „Von wem?"

„Ich glaube, Florian war verwirrt und dachte, dass sein Geheimnis entdeckt werden könnte. Er ist verrückt geworden und hat alle erschossen."

„Aber wie zum Teufel hätte er die Intelligenz haben sollen, die Morde Tynan in die Schuhe zu schieben?"

„Er war ein bösartiger Mann, daran besteht kein Zweifel, und glaubte, über dem Gesetz zu stehen. Aber ich vermute, er hatte Hilfe."

Livia schloss die Augen. „Sandor."

Charvi nickte. „Im Lauf der Jahre bin ich immer überzeugter davon geworden. Ich kenne Sandor überhaupt nicht, daher kann ich nicht sagen, ob er nach seiner Mutter oder seinem Vater kommt. Würde ein loyaler Sohn seinem Vater nicht helfen, selbst nachdem dieser eine so abscheuliche Tat begangen hat?"

Livia war eine Zeit lang still. „Aber den Verdacht auf Tynan zu lenken? Und seinem angeblich besten Freund so etwas anzutun? Wusste Sandor, dass er Gabriellas Sohn war?"

„Ich weiß es nicht."

„Was, wenn er es herausfand und wütend wurde? Sandor hat sich immer bemüht, freundlich und warmherzig zu wirken, aber da ist noch etwas anderes in ihm. Wut. Was, wenn nicht Florian Gabriella getötet hat? Was, wenn Sandor die Wahrheit über seine Abstammung herausfand, wütend wurde und sie damit konfrontieren wollte? Er nahm eine Waffe mit und als sie versuchte, ihn abzuwehren, tötete er sie. Tynan und Teague waren Kollateralschäden."

Livia sah gequält aus, aber Charvi nickte. „So hätte es gewesen sein können."

„Und Ariel ... was, wenn Amber und Sandor den Streich zusammen geplant haben, Sandor dann aber über die Stränge geschlagen hat. Vielleicht erregt es ihn, Frauen zu töten. Vielleicht hat er ...'"

„Livia, lass uns ein Problem nach dem anderen lösen. Ich denke, du solltest dich aus dieser Sache heraushalten, wenn deine Theorie stimmt."

„Ich muss mit Nox reden", sagte Livia, „aber Sandor ist sein Geschäftspartner und sein bester Freund, und ich weiß, dass sie schon genug Ärger haben. Jemand hat alle Firmenanteile aufgekauft."

„Sandor? Versucht er, Nox aus dem Unternehmen zu vertreiben?"

Livia schüttelte den Kopf. „Er hat jemanden namens Roderick LeFevre erwähnt."

„Rod?" Charvi sah verblüfft aus. „Ich bin überrascht. Das klingt nicht nach ihm. Der Rod, den ich kenne, ist kein verschlagener Mensch."

„Wenn du ihn kennst, kannst du mich zu ihm bringen?"

„Ich bin sicher, dass das arrangiert werden kann."

Eine Stunde später wartete Livia nervös im Empfangsbereich von Roderick LeFevres Firma. Sein opulentes Hauptquartier ließ das Firmengebäude von Nox fast schäbig und altmodisch wirken. Warum in aller Welt sollte Roderick daran interessiert sein?

„Ms. Chatelaine?" Ein großer, blonder, klassisch gutaussehender Mann lächelte sie an. „Rod LeFevre. Bitte, lassen Sie uns in mein Büro gehen."

Liv folgte ihm. „Also sind Sie die Lady, die Nox' Herz gewonnen hat?"

Sie lächelte ihn zögernd an. „Die bin ich. Und Sie sind der Mann, der alle Anteile seiner Firma aufgekauft hat."

Rod lachte. „Der bin ich. Ich mag Sie jetzt schon. Auf den Punkt gebracht." In seinem Büro bat er sie, sich zu setzen. Livia musterte ihn. Er war ein wenig älter als Nox, Mitte Vierzig, und hatte kurze Haare und dunkelgrüne Augen. Sein Gesicht konnte vermutlich in einem Moment von freundlich zu gefährlich wechseln, aber er strahlte Wärme und Ehrlichkeit aus. Sie holte tief Luft.

„Sie scheinen Aufrichtigkeit zu mögen, also los. War es Ihre Idee, alle Anteile von RenCar zu kaufen, oder ist Sandor Carpentier zu Ihnen gekommen und hat Sie darum gebeten, es zu tun?"

Rods Augenbrauen schossen hoch. „Meine Güte. Okay, nun, Ms. Chatelaine ..."

„Livia."

„Livia. Ich könnte Ihnen natürlich sagen, dass Sie sich um Ihre eigenen Angelegenheiten kümmern sollen."

„Das könnten Sie tun, und das würde ich auch respektieren." Livia sah ihn ruhig an.

Rod lächelte. „Ja, ich mag Sie. Nun, um Ihre Frage zu beantworten, ja, er hat genau das getan. Er sagte mir, er wolle die Firma kaufen, weil er dachte, Nox wäre nicht mehr mit ganzem Herzen dabei. Er wollte ihm den Anstoß geben, etwas Neues zu versuchen. Sandor sagte, wenn ich die Aktien kaufe, würde er mir das Doppelte dafür bezahlen."

Livia erwiderte spöttisch: „Und Sie glauben ihm, dass er Nox helfen will?"

„Natürlich nicht, aber das geht mich nichts an. Ich bin Geschäftsmann, Livia, und was Sandor vorgeschlagen hat, hätte mir fast siebenhundert Millionen Dollar eingebracht."

Livia pfiff anerkennend und schüttelte den Kopf. „Das sind Zahlen, die ich kaum begreifen kann."

„Was machen Sie beruflich, Livia?"

Sie hob stolz ihr Kinn. „Ich bin Studentin und bis vor Kurzem war ich Kellnerin."

Rod lächelte. „Beides bewundernswerte Tätigkeiten. Ich habe gehört, Sie zählen zu den besten Studenten, die jemals an der Universität eingeschrieben waren."

Livia sah überrascht aus und Rod lachte. „Ich habe ebenfalls Nachforschungen angestellt, Livia. Und wenn ich auf Frauen stünde, würde ich Nox Renaud für eine Frau wie Sie herausfordern." Er grinste. „Zum Glück für uns alle hätte mein Ehemann etwas dagegen."

Livia lachte und entschied, dass sie den Mann mochte. „Kann ich Sie bitten, unsere Unterhaltung vor Sandor geheim zu halten?"

„Sie haben mein Wort."

Er führte sie zur Tür, hielt dann aber inne. „Livia ... Ich werde nichts verraten, aber ich kann nicht garantieren, dass nicht jemand gesehen hat, wie Sie hierhergekommen sind. New Orleans ist eine relativ kleine Stadt, wenn es darum geht, wer in bestimmten Kreisen wen kennt. Bitte sagen Sie Nox, dass Sie hier waren, und engagieren Sie jemanden zu Ihrem Schutz."

Livia betrachtete ihn. „Halten Sie Sandor für gefährlich?"

„Ich habe keine Beweise, nur ..."

„Ihren Instinkt."

Rod nickte halb lächelnd. „Genau."

Livia sah ihn an. „Haben Sie Sandors Vater gekannt? Florian Carpentier."

Rods Lächeln verblasste. „Ja, leider."

„Warum leider?"

„Er war ein kranker Bastard." Da war wieder diese Ehrlichkeit, und Liv lächelte.

„Ich verstehe. Vielen Dank, Mr. LeFevre."

„Nennen Sie mich Rod. Auf Wiedersehen, Livia."

Als Livia von Jason zurück ins Hotel gefahren wurde, rief sie Nox an. Sie wollte ihm nicht am Telefon erzählen, was sie entdeckt hatte, für den Fall, dass Sandor zuhörte, also sagte sie nur, dass sie später an diesem Tag in sein Büro kommen würde. „Ich liebe dich."

„Ich liebe dich auch, Baby."

Nachdem sie den Anruf beendet hatte, sah sie zu Jason hinüber. „Jason, können wir woanders anhalten, bevor wir nach Hause gehen?" Sie gab ihm die Adresse, und er wendete das Auto kommentarlos.

In dem Seniorenheim angekommen, fragte sie, ob sie Florian Carpenter sehen könne. „Ich bin seine Nichte und gerade in der Gegend", log sie geschickt. „Ich habe ihn seit Jahren nicht gesehen."

Die Empfangsdame sah sie lange an und wandte sich dann ab. „Einen Moment bitte, Ma'am."

Livia ballte die Fäuste, so dass sich ihre Fingernägel in ihre Hand-flächen gruben, und wartete. Bald kam eine elegant gekleidete Frau, um sie abzuholen. „Wenn Sie mir bitte in mein Büro folgen würden."

Scheiße, sie glaubten ihre Lügengeschichte nicht. „Wenn ich nur meinen Onkel sehen könnte ..."

Die Frau, auf deren Namensschild Susan stand, führte sie in ihr Büro. Ihr Gesicht wurde weicher. „Es tut mir so leid, Ms. Carpentier. Wir nahmen an, dass die ganze Familie Bescheid weiß. Hat Mr. Carpentiers Sohn Sie nicht informiert?"

„Worüber?"

„Es tut mir leid, Ihnen sagen zu müssen, dass Mr. Carpentier Sr. letzten Monat verstorben ist."

Livia starrte sie an und musste sich keine Mühe geben, geschockt auszusehen. „Was?"

„Es tut mir so leid, meine Liebe. Er ist friedlich eingeschlafen."

Gott, nein. Ich wollte nicht, dass er friedlich einschläft, ich wollte, dass er nach allem, was er Gabriella angetan hat, leidet. Livia bemühte sich, den Hass von ihrem Gesicht fernzuhalten. Susan schien zu glauben, sie sei aus anderen Gründen wütend. „Sie waren nicht seine nächste Angehörige, wissen Sie."

„Ich habe noch nicht mit Sandor gesprochen", sagte Livia zur Erklärung. Sie seufzte und schloss die Augen. „Darf ich sein Zimmer sehen?"

„Ich fürchte, es ist schon wieder belegt. Leider können wir die Räume nicht lange ungenutzt lassen. Zu viel Nachfrage."

„Natürlich. Es tut mir leid." Sie hatte eine andere Idee. „Hat Sandor, ich meine, Mr. Carpentier Jr. die persönlichen Gegenstände von Florian an sich genommen?"

Susan nickte. „Ja. Er wollte keine Zeit verschwenden. Er hat schnell die Einäscherung arrangiert und die wenigen persönlichen Besitztümer, die übrig waren, mitgenommen."

Livia bedankte sich bei der Frau und verließ dann das Seniorenheim. Sie saß schweigend im Auto, als Jason erneut wendete. „Wohin jetzt, Ms. Chatelaine?"

Sie kaute einen Moment auf ihrer Unterlippe herum. „Ich glaube, ich habe einige persönliche Gegenstände in Mr. Carpentiers Haus vergessen. Denken Sie, wir können dort anhalten?"

KAPITEL EINUNDDREISSIG

Nox sah auf, als Sandor den Kopf durch seine Bürotür steckte. „Ich gehe zum Mittagessen. Möchtest du mitkommen?"

Nox schüttelte den Kopf. „Nein, danke. Ich treffe mich nachher mit Liv."

„Okay. Bis später."

Nox kehrte zu seinen Unterlagen zurück, stellte aber fest, dass er sich nicht konzentrieren konnte. Livia hatte recht, etwas stimmte nicht mit Sandor. Oh, er vermittelte den Eindruck, ein netter Kerl zu sein, aber hinter seinen Augen ... verdammt. Nox schüttelte den Kopf. Waren sie beide einfach nur paranoid? Er rief Livia an und war überrascht, als sie ungewöhnlich verschlossen klang. „Wo bist du?"

„Ähm ... ich habe etwas bei Sandor vergessen und wir sind gerade dabei, es zu holen."

Nox runzelte die Stirn. Livia hatte immer wieder gesagt, dass sie sich dort nicht sicher fühlte. „Warum lässt du es Sandor nicht einfach ins Büro mitbringen?"

„Ich will ihn nicht damit belästigen. Es ist nur eine Haarbürste."

Sie log, er wusste es einfach. „Liv ... was hast du vor? Sag es mir."

„Nichts, ehrlich. Ich habe den Morgen mit Charvi verbracht und dann ist mir eingefallen, dass ich meine Haarbürste bei Sandor gelassen habe. Sie war ein Geschenk von Moriko."

„Ah. Nun, ist Jason bei dir?"

„Natürlich, Schatz. Es wird nicht lange dauern."

Ein paar Minuten später rief Harriet, die neue Empfangsdame, ihn an. „Ich habe Roderick LeFevre für Sie am Telefon."

Nox war überrascht. „Rufst du an, um meine Aktien zu kaufen, Rod?"

Rod lachte, aber dann wurde seine Stimme ernst. „Nein, eigentlich geht es um deine hübsche Freundin."

„Livia?", fragte Nox verblüfft.

„Es sei denn, du hast mehr als eine."

Nox schüttelte den Kopf. „Was ist mit Livia?"

„Sie ist heute Morgen zu mir gekommen und hat mich gefragt, ob Sandor Carpentier derjenige ist, der alle Aktien in deinem Unternehmen gekauft hat."

„Und was hast du ihr gesagt?" Nox gefror das Blut in den Adern. Was zur Hölle ging hier vor?

„Ich habe ihr gesagt, dass er es ist."

Der Schock traf Nox mit voller Wucht. „Was?"

Rod LeFevre erklärte Nox das Gleiche wie Livia. „Sandor Carpentier ist nicht dein Freund", sagte er schließlich, „und verdammt, ich kann nicht aufhören, mir Sorgen um deine Freundin zu machen. Wenn Sandor herausfindet, dass sie Fragen gestellt hat ..."

„Danke, Rod. Hör zu, ich muss sie anrufen."

„Pass auf sie auf, Renaud ... es tut mir leid."

Nox versuchte, Livia und dann Jason anzurufen, aber er konnte keinen von beiden erreichen. Als er auflegte, klingelte sein Telefon erneut und Detective Jones war dran.

„Die Leiche ist Roan Saintmarc", sagte ihm der Detective, „und er ist schon seit ein paar Monaten tot. Multiple Schädelfrakturen. Er wurde totgeprügelt. Somit hätte er Amber Duplas oder Moriko Lee gar nicht töten können."

Nox schloss die Augen. „Was ist mit der DNA? Sandor?"

„Es wurde bestätigt. Sandor Carpentier ist Ihr Halbbruder. Unsere Leute sind auf dem Weg zu Ihrem Büro und zu seinem Haus."

„Er ist nicht im Büro ... und Livia ist bei ihm zu Hause."

„Verstanden. Wir sind auf dem Weg."

Nox erhob sich und rannte aus dem Büro. Er ignorierte Harriets erschrockenen Schrei, als er sich an ihr vorbeidrängte und zu seinem Wagen lief. „Geh an dein Handy, verdammt nochmal!"

Verzweifelt rief er Charvi an. „Charvi, ich weiß, dass Livia heute Morgen zu dir gekommen ist. Du musst mir alles erzählen. Alles. Jetzt sofort ..."

KAPITEL ZWEIUNDDREISSIG

Als Livia mit hämmerndem Herzen durch die Korridore von Sandors Haus ging, suchte sie nach seinem Sicherheitsteam, aber da war niemand. „Wo zur Hölle sind alle?"

Jason sah angespannt aus. „Ich denke, ich sollte Sie von hier wegbringen, Ms. Chatelaine."

Livia schüttelte den Kopf und ging zu Sandors Arbeitszimmer. „Passen Sie auf, dass niemand kommt. Ich werde mich beeilen, das verspreche ich."

Drinnen durchsuchte sie jede Schublade in Sandors Schreibtisch und jede Akte, die sie in seinem Schrank finden konnte. Nichts. Schließlich fand sie eine Schachtel auf der Fensterbank hinter dem Vorhang. Sie öffnete sie und entdeckte verschiedene persönliche Gegenstände – eine Zahnbürste, Toilettenartikel, alte Postkarten und Fotos. Ganz unten war ein Stapel Briefe. Sie blätterte sie durch und sah, dass sie alle an Gabriella adressiert waren. Livia steckte sie in die Gesäßtasche ihrer Jeans und stellte die Schachtel dorthin zurück, wo sie sie gefunden hatte.

„Ms. Chatelaine, wir sollten jetzt gehen." Jason war in das Zimmer getreten, aber bevor sie antworten konnte, gab er ein seltsames Gurgeln von sich. Seine Augen weiteten sich und entsetzt beobachtete Livia, wie Blut aus seinem Hals strömte.

„Jason?"

Er blickte sie verwirrt und schmerzerfüllt an. Blut spritzte aus dem Loch in seinem Hals, das von Sandors Messer stammte. Sandor grinste sie an, als er Jason das Messer aus dem Leib riss und dieser tot zu Boden sank. „Hey, Livia. Schön, dich zu sehen." Er winkte mit dem Messer. „Jetzt bist du an der Reihe, hübsches Mädchen." Er kam auf sie zu.

Charvi erzählte ihm alles und Nox fuhr verzweifelt zu Sandors Haus, da er wusste, dass es vielleicht schon zu spät war. Sandor hatte einen Vorsprung und wenn er Livia beim Herumschnüffeln erwischte ... Bilder von Ariels und Pias Leichen tauchten in seinem Kopf auf, überlagert mit Livias Gesicht. Livia lag tot auf dem Grab, ihr Bauch war aufgeschnitten und ihr Blut durchtränkte alles.

Nein. Nicht schon wieder.

Und seine Familie. Nox wusste in seinem Herzen, dass Sandor und Florian sie getötet und die Morde seinem geliebten Vater angehängt hatten. Sie hatten seinen Bruder ermordet, die wehrlose Gabriella erschossen und sie einen langsamen, qualvollen Tod sterben lassen. Und alles nur, weil Florian Carpentier ein eifersüchtiger, psychopathischer Vergewaltiger war. Monster.

Das Einzige, woran er jetzt denken durfte, war zu Livia zu gelangen, um seine Geliebte zu retten. Bitte, bitte mach, dass es ihr gut geht ...

Obwohl Livia schockiert und entsetzt über Sandors Erscheinen war, war sie bereit zu kämpfen.

„Bastard!", schrie sie ihn an und stürzte sich auf den Mann, so dass die beiden mit voller Wucht zu Boden fielen. Das Messer flog durch die Luft und kam dabei Livias Körper gefährlich nahe. Sie schlug Sandor ins Gesicht und trat ihn wütend.

Sandor verpasste ihr einen Faustschlag, der ihre Ohren klingeln ließ. „Ich wusste, dass du mich verdächtigst, sobald ich dein Gesicht gestern gesehen habe, Livia. Als das Seniorenheim mich heute Morgen anrief und mir sagte, du hättest herumgeschnüffelt ...“ Er setzte sich rittlings auf sie und versuchte, ihre Hände zu fesseln. Livia kämpfte, schrie und hoffte, dass jemand, irgendjemand kommen würde. Er griff nach ihrem Kopf und riss ihn vom Boden hoch.

„Livia!“

Nox' Stimme. Nox war auf dem Weg zu ihr. Es gab ihr die Kraft, ihr Knie zu heben und es Sandor in den Unterleib zu rammen – aber das war nicht genug. Als sie fliehen wollte, zerrte er sie zurück, presste sie mit dem Rücken gegen die Wand und riss ihr Oberteil auf. Livia wehrte sich, aber er schlang seinen Unterarm um ihre Kehle und drückte so fest zu, dass sie nicht mehr atmen konnte.

„Fick dich, Arschloch“, keuchte sie, „du kannst mich töten, aber du wirst nicht damit durchkommen.“

Sandor lächelte nur und stieß sein Messer in ihren Bauch. Livia keuchte bei dem quälenden Schmerz, der sie durchfuhr. „Schade, dass ich nicht langsam machen kann, meine Liebe, aber wie du sehen kannst, habe ich es eilig.“ Blut floss aus der Wunde und es roch nach Rost und Salz. Sandor bewunderte sein Werk. „Du blutest so schön, Livia. Ich werde es genießen.“

Benommen vor Schmerz stockte Livia der Atem, als er erneut auf sie einstach. Er rammte das Messer durch ihren Nabel, so dass es tief in sie eindrang. Aber dann war Nox da und riss Sandor von Livia weg, die auf den Boden sank. Livia rollte sich auf die Seite und kroch weg. Sie blutete stark und ihre Hände versuchten, die teuflischen Wunden in ihrem Bauch zu bedecken.

Als sie sah, wie Nox und Sandor miteinander rangen, kroch sie auf Jasons Leiche zu. Sie griff nach der Pistole des Leibwächters und drehte sich rechtzeitig um, um zu sehen, wie Sandor sein Messer in Nox' Bauch versenkte. Nox schrie vor Schmerz auf, und Sandor lachte und zog das Messer aus seinem Körper.

„Nein!“, schrie Livia, zielte mit der Waffe auf Sandor und betätigte den Abzug. Die Waffe klickte. Livia fluchte. War sie ungeladen?

Sandor platzierte einen bösartigen rechten Haken auf Nox' Schläfe. Als Nox von Sandor wegstolperte, stürzte sich dieser auf Livia.

„Dumme Schlampe", knurrte er, „du musst sie entsichern. Gestatte mir, es dir zu demonstrieren."

Während Nox blutend hinter ihn trat, richtete Sandor die Waffe auf Livia und schoss auf sie. Die Kugel raste durch ihren Bauch. Es fühlte sich an, als würden Flammen in ihr auflodern. Ihr Körper zuckte bei dem Aufprall und sie konnte ihre Beine nicht mehr fühlen.

Wir werden hier sterben. Wir werden beide hier sterben ... „Nox ..." Ihre Stimme war schwach und sie fühlte, wie sie starb. Überall war Blut und sie konnte spüren, wie ihr Körper aufgab. Nox, der mit Sandor kämpfte, sah sie verzweifelt an.

„Halte durch, Baby. Halte durch, bitte ... atme, Livvy ..." Er versuchte, die Kontrolle über die Waffe zu bekommen. Ein weiterer Schuss ertönte. Die Kugel vergrub sich in der Wand. Noch ein Schuss und Nox zuckte mit blutender Schulter zurück. Sandor lachte.

„Was auch immer du jetzt mit mir machst, Nox", knurrte Sandor, „sie ist so gut wie tot. Schau sie an, sie verblutet. Und ich dachte, deine Ariel zu töten war befriedigend. Du kannst dabei zusehen, wie ich den Rest der Kugeln in dein schönes Mädchen schieße, Renaud." Er richtete die Waffe wieder auf Livia.

Nox, der geschwächt vom Blutverlust war, warf sich dennoch wieder auf Sandor und die beiden Männer kämpften erneut. Livia verlor immer wieder das Bewusstsein, aber sie wollte verzweifelt wach bleiben und Nox helfen. Irgendwie gelang es ihr, dorthin zu gelangen, wo Sandors Messer lag. Sie packte es, stieß es von hinten in Sandors Knie und riss es dann heraus, wobei sie die Achillessehne durchtrennte.

Sandor brüllte vor Schmerz, als er hinfiel, und Nox bekam seine Pistole zu fassen. Sandor lachte, weil er wusste, dass er geschlagen war. „Ich hoffe, sie leidet, bevor sie verblutet und stirbt. Ich bedauere nur, dass ich sie nur einmal töten kann." Er spuckte die Worte förmlich aus und sah Nox voller Hass an. Ohne zu zögern, schoss Nox seinem Halbbruder ins Gesicht. Im nächsten Moment lag Sandor tot auf dem Boden. Nox stolperte zu Livia, die dem Tod immer näher kam.

„Bleib am Leben, Baby, bitte ... wir werden unser Happy End bekommen. Ich schwöre es dir. Wir haben unser Happy End verdient ..." Er brach neben ihr zusammen und versuchte, das Blut, das aus ihrem Körper strömte, zu stoppen, während er seine eigenen schweren Wunden ignorierte. „Bitte, Livvy, bleib bei mir."

Livia streichelte sein Gesicht. „Wenn ich sterbe, sollst du wissen, dass ich dich mehr geliebt habe, als du ahnen kannst. Du bist der Grund, warum ich gelebt habe."

„Wenn du stirbst, sterbe ich auch. Wir sterben zusammen oder wir leben zusammen, Baby, das ist der Deal ... Liv? Liv, bitte ... nein ..."

Livia hörte seine schöne Stimme, die sie anflehte zu leben. Sie hörte die Liebe darin. Aber dann war sie von Dunkelheit umgeben und hörte nichts mehr.

KAPITEL DREIUNDDREISSIG

Da war so viel Schmerz, dass Livia ihre Augen nicht öffnen wollte, aber sie musste wissen, ob sie noch am Leben war. Bitte, bitte, flehte sie, lass Nox auch am Leben sein. Wenn er tot ist ...

„Livvy." Sie hatte noch nie eine so schöne Stimme gehört. „Livvy, Baby, du kannst die Augen öffnen, Liebling."

Sie tat es und konzentrierte sich auf sein Gesicht. Nox war blass und musste sich rasieren, aber er war am Leben und lächelte sie an. Er strich ihr die Haare aus dem Gesicht. „Wir haben es geschafft, Livvy."

„Küss mich." Sie sagte die Worte, aber kein Laut kam aus ihrem Mund – ihre Kehle war so trocken. Nox lächelte und half ihr, etwas Wasser zu trinken.

„Küss mich", sagte sie noch einmal und diesmal klang ihre Stimme rein und stark. Nox drückte seine Lippen auf ihre und sie seufzte glücklich. „Wir leben."

„Ja, das tun wir." Nox nahm ihre Hand. „Du allerdings nur mit viel Glück. Aber du bist eine Kämpferin, Livvy."

Sie berührte sein Gesicht, als könnte sie nicht glauben, dass er echt war. „Sandor."

Nox' Blick wurde hart. „Tot. Zur Hölle mit ihm."

„Er war ein verdammt guter Schauspieler. Er hat all die Wut und

Eifersucht jahrelang am Brennen gehalten und darauf gewartet, dass du dich wieder verliebst. Alles nur, weil sein Vater seine Begierden nicht im Griff hatte."

Nox nickte. „Sandor hatte nicht vor, sich verhaften zu lassen. Er hat einen Abschiedsbrief hinterlassen und an den lokalen Nachrichtensender geschickt. Er wollte erst uns töten und dann sich selbst. Ich habe ihm die Mühe erspart. Er hatte Roan schon vor Wochen getötet. Dadurch wusste ich, dass Sandor der Täter war, und ich zu dir musste."

„Mein Held." Sie küsste ihn wieder und stöhnte dann. „Gott, ich könnte ihn noch einmal umbringen, so sehr tut es weh."

„Ich weiß. Es tut mir leid, mein Engel. Drücke hier, wenn du Morphium brauchst. Die Ärzte sagen, dass du eine ganze Weile Schmerzen haben wirst."

Livia drückte auf den Knopf, spürte ein warmes Rauschen in ihren Adern und entspannte sich. „Was ist mit dir? Warum siehst du so gut aus?"

Nox grinste und zog sein Hemd hoch. Die herzförmige Narbe dort heilte gut und war rosa auf seiner Haut. Livia war verwirrt. „Nox ... wie lange war ich bewusstlos?"

Nox' Lächeln verblasste. „Drei Wochen. Du hattest eine Lungenembolie und die Kugel hat deine Leber beschädigt. Es war verdammt knapp. Du warst im Koma, was seltsamerweise ein Segen war." Er schüttelte den Kopf, als könnte er selbst nicht glauben, was er sagte. Livia versuchte, alles zu verarbeiten, und nickte dann.

„Nox?"

„Ja, Baby?"

„Ist jetzt alles vorbei?"

Nox nickte. „Ja, Schatz. Es stand alles in den Briefen, die Florian meiner Mutter schrieb. Er hat nichts bereut, der Bastard. Er schrieb abscheuliche Dinge darüber, wie er sie töten würde. Offenbar hat er sie nie abgeschickt. Florian hat meine Mutter vergewaltigt. Sie hat das Baby bekommen und es ihm überlassen. Dann hat sie meinen Vater getroffen. Florian hat sich jahrelang an seine Eifersucht geklammert und eines Tages drehte er einfach durch. Er tötete alle und hat meine Mutter bis zum Ende aufgespart. In seinen Briefen schrieb er, dass er nicht einmal derjenige war, der meine Mutter erschossen hat. Es war Sandor.“

Livia wurde schlecht. „Sandor hat seine eigene Mutter ermordet?“

Nox nickte. „Er war ein krankes Arschloch.“

„Ich verstehe nicht, warum er Pia und Moriko getötet hat. Ich begreife, dass er Roan seine Taten anhängen und Amber zum Schweigen bringen wollte, aber warum diese zwei unschuldigen Mädchen?“

Nox zögerte. „Liv ... sie denken, dass er noch viel mehr Menschen getötet hat. Die Polizei geht davon aus, dass er seit Jahren Frauen im ganzen Land ermordet hat. Er hat es genossen. Und er ist damit durchgekommen. Sandor hat selbst viel geschrieben. Es wurden Tagebücher gefunden, in denen er die Morde beschreibt. Er hat Ariel umgebracht und dann Amber zum Schweigen erpresst. Pia, Moriko ... es gibt auch ein Notizbuch, in dem er Methoden skizziert hat, dich zu töten. Mein Gott.“

„Was für ein Monster.“

„Das kannst du laut sagen.“

Livia seufzte. „Wie geht es Odelle? Wie hat sie die Nachricht von Roans Tod verkraftet?“

„Es geht ihr gut. Sie ist draußen, falls du sie sehen willst.“

„Gott, ja.“

Nox grinste, küsste ihre Stirn und ging sie holen. Odelle kam herein und ihr Gesicht war leer, als sie Livia eine Sekunde lang anstarrte.

„Nun, sieh dich an, hier liegst du faul herum und tust nichts anderes, als meinen alten Freund noch mehr Geld zu kosten.“

Einen Moment war Livia geschockt, aber dann brach Nox in Gelächter aus und Odelle lächelte. Livia kicherte.

„Odie, hast du gerade einen Witz gemacht?“

„Könnte sein. Hallo, meine Liebe, es ist schön, dich wach zu sehen.“ Odelle bückte sich und küsste Livias Wange, dann ergriff sie ihre Hand. Livia war überrascht, Tränen in ihren Augen zu sehen. „Wir haben dich fast verloren.“

„Aber ich bin immer noch hier", sagte Livia und drückte ihre Hand. „Und ich gehe nirgendwohin."

„Ich bin so froh, dass es dir gut geht. Ich liebe dich."

Livia weinte und Odelle umarmte sie – ungeschickt, natürlich –, aber Livia klammerte sich an ihre Freundin. „Danke, Odie. Ich liebe dich auch."

Odelle war sprachlos und bald darauf verließ sie die beiden mit dem Versprechen, bald zurückzukommen und bei dieser Gelegenheit etwas Leckeres zu essen ins Krankenhaus zu schmuggeln.

Als sie allein waren, lächelte Livia Nox an. „Habe ich dir schon gesagt, wie sehr ich dich liebe?"

„Obwohl du meinetwegen so viel durchmachen musstest?"

Sie zog seinen Kopf für einen weiteren Kuss nach unten. „Ich würde alle Schmerzen immer wieder für dich ertragen, Nox Renaud. Für uns und unser gemeinsames Leben."

Nox küsste sie, als wäre es das erste Mal. „Von nun an", sagte er feierlich, „wird es ein gutes und glückliches Leben sein. Das schwöre ich dir."

„Nox?"

Er presste seine Lippen auf ihre Stirn. „Ja, Baby?" Seine Stimme war sanft und zärtlich.

„Nox Renaud?"

Er grinste über ihren formellen Tonfall. „Der bin ich."

Livia sah ihn mit leuchtenden Augen an. „Nox Renaud, würdest du mir die große Ehre erweisen, mich zu heiraten?"

Nox' Augen weiteten sich und er lachte. „Hey, das wollte ich dich fragen."

Livia grinste, zog sein Gesicht zu sich und presste ihre Lippen auf seine. „Ist das ein Ja?"

Nox küsste sie leidenschaftlich und nickte dann. „Ja, Ms. Chatelaine. Es ist ein Ja und ein Ja und ein Ja …"

Ende

Hat Dir dieses Buch gefallen? Dann wirst Du Ein Frecher Boss LIEBEN.

Inspiration kann so befriedigend sein …

Sobald diese Traumerscheinung aus dem Auto ausstieg, wusste ich, dass ich sie haben könnte, wie ich mir das vorgestellt hatte.

Volle Titten, ein runder Arsch und Hüften, an denen ein Mann sich festhalten konnte, machten sie perfekt für meine Vorhaben.

Sie hatte keine Ahnung, was gleich mit ihr passieren würde. Ich würde sie zu dem machen, was ich brauchte – meiner Therapie. Dann könnte ich den Kopf freibekommen und wäre wieder produktiv.

Sie dachte, dass sie gekommen wäre, um einen amerikanischen Helden zu interviewen, aber in Wirklichkeit war sie für mich da. Ich musste sie ficken, bis ich wieder einen klaren Kopf hatte.

Ich verschwendete keine Zeit damit, ihre Fragen zu beantworten und fragte sie dann gleich ein paar von meinen eigenen, zum Beispiel, ob sie gerne eine bisschen mein Gesicht reiten würde…

Lies Ein Frecher Boss JETZT!

Wenn du "Jahreszeit des Verlangens vollständige Reihe" zum Sonderpreis lesen willst, kannst du das komplette Boxset erhalten, indem du hier klickst.

Weihnachtliche Liebesromane: Jahreszeit des Verlangens Sammlung

 Erstellt mit Vellum

CPSIA information can be obtained
at www.ICGtesting.com
Printed in the USA
BVHW041053080321
601999BV00006B/367

9 781648 088902